申圣云
作品

人生若只如初见

纳兰容若词传

湖南文艺出版社
HUNAN LITERATURE AND ART PUBLISHING HOUSE

博集天卷
CS-BOOKY

一言道不尽的纳兰心思，
一生品不完的容若才情。
公子已去，千古愁殇仍在

人生若只如初见，
何事秋风悲画扇

谁念西风独自凉？
萧萧黄叶闭疏窗

山一程，水一程，
身向榆关那畔行

最愁人，灯欲落，雁还飞

我是人间惆怅客，
知君何事泪纵横

一生一代一双人，
争教两处销魂

目录
Contents

人生若只如初见
——纳兰容若词传

第二章　云外翩然佳公子

第三章　一生一代梦里人

第四章　自有莫逆惺惺惜

第五章　此情只堪成追忆

第七章　别是风光另根芽

第八章　浮生不过秋心事

第九章　后身之事不可料

家家争唱饮水词
纳兰心事几人知

十几岁读纳兰，是惊才绝艳；二十几岁读纳兰，是捧心忍痛；三十几岁再读纳兰，似乎能懂得他为何怅惘。是面对生命中那些不可逆转的让人遗憾的无可奈何吧！对生命而言，对时间而言，对"情"而言。"如斯者、古今能几？"

　　夸赞纳兰性德的词句，世人说得太多。众人将他神化，把他的词当作旖旎的情话，为他匹配了一个又一个求而不得的爱情故事。然而纳兰或许并非因为受了伤才写下了那些惊才绝艳的文字，他或许只是因为读了书中的伤情故事而伤情。恰如你我于昏黄的夜灯下，打开这本书，伸出手抚摸纳兰的一字一句，只觉曲调哀婉，指尖冰冷。

　　时人都爱他"人生若只如初见""当时只道是寻常"的叹惋，少有人看到他"后身缘、恐结他生里"的预见，"月似当时，人似当时否"的怅惘，"天上人间一样愁"的无奈，"眼前冷暖，多少人难语"的哽咽……不敢说借此书全面展示一个纳兰公子，只希望能让所有倾慕纳兰的人从另一种角度来了解纳兰。

人们经常幻想有一位翩翩浊世佳公子，在混沌的没落王朝诞生，犹如一颗闪耀的明星，吸引凡夫俗子渴慕的眼光，指引着追随者在零落成泥的悲惨境遇中，坚守香芬如故。众望所归，纳兰在康乾盛世开幕之前降临人间，从那污秽的朱门迈出莲花脚步，在情谊淡薄的尘世绽放出一朵璀璨的烟花，却又因太过诚挚，不容于世，耀眼之后便草草湮没在苍穹之中。

古往今来，深情者有之，厚义者有之，孝悌者有之，忠君者有之，爱民者有之，殊才者有之……如纳兰性德这般，人世仅三十载却兼而有之的人，又有几个？后世有崇其才者，有感其义者，有念其情者……但纳兰始终只是一个有着血肉之躯、抵不过风寒天霜的凡人，纵然我们赋予他神一样的品性，也不得不接受轮回带给他的劫掠。

纳兰的一生，给了自己太多折磨，为他人创造了太多荣耀。生，他迎着华夏大地少有的江山一统、百废俱兴；死，他带走了人间最后的真，带走了世上罕有的诚。凭借他的存在，亲戚、皇权、友人、文化……都得到了当下利好，而他，易伤不仅因多情，更是由于过早地耗尽心血，离散了鸳鸯。

人们总是喜欢从动人的爱情悲剧里，寻找梦想中的永恒。多少痴男怨女，因此恨着纳兰，怨着纳兰，又不得不爱着纳兰。对纳兰来说，他从不缺少仰慕者。知音难求，或许他要的是一个同路人而已，能够携手并肩，在苍凉的汉时关山，咏叹秦时明月；舍弃了良驹骏马，轻盈着竹杖芒鞋；赏花燕子矶头，途经乌衣巷口；纵然花间泥犁，胜过岁岁琼筵……

本书部分引用资料援引前人考据成果，如《纳兰性德行年录》（赵

秀亭、冯统一)、《饮水词笺校》(冯统一、赵秀亭)、《纳兰丛话》
(赵秀亭)、《纳兰词笺注》(张草纫)等，在此再三感谢前辈文人呕
心付出。

再版之前，斟酌再三。调整行文顺序之外，在文字的处理上也做了
一些修订。另外，随着对纳兰和《红楼梦》的研究进一步加深，在考据
结论方面也做了细微的改动。但作者才疏学浅，所知微薄，因而难免疏
漏，祈得同好指正！

纳兰性德(1655年1月19日—1685年7月1日)，字容若，叶赫那拉
氏，号楞伽山人，满洲正黄旗。在他短暂的三十年生命中，留下了太多
精彩，也留下了太多遗憾。无奈得狠了，他也会发出"天为谁春"的质
问；伤感得多了，也会慨叹"明年依旧绿，知否系斑骓"。对于作品中
的内涵，其实纳兰比后人看得通透，他说"歌与哭、任猜何意"。

纳兰已去，"人间何处问多情"？

——戊戌年乙卯月修订

申圣云

一往情深深几许
却道不寿纳兰心

喜欢纳兰性德的人，通常都会有一个共同的感受：一笔写不尽纳兰情，半生书不完痴心梦。

　　一生最爱纳兰词，爱他清新脱俗、缠绵雅致，真真个公子心怀。

　　一生最恨纳兰词，恨他痴迷多情、轻愁刻骨，倒好似风流墨客。

　　纳兰的情词一向为世人所钟爱。少年时的纳兰便伤春悲秋，总是徘徊在爱情里似的。可纳兰彼时或许根本还不明白什么是爱情，如同每一座深宅大院中的少爷、小姐，纳兰所知的爱情是惆怅寂寞的盼想，而这盼想亦不会是为了自己而发出，仅仅是因为盼想而盼想罢了。

　　寂寞的人通常都追求遗世独立，孤芳自赏却又恨无知己。他们近乎神经质，或许自怜或许自卑，或者是这时自怜，下一刻又会陷入自怨自艾。

　　这样的人，总是压抑了太多的东西，常常只能与自己为伴；这样的人常常想撕裂自己，看看人们眼中映出的似乎无懈可击的面孔，到底是什么样子？

纳兰写着相思，写着爱恋，写着多情，其实纳兰爱上的，或许并非某人；纳兰感伤的，或许并非某事。

他只是惯看秋月春风。

舞一段《霓裳羽衣曲》，想一个凝脂粉黛佳人，吟一曲今宵酒醒处，恨不了的绵绵无绝期。

聆一支《玉树后庭花》，梦一场小楼昨夜东风，唱一首深院锁清秋，忘不掉的回首月明中。

纳兰的情事，看了繁杂，却恁地干净，干净到碧海青天映照蜡炬成灰。

纳兰的情事，读了朦胧，却恁地温柔，温柔得望帝春心托付庄生晓梦。

浅浅相思淡淡愁，烟花易碎年华休。当他真的懂了情爱，真的有了这情爱，却未及珍惜便已失去。

纳兰恨。恨得优雅，恨得无奈，恨红尘万丈，容不下半寸真心。恨俗世矫情，落得个残生飘零。

纳兰似乎从未发觉，所谓多愁多病身，所谓感时伤怀意，已经将他的生命透支。

他依然抚着春花盼想秋月，赏玩着冬雪回忆夏阳。

纳兰是寂寞的，而且这种寂寞是别人所无法干扰的。

这种寂寞与生俱来，因为存在而存在，因为孤单而孤单。

这种寂寞，一旦习惯，便容易沉溺其中，容易乐在其中，容易变成这寂寞的一部分，不寂寞的时候，反而会心痛了。

纳兰是出淤泥而不染的莲花，亭亭然降世，无论怎样的凡尘，都只能让他被感染而不被污浊。

这样的一个玉人儿，本就不应该属于红尘，所以他过早地参悟了红尘。但他又太过慈悲，总是对这浊世怀有希望，他常觉得会有那样一个人，能懂他，所以，他等。

纳兰总在等，可他等的是痴心人，还是负心人？

念伊人，春情知为谁伤？孤灯老，残风横吹秋夜雨。残的，到底是夜雨还是相思？

一言道不尽的纳兰心思，一生品不完的容若才情。公子已去，千古愁殇仍在。

而这一切，不过亦是"如鱼饮水，冷暖自知"。

第一章
生而富贵玲珑心

寂寂落叶锁朱门，别样幽芬亦照人。

高阁玉兰闹画眉，枇杷花下埋风魂。

——少年未解红尘事·广厦豪门殊芬华 [1]

[1] 此诗为本书作者原创，非纳兰诗作。后同。——编者注

京城的隆冬天气，最是清冷。一个青年身着棉袍，站在落叶凄惶的院落中，在一片萧索中等待着什么。

　　一个仪态雍容的妇人怀抱着一个酣睡的小娃儿走过来，轻启朱唇，柔声问道："想好了？"青年半回身，微微点头。"想好了，"他注视着妇人怀抱中粉雕玉琢的小娃儿，"就叫成德吧！"轻轻拨弄孩童头顶的胎发，眼神深邃。

　　熟睡的孩童纯真的面容依旧安闲，却不知，他的命运，从一降生开始，就与这个庞大帝国的显赫捍卫者和先朝遗民紧紧联系在一起。

身在红尘心在月

　　"纳兰"是大族。金代女真"白号之姓"中，纳兰是受封于广平郡的第二大支系的三十个姓氏之一（又称"纳喇""那拉"）。发源于满洲叶赫地区的纳兰氏，始祖原本是姓土默特的蒙古人。后来，纳兰部灭了女真，占了他们的领地，从此改姓纳兰。其中有一分支几经辗转，举族迁至叶赫河岸边繁衍，号"叶赫国"，也就是今天的吉林省梨树县叶赫满族镇附近，后人称此支纳兰支系为"叶赫那拉氏"。

　　明初时满族的前身女真族分为三大部：建州、海西、野人。叶赫部是海西女真的一部分。纳兰部族的首领金台什继兄之位成为贝勒，明朝万历十六年（1588年），他的妹妹孟古嫁给了努尔哈赤，生了皇子，取名皇太极，也就是后来的清朝太宗皇帝。从这里，我们可以看到纳兰氏族与清朝皇室有姻亲关系。但是，当努尔哈赤为统一女真各部进行兼并战争的时候，这些姻亲关系统统不是障碍。

　　明万历四十七年（1619年），努尔哈赤率兵攻打叶赫部，他的舅兄金台什战败后自焚不成，被其绞杀，金台什的儿子"识时务"，及时请降，被授予三等副将，世袭佐领。

纳兰的曾祖，原本世居东北松花江畔、长白山脚下的叶赫国国主金台什贝勒战败身故后，他的次子尼雅哈（满语音译）以"姑母为太宗皇帝皇太极生母"的名义，跟随顺治皇帝一行入主关内。之后为后金及清王朝屡立战功，因这赫赫军功，被天子尊为功劳显著的皇亲国戚，赏赐其与部下之正黄旗将士及旗民三千余顷封地，位置在今北京海淀区上庄乡附近，他们在这片土地上建起了庞大的宅院。

纳兰的父辈从此成为"八旗"（正黄旗、正白旗、正红旗、正蓝旗、镶黄旗、镶白旗、镶红旗、镶蓝旗，分别统帅满、蒙、汉民族的八支军队，合称八旗）之一，为满洲八大贵族之一。

马背上的叶赫家族是铁血的，也是冷血的。战争、政治，哪一样都与风花雪月的诗词歌赋格格不入。

纳兰的家世背景在众多八旗子弟中尤为显赫：父亲明珠是金台什的孙子，母亲爱新觉罗氏是努尔哈赤的孙女、英亲王阿济格之女，身为这两位名门之后的长子，纳兰性德肩负重任，光耀门楣责无旁贷。纳兰的父亲明珠，在他出生后官至大学士、太傅，是康熙初期的四权相之一，地位显赫一时。

北京西郊有一块石碑，上书"明珠及妻觉罗氏诰封碑"，考证为康熙二十三年（1684年）九月二十四日所立（纳兰是年三十岁），上面记载：明珠"初任云麾使，二任郎中，三任内务府总管，四任内弘文院学士，五任加一级，六任刑部尚书，七任都察院左都御史，八任都察院左都御史、经筵讲官，九任经筵讲官、兵部尚书，十任经筵讲官、兵部尚书、佐领，十一任经筵讲官、吏部尚书、佐领，十二任加一级，十三任武英殿大学士兼礼部尚书、佐领、加一级，十四任今职"。所谓"今职"，指的是立碑时的官职——"太子太傅、武英殿大学士兼礼部尚书、佐领、加一级"。从石碑的记载中可以看出，明珠的官场之路真可谓是扶摇直上。难道这一切都仅仅是祖荫庇佑？不。明珠半生风光是自己苦心经营的结果。

虽然明珠的家族是战功累累的叶赫部，不过，到明珠出生时，这个部落早已声势衰弱，风光不再。他的父亲、金台什的次子尼雅哈入关后只得了骑都尉的职务，即便是世职，也捞不到多大的好处。只是由于叶赫家族与皇室的姻亲关系，使得明珠从小就有机会接近皇室，行走内宫，这也是他后来能够担任内务大臣的前提，更是纳兰之后跟随康熙巡南征北的基础。

可纳兰的母亲不是亲王的女儿吗？这恰恰是明珠政治生涯中的阻碍。攀附皇亲为的是巩固地位，而这姻亲又是否真的荣耀和牢固？明珠的岳父是多尔衮的亲哥哥英亲王阿济格，他一生战功卓著，但有勇无谋，缺乏政治头脑。摄政王多尔衮死后，他醉心权势，想继任摄政王之位，屡次"不轨"，亲政的顺治皇帝因此将阿济格及其已获亲王爵位的第五子劳亲赐死，其次子镇国公傅勒赫被削除宗籍，其余八子均贬为庶人。很显然，阿济格之女觉罗氏已经不可能成为明珠政途上的助力，娶她反而要承担极大的政治风险。

家世背景并没有成为明珠晋升的助力，甚至可以说，不拖累他的仕途就已经让他很知足了。在这样的政治背景下出生的纳兰，看似是众人艳羡的嫡长子，其中的苦闷酸涩又有谁知道呢？

在那年腊月的京师，光风霁月的纳兰性德就降生于这样一个身在红尘心在月之家，从此开始了身在仕途沙场、心系白雪阳春的人生。

苍生欣戴君若然

　　纳兰性德出生于顺治十一年十二月十二日，1655年1月19日，甫一出生取名成德，但是这个名字后来改成了"性德"，为的是避讳皇太子胤礽（皇四子胤禛即位后，众皇子改"胤"为"允"）的小名"保成"。

　　纳兰表字容若，号楞伽山人，满洲正黄旗人，康熙十五年（1676年）进士。这位清朝第一词人虽然生于富贵人家，却生性淡泊名利，不仅善骑射，而且好读书，尤其对汉文化非常热爱，擅长写词。下笔举重若轻，勾抹之间颇有李后主、易安居士的婉约凄美，又多添了几分男儿的豪情洒脱。有人评价，纳兰词以一个"真"字取胜，实际上不仅如此，纳兰更擅长用一个"情"字传神。

　　"容若"何来?

　　传言，明珠发迹之前，偶遇得道高僧，算出他命中有三子三女。以此证明明珠是有天赐荣宠的，所以有人认为，"容若"二字源自佛典。

红学大师周汝昌在《献芹集》中，曾使用"颙若"称呼纳兰，"亦有曰容若，盖因清人每记'颙若'，故今人亦偶有称其为'纳兰颙若'者"。"容""颙"古音本同，"颙"也通"容"。例如，清初大儒李颙又称李容。

"颙若"出于《易·观》，中有："盥而不荐，有孚颙若。"这一卦的意思是说，在祭祀之前要先盥浴，虽然还没有进献祭品，心里已经充满诚敬肃穆。"颙若"指的就是庄严肃穆、恭敬虔诚的样子。颙若也作"颙然"，取义"苍生颙然，莫不欣戴"。代表百姓进行祭祀的人，正是天与人沟通的桥梁，也就是天子驱使的官员。

成德所取字，可能正是父亲对其的期望，希望他能步入仕途，对天地君亲心有敬畏，亦为朝廷所倚重。

那么纳兰自号"楞伽山人"，又有什么典故呢？《饮水词笺校》中提到，李贺的《赠陈商》有："长安有男儿，二十心已朽。楞伽堆案前，楚辞系肘后。"以表现志向不得伸张的激愤之情。而白居易的《见元九悼亡诗因以此寄》："夜泪暗销明月幌，春肠遥断牡丹庭。人间此病治无药，唯有楞伽四卷经。"体现的是死别之苦唯有寄托于佛经的开解。

楞伽山又作楞迦山、棱伽山、楞求罗伽山。据《中华佛教百科全书》所载，楞伽是南海山名，也是山下城市的名字，意为"难往山""不可往山""庄严山"。在佛经故事中，这座山由"种种宝性所成，诸宝间错光明赫焰……有无量华园香树，皆宝香林，微风吹击摇枝动叶，百千妙香一时流布，百千妙音一时俱发，重岩屈曲，处处皆有仙堂、灵室、龛窟……皆是古昔诸仙贤圣思如实法得道之处"，相传这座山就是如来"说《楞伽经》之处"，且"此山居海之中，四面无门，非得通者莫往，故称难往"。简而言之，这座山美好却不可及。

发妻亡故后，取"楞伽山人"之号，源于纳兰内心的压抑与求而不得的痛苦，更有心如死灰之意。

可见，纳兰从取字到称号，都浸润着汉文化的精髓。顺治十一年（1655年），纳兰性德出生时，明珠二十一岁，还只是皇帝侍卫队中的一名普通军官，母亲虽是皇族，却早已家世没落。或许纳兰八字是"旺"父的，就在他出生后的几年，明珠开始不断升迁，直至后来成为一人之下、万人之上的大清国第二大掌权人物。

作为首辅重臣，明珠自然没有继续住在远离内城的封地，他的相爷府是今位于北京什刹海岸边的宋庆龄故居。院落里树木郁郁葱葱，小径幽然，府邸肃穆。这里亦是纳兰性德童年、少年、青年时生活的地方。

古往今来，许多人曾因各种缘由踏足这座府邸。在参天厚木之下，有散不去的阴郁和黯然。三百年前的纳兰，是否也曾仰望这些繁郁古树，心生悚然？是否也会仔细分辨那自斑驳树影下虬然伸展的枝叶脉络，从中领悟文学真谛？

明珠深受儒家文化影响，曾带头研读孔孟著作和《史记》《资治通鉴》等巨制，文人气息十足的他将自己的府邸营造出书卷文墨味道浓郁的雅致环境。明珠有之后的成就，可见其文武之才并非出色的政治手腕能够掩盖的，后世从仕途手段的角度评议他，不免有些片面。况且，在名利场这个是非圈中，哪有什么黑白曲直呢，不过是上位者的一家之言。

在明珠长子纳兰成长的日子里，纨绔子弟的气息不曾在他身上显露，而贵族子弟特有的优越感也很少出现在他的诗作中。那么，纳兰眼中的贵族生活又是怎样的呢？

相思醒·花月不曾闲

生查子

散帙坐凝尘，吹气幽兰并。

茶名龙凤团，香字鸳鸯饼。

玉局类弹棋，颠倒双栖影。

花月不曾闲，莫放相思醒。

这首《生查子》，生动地描绘了贵族家庭中少年读书时闲散浪漫的场景。

书本摊开着放在手边，美人随侍在侧，品着龙团凤饼的香茗，燃着鸳鸯形状的香饼，时而博弈，时而漫步花园，即便是稀松平常的吟诗作对，也不曾失却风流。

如果这首小词是纳兰读书时有感，是对古人读书的情态的一种怀想，那还当真是浪漫而单纯。若是纳兰自己的写照，便要问问这位陪坐读书的美人是哪一个了。

或许是家中的丫鬟，或许是那位不知是否真实存在的表妹，或许是他的妻子、妾室、红颜知己……美景、美人、美味环绕，少年的风流恣意，若再不尽情挥洒便是负了这花月良辰。

八旗子弟自幼生长在充满奢靡气息的家庭，总会不可避免地沾染骄矜习气。但是，纳兰公子没有，因为他的家庭即便是有权、富贵，他的父亲，地位显赫一时的那拉氏明珠，即使身为功勋后代，也并非纨绔不肖之辈。

明珠是着着实实艰难过、奋斗过的，虽然史书记载他贪污卖官，却无法磨灭他对清廷的杰出贡献。明珠，字端范，姓那拉氏，尼雅哈次子，生于后金天聪九年（1635年）。顺治时初任侍卫，后担任銮仪卫治仪正，类似仪仗队的仪态监督，又调任为内务府郎中，授予骑都尉，允许世袭。

康熙三年（1664年），明珠升任内务府总管大臣，"掌内务政令，供御诸职，靡所不综"，成为管理宫廷事务的最高长官。能在内宫掌权，显然得益于他的出身。这年，纳兰十岁。据说当时的他已经是出口成章、文采斐然的小才子了。康熙五年（1666年），明珠任内弘文院学士，开始参与国政，从此平步青云。

明珠是对康熙朝有过很大贡献的，在统一与分裂的激烈斗争中，在满汉政治、经济、社会文化交融与变革的大形势下，无论是协助康熙皇帝清除鳌拜、平定"三藩"，还是出谋划策抗击沙俄、收复台湾、平定噶尔丹、治理黄河、融合汉族文化、建立清朝政治经济制度等，明珠都可以称得上功臣。

纳兰曾组织编纂图书，这一点与他的父亲曾经奉皇帝之命，以总裁之职参与重修《清太祖实录》《清太宗实录》，编纂太祖、太宗、世祖的言录《三朝圣训》，以及《政治典训》《平定三逆方略》《大清会典》《大清一统志》《明史》等宝贵的图书资料不无关系。

明珠身居高位，结党营私、贪污贿赂、发起党派之争等败笔，一方面是封建专制的必然产物，另一方面也有经营多年、尾大不掉的原因。

康熙二十七年（公元1688年），纳兰死后三年，他少年时代的老师徐乾学联合郭琇起草参劾明珠疏稿，就纳兰父亲的种种罪行一一历数。徐乾学曾经是明珠党的成员，在纳兰在世时，徐乾学曾为明珠所信任，担任少年纳兰的教习老师。身为门下之客，却反水参了明珠一本，难道徐乾学这个人的人品是很差的吗？

千古帝王事，谁能说清楚呢？任何一个团队的权力如果已经于整个组织的平衡有害，统治者必然会采取措施分化它。清朝文学家韩菼曾撰徐氏行状，评论徐乾学的功过可以说是最为得当的。

当时的徐乾学也不过是康熙的棋子，皇帝命他与他的门生们远离明珠，甚至暗示他反对明珠。一朝为臣，徐乾学也想尽忠为主，却不得不舍下一个"义"字。想到自己的形状，徐乾学也曾自我解嘲："做官时少，做人时多；做人时少，做鬼时多。"可见他当时的忧愤和无奈。

政治一事，纳兰眼中的腌臜玩意，尽管他不愿主动接触，却囿于家庭背景，不得不涉足其中。

纳兰儒雅的性格除了后天的修养原因之外，也源于自小受到那位满汉双语才子父亲的影响。明珠为人聪明，处事干练，加之善解人意、深谙谋略，又精通满汉两种语言，辨才无碍，又会笼络人心。这也是他官场得意的重要原因。或许纳兰最早的汉文化启蒙便来自明珠，也正是从小浸润在汉文化厚重柔婉的氛围中，使公子性情愈发温雅，正所谓其人如玉，举世无双。

而觉罗氏，纳兰的母亲，是温婉大方且知书达理的大家闺秀，或许她的出身门第为那拉氏带来的并不是政治利益，但她却以明理和贤惠促成了夫君的事业顺遂、儿子的才华横溢。

正是因为从小在这样的家庭环境里耳濡目染，纳兰不仅可以被动地接受到较好的汉文化教育，博采众长，更能够自由地选择自己感兴趣的内容学习。

我们姑且臆测，纳兰父母感情是融洽的，在这样的家庭氛围中，纳兰对"情""爱"的理解是简单的，对感情的向往是纯粹的，连少年时代的强说愁都是优雅可爱的。这样的纳兰公子是值得被体谅和保护的，这样不谙世事艰险的年华是最剔透珍贵的，这样的温文尔雅，或许娇柔却不软弱。

情窦初开为谁人

　　顺治十八年（公元1661年），纳兰七岁的时候，长他一岁的爱新觉罗·玄烨即位，是为康熙皇帝。

　　明珠青云直上，在康熙皇帝亲政前升为内务府总管，而纳兰未来的岳父卢兴祖也在纳兰十一岁（1665年）这一年擢升广东总督。或许这些对年幼的纳兰来说，并不算什么大事，唯一对他有所影响的，或许是父母的管教更为严格，从远郊小小的房子搬进四九城里大大的府邸，有更多的仆从，能享受更奢侈的生活。

　　人说写情、写景贵在写"心"。或者对纳兰来说，情伤是让他不寿的根本原因。人说纳兰在妻妾之外还有一位情人，而且这位情人还是他的红颜知己，从诗词中的"梨花"意象到"一生一代一双人"的盼望，总会有那么一位佳人，是他向往而未曾拥有的。无论是影视作品中虚构的表妹还是传闻中的大家闺秀、小家碧玉，在纳兰年少的时候，或许的确有伊人倩影伴随他度过那段深宅大院里寂寞的年月。

　　没有一往情深、多愁善感，是写不出婉约派雅致而不乏风骨的句子的。无论这位佳人是谁，从纳兰的相思可以看出，少年时代的他，为这份情痴狂，早已不堪其重。

青梅老·心字已成灰

忆江南

昏鸦尽，小立恨因谁？

急雪乍翻香阁絮，轻风吹到胆瓶梅。心字已成灰。

明代杨慎曾在《词品·心字香》中提到："'番禺人作心字香，用素馨茉莉半开者，著净器中。以沉香薄劈，层层相间，密封之。日一易，不待花萎，花过香成。'所谓心字香者，以香末萦篆成心字也。"古人常用"心字香"，是为花香熏染的心字形状的熏香，取风流雅致的意味。早春的黄昏，暧昧不明的光线里，归巢乌鸦已飞尽，渐暗的天光笼罩下，周遭更显宁静。一直站在那里的人，消瘦的背影在隐约的暮色中如此寂寥。那个孤独的身影，在早春的余晖里透出一点落寞、一点幽怨、一点凄楚。

是在等人吗？等的是谁？盼的是谁？是要送别吗？别的是谁？恨的是谁？纳兰写的是闺中少女的期盼心情，还是自己独守寂寞的等候？

那位他向往的意中人，准是许了他今日来见，粉脸依偎，素手焚香，弹琴作画，于丝竹文墨中解一时相思。

是表妹吗，还是哪个世家的女孩？那个聪慧温柔的女孩，白衣胜雪，肤若凝脂，娇小可爱，曾经是少年心中最为端庄秀丽的一朵梨花，虽然出身谈不上多么富贵，却干净得让人忍不住想去亲近。

可是，她没有来。可能，她再不会来了。

纳兰借女子春阁中的哀怨，写自己的不甘与消沉，慨叹可怜、可爱又可惜，一阵阵微风吹动珠帘，门槛边的朵朵柳絮犹如轻薄的雪片，被翻动起来，空气安静得让人难过。他是怎样看透那些心绪的呢？从眉尖的微蹙还是扭出褶皱的罗帕？

挑弄过柳絮，春风还要再拨弄花瓶里的梅花，撩拨得人心慌意乱。"郎骑竹马来，绕床弄青梅"（唐·李白《长干行》），伊人不复来，心字香早已燃尽，只剩一片嘤嘤哀泣的尘灰。

在纳兰的少年时代，一位梨花般的佳人就这样成为他梦中所想。他们曾在一起游戏，也曾相对无言，微微一笑粉了双颊；他们吟诗作对，他们两小无猜。能够出入明珠府邸的女孩，若不是八旗之内的亲戚，也定是名门、官宦之后。以纳兰父亲明珠升官的速度，应该没有哪位大臣会早早拆散这对金童玉女吧？！

在写给妻子卢氏的悼词中，纳兰也曾以梨花为喻，说不定他心中思念的那位佳人，正是少年时见过面的卢氏！或许是因为明珠对汉文化略有研究，且身为处理皇族内务的官员，所以汉族的官员多与之交好。

许是互相走动、官场应酬之时，卢兴祖与明珠一见投契；许是明珠想要攀附、结交仕途顺利的卢兴祖。毕竟此时的明珠还只是行走在宫廷的总管，虽然伺候宫廷中人更容易得宠，但总要使些手段、拉拢些靠山，才能地位稳固。总之，在两个孩子对情事还懵懂的时候，他们的姻亲就这样定下了。

封建社会，女子出嫁较早，而在清朝又有选秀女的传统。由户部主持，每三年挑选一次八旗中的少女，以备皇后妃嫔之选，或者赐婚近支（即三代以内、血缘关系比较密切的）宗室，或者承担后宫杂役。若是早早定亲，便免去了三挑四捡的选秀。古人成亲前一般有定亲的习俗，尤其是官宦之家，更为看重婚姻大事。所以，这位"青梅"非常有可能是才貌上乘的卢氏。而且无论哪一方面，卢氏都足以匹配纳兰妻子的身份。

他们曾经在家人的安排下匆匆见过几面，甫一定下亲事，卢氏便随父亲前往南方赴任，一对小鸳鸯天各一方。刚刚萌生了相互爱慕的情愫，便分隔两地，可谓"一种相思，两处闲愁"（宋·李清照《一剪梅》），难以描摹其中酸涩的少年怀揣着朦胧心事，只能咀嚼少之又少的回忆。可是，他们终究能够结为连理，而那不能厮守的女子，又是何人呢？

或许，你始终相信纳兰有一位表妹，或是一位妻妾之外的红颜知己。不管那人是谁，在少年纳兰的心中，她是纯洁温婉又带着淡淡清香的，是高洁清冷的梨花化身，娇小的身形，淡雅的香氛，纯然雅致地绽放在初春的微寒中。此时，我们姑且称这朵梨花为"她"，且从他的词读她的美，品他和她的相思。

春天到了。

草长莺飞，燕语风和，冰融雪消，正是相思时候。

还记得分别的时候，窗边隔着绿罗纱的絮语，道不完的离别愁绪，秋风瑟瑟，一阵寒似一阵，伴着远飞的鸦群，离别了曾经的亲爱之人。

挥手自兹去，孤帆寄天涯。

临江仙

长记碧纱窗外语，秋风吹送归鸦。

片帆从此寄天涯。一灯新睡觉，思梦月初斜。

便是欲归归未得，不如燕子还家。

春云春水带轻霞。画船人似月，细雨落杨花。

公子多情，从此多愁绪。多情苦，苦多情，多情无处不伤情。

无眠的灯火星星点点，半圆的孤月凄凄切切。

与佳人长别已久，而今见燕子还家，相思顿起，也知晓她想要归来，却归不得。燕子可知相思，可知离愁，可知情爱？

想起那时并肩而行，春日里温柔的云、温柔的水、温柔的晚霞清风，精美的画船上，起伏的波纹里，映月的倩影双双对对，偶尔飘过的一阵小雨，如同轻盈纯洁的杨花儿，飘散在一双璧人的身侧。

那时候，你眼中只有我，我眼中只有你。

可是，谁能左右人生的别离？谁能阻止命运的铁蹄？谁能踏碎光阴、勘破人心？

雨，落了便老了，相思却此起彼伏，一簇簇盛放都是崭新的。

纳兰想象着那位远在天边的美人，红酥手微翘着指尖，轻轻卷起珠帘，却见伊人深坐蹙蛾眉。但见斑斑点点泪痕湿了衣袂，也知，也不知，她心中是否恨着谁？这恨的人，又是不是舍不得、放不下、无奈不在身边的他？

恨不相见，爱不相见。又酥又疼又烦，被一个回眸、一抹笑靥戳中了心尖。

心欲碎·还道有情无

临江仙

点滴芭蕉心欲碎，声声催忆当初。

欲眠还展旧时书。鸳鸯小字，犹记手生疏。

倦眼乍低缃帙乱，重看一半模糊。

幽窗冷雨一灯孤。料应情尽，还道有情无？

少年纳兰的白天是要练武的。骑射是满洲人必须具备的能力，这对聪慧而细心的纳兰来说，似乎并非难事。从四五岁开始，满洲子弟就开始接触骑术和武艺，粗俗的莽汉总不能成为好士兵，只有深谙谋略的男人才够资格称得上将帅之才。因为勇敢如果没有智谋的配合，总归是不堪重用。

一身尘埃，裹着一怀高才。纳兰拂去身上的灰尘，拭干额头上的汗水，虽然微笑却忐忑着激动地接过侍女递上来的一封小小的信笺，隽秀的小楷笔画优美，正是他曾经指点她的笔迹。

"有劳，多谢！"纳兰如是说着，踟蹰着该先换下一身污浊再看那人的软语，还是先打开信笺，以慰藉自己多日的痴想。还是看看吧！先看看，看一眼！就看一眼，剩下的，在下一封想念来到前，总可以拿千百个时时刻刻来回味咀嚼。

少年用力在衣襟干净的地方擦了擦手，急切地展开信笺。

"望君珍重。"

或许在她托人辗转传来的锦书中，只有这么简单四个字，浓浓的墨痕，淡淡的记挂，已经足够填满相思，又重重地刻下更深的相思。她还能说什么！

她是怎样羞涩着对传书人叙说其中的缘故？

"那人，这信，托付先生，不胜感激。"

低垂着头，微微颤抖着手，紧攥着书信又若轻还重地交给"鸿雁"，托付的是薄薄的等待，厚厚的挂念，深深的情，浅浅的怨。

不久后的一天，纳兰吃罢晚饭，回到书房，秉着一盏昏黄的灯，听窗外细雨点滴，轻轻地敲在芭蕉叶上。不徐不疾的声音，让他不觉想起，在她的天涯，是否也落了雨？

一时间离愁涌上心头，展开夹在书页中的那封带着花香的信笺，抚摸着秀气的墨痕，回忆那时教她习字的场景。小小的女孩儿，粉雕玉琢的面孔，柔软细致的手指，握着笔沉思的可爱模样，仿佛就在眼前。

手指随着一字一句的笔画描摹，就像是细数她的眉眼，恰如新月如钩，星辰璀璨。

唉。淡淡的太息，浅浅的寂寞。正应和着远方她那浓浓的离愁，深深的牵念。

不自觉揉乱了书页，模糊了字痕。也不知是看得久了倦了，还是想得多了泪了。

许久没有见到她的信，忍不住担心这横亘着千山万水的情，那条脆弱的红线，断了否？那鲜红好似心头血一般，褪色也未？是有情还是无情？给个痛快吧！好过隔了一个海市，中有几重蓬莱，那巫山的云阻了惦念的眼，越是看不清越不甘悬着一颗心！

临江仙

昨夜个人曾有约，严城玉漏三更。

一钩新月几疏星。夜阑犹未寝，人静鼠窥灯。

原是瞿唐风间阻，错教人恨无情。

小阑干外寂无声。几回肠断处，风动护花铃。

若说是无情，她也就不会鸿雁传情。若说是有情，又有什么能够证明？难不成这一切竟是纳兰心系她太久，凭空生出的妄想吗？

她曾经失约。

新月之夜，星辰三两，连呼吸都几不可闻的深夜，安静得让人心焦。整夜睡不着，或许只有纳兰和老鼠在痴痴望着灯油。毕毕剥剥的响动里，一个蹙眉叹息，不肯就寝，等了又等；一个小心翼翼，战战兢兢不敢爬上灯台，惦记着美味，又怕热油烫了嘴巴。两个都揣着偷偷摸摸的心思，有着微妙的相似。

在等级制度和封建意识浓厚的时代，他们的约会是非常隐秘的，不仅要冲破自己内心的矜持，还要躲过侍婢的视线、父母的看管。戒备森严到犹如《临行公车》中的"禁门俨犹闭，严城方警夜"。

已经是约定好的时辰，仍然没有见到她的身影。

许是半路被逮了回去，遭到狠狠的训斥，悄悄拭干眼角的泪珠儿，心里却默默地重复对恋人的歉疚？

许是看管太过严格，甚至没有偷溜出来的可能，只能纠缠着汗巾子，懊恼着咬住下唇，在闺阁内坐立难安？

许是这种种世间情状，教新月儿早爬上柳梢头，黄昏后的约定却难成行。若不是知道她的心，定会错生了闷气，误恨了无情。可知她心、晓她情便不怨吗？

只有风经过小轩窗的寂寞，偶尔有点响动便喜得人推开窗探看，每每是可恶的风又去招惹花圃边缠绕的护花铃铛，来来去去地嬉闹，总教人白高兴一场。

"她不来，是因为来不了。"纳兰心想着。每一次失约，纳兰都这样想着，暗地里还担心她是不是受了委屈，一颗心要命似的悬着，直到再见到她，看到她好好儿地站在那儿，依旧微微地笑着，红晕爬上两颊，这才放下心来。

现如今回想起来，莫不是太自作多情？那人究竟对自己是否仍旧有意？一颗心忽然又悬起来，夹杂着点不甘心，掺和着些幽怨，在更深露重的黎明之前，才能混沌着睡上一会儿。

虞美人

春情只到梨花薄，片片催零落。

斜阳何事近黄昏，不道人间犹有未招魂。

银笺别记当时句，密绾同心苣。

为伊判作梦中人，索向画图影里唤真真。

醒来时，眼睛有些酸痛。不知是睡梦中曾流泪，还是睡得太晚，有些许疲累。

庭院的梨花片片零落，铺了满地的灵巧。

春到此时便是薄情。呆坐着便是一天的光景，竟然又是黄昏。黄昏，然后便是夜晚。夜晚，又是思念燎得人心焦灼的时候。

信手翻了翻书页，竟然又天意一般停留在夹着那素白信笺的地方。

唉。不敢叹息，不能叹息，最怕叹息。

扇子随意丢在桌上，细细丝线的扇坠，正是那女子亲手挽出的同心苣（相连的火炬状图案花纹。古人常用来象征爱情。）。"窗寒天欲曙，犹结同心苣。"（五代前蜀·牛峤《菩萨蛮》）同心当时结，却不知她现下是否能感受到自己的心痛。

一丝还成千万缕，千万相思难相亲。

素笔几欲勾勒出她的形貌，可是刻在心里和脑海中的影子，却莫名其妙地不能描绘得完美。于是只描了一个轮廓，呆呆地望着这轮廓，渐渐清晰了心中的女子。

纳兰呆望着笔下的画，想起《松窗杂记》中的故事。唐朝进士赵颜无意中看见画工绘制的美人图，感慨道："现实的世界里怎么会有这样美妙的女子？若她活生生地站在我面前，定要娶她为妻。"

画工淡淡地笑了，回道："我的画向来以'神画'著称，这美人图是其中最为出色的一种。此女名为'真真'，若真有情意，可以昼夜不停地呼唤她的名字，百日之后定能有所回应。待她回应之后，喂她喝下百家彩灰酒，便可如常人一般。"

赵颜将信将疑，却实在被这真真吸引，便如画工所说，呼唤了百日"真真"，竟然真的得到回应，喂其喝下酒之后也如常人一般。

范成大曾戏曰："情知别有真真在，试与千呼万唤看。"

…………

纳兰摇摇头，苦笑着放下画笔。若她在这画中，呼唤百日算得了什么？

只可惜。只可惜。忍不住再次叹息。真真伤情，真真难如意，真真无奈。

虞美人

曲阑深处重相见，匀泪偎人颤。

凄凉别后两应同，最是不胜清怨月明中。

半生已分孤眠过，山枕檀痕涴。

忆来何事最销魂，第一折枝花样画罗裙。

纳兰转过头，不想去看桌上的同心苣，不想去想画中的"真真"。随手捡一本李后主的词，读了一会儿，指尖却总在一行字句间细细摩挲。

"画堂南畔见，一向偎人颤。"（五代南唐·李煜《菩萨蛮》）

是啊！初见那日，总是教人忍不住回想。

指尖抚过几案上的古琴，幽怨的颤音中，仿佛那女子梨花带雨，轻颤着肩膀啜泣的模样又出现在眼前。料想分别后你我的心思是一样的凄凉，尤是在那团圆美满里，尤是在那繁花明月中。

睡梦中，孤眠的她应该也会和自己一样吧！每每思念，粉泪零落，沾湿了枕头，浸透了薄衾。

现下说起你，眼前还是那个初见时的罗裙少女，娇俏可人地站在自己面前，举手投足间鲜活了罗裙上的一枝梅花，搅动了少年的芳华。

虞美人

彩云易向秋空散，燕子怜长叹。

几番离合总无因，赢得一回僝僽一回亲。

归鸿旧约霜前至，可寄香笺字？

不如前事不思量，且枕红蕤欹侧看斜阳。

你呢？你，还好吗？与我"天涯共此时"（唐·张九龄《望月怀远》）吗？

封建社会要求女子知矜持懂廉耻，满族人进关后更多地学习汉人，逐渐也遵从了这一规矩。而且无论多么热情的女子，又怎会在这骄矜的世道里放肆着自己的情绪。

纳兰合上书卷，闭上眼睛，脑海里浮现出伊人的模样，幻想她也在思念自己，一样的愁情难耐，心思翻转，一样的望着寂寞梧桐，深深庭院重重锁住了冷漠的清秋。

看着长空中流散的彩云，燕子衔泥，忙碌地飞来飞去，时不时停下看看回廊中形单影只的少女，似乎也在为她叹息。

来来去去，毫无预兆的几番离合，换来的是重逢的喜悦、别离的愁绪。

爱得这样折磨，究竟值不值得？

少女的心上人曾留下一个约定，霜落之前定会前来相见。于是她只好每日都数着时辰等待，在失望和希望中重复这种煎熬。离别日久，少女不免有些怨怼：那人若是不能早归，就是寄来一封信笺也好，聊慰相思之情，三言两语，不需说想念，却已经说尽了想念……

罢了！纳兰猛地睁开眼睛，揉揉紧皱的眉心，不如前事不思量。姑且做个无情之人，就享受着浮华之家的富贵享乐，半躺在雕梁画栋中看夕阳西下，不去想它什么时候回来。

呵，其实你又何必自欺欺人？

不思量，自难忘。

苏幕遮

> 枕函香，花径漏。依约相逢，絮语黄昏后。
> 时节薄寒人病酒，划地梨花，彻夜东风瘦。
> 掩银屏，垂翠袖。何处吹箫，脉脉情微逗。
> 肠断月明红豆蔻，月似当时，人似当时否？

黄昏来得这样快，快到教人来不及防备夜晚的寂寥。

一壶薄酒，纳兰在回廊里坐下，斜睨这满眼的梨花地，好像枕头上还残存着一丝春意，淡淡清香是不是从这一地残花而来？春将去，花魂在。

若是那女子来了，能够如约定过般相聚，莺声燕语之后离去，就能延缓这春天离去的脚步么？

寒气微微地吹送到面颊上，这才发觉，原来满树的花儿零落无几，似乎一夜之间，清瘦了梨树，消减了情思。

放下酒壶，歪了歪身子，倚在柱子上，轻轻合上眼，回忆那天，那少女娇羞地躲藏在屏风后，却露出一角翠色的袄袖。

无情却似有情，若离恰又若近。这也是一种情挑么？

远处又传来箫声，阵阵箫音搅得人迷离恍惚，书架上装饰的，可是红豆吧！每个蕊心有两瓣并生，仿佛前人所说的连理枝。

可是，红豆蔻美则美矣，却有花无实。想着古今情事，几多如此。当时愿君多采撷，只因此物最相思，谁知来日不可期，终究镜花水月，落了个花落人去的结局。

纳兰深深呼吸渗透花香的空气，默默地问初升的明月：我还是当初的我，你还是当初的你，她呢？她还是当初的她吗？

等，等碎了琉璃盏；熬，熬老了玉颈壶；盼，盼旧了绿罗裙。

青丝能挽住几缕春光，流年已遮掩多少岁月。

南歌子

翠袖凝寒薄，帘衣入夜空。

病容扶起月明中，惹得一丝残篆旧熏笼。

暗觉欢期过，遥知别恨同。

疏花已是不禁风，那更夜深清露湿愁红。

是的！她还是当初的她！黑夜里不知什么地方传来这样的声音，惊得纳兰浑身一颤，几乎落下泪来。明月高悬，月光中仿佛能看见她消瘦的模样。"自春来，惨绿愁红，芳心是事可可。"（宋·柳永《定风波》）还是当年的翠色袄袖，在薄薄的夜露中沾染了些许寒意，深深的帘幕融入暗暗的夜空，憔悴的面容映着惨白的月色，令人倍感疼惜。

旧熏笼挡不住篆字香的香消玉殒，淡淡的烟雾里，少女娇弱的情态好似要随之飞升一般。绣帕掩上粉面，心里暗自揣测。"东风恶，欢情薄"（宋·陆游《钗头凤》），一时解不开的别绪，万般断不了的愁索，心知相恋的热情日渐消减，虽然分别两地仍旧牵系着一样的别离幽怨。

春已杳，残花再经不得风的催促，怎么还要加上这微寒的夜色里清露的浸染，湿了这一片花红，愁了这一地破败。

这样的情状，算得上是离妇吗？

春去也·莫被人知了

秋千索

锦帷初卷蝉云绕，却待要起来还早。

不成薄睡倚香篝，一缕缕残烟袅。

绿阴满地红阑悄，更添与催归啼鸟。

可怜春去又经时，只莫被人知了。

呆坐着又是一夜，妆容憔悴，鬓髻松散，斜云一朵乌色，坠在脑后，浸染了熏笼的香气，睡也是睡不下，起来却还早。慵懒地靠在床头，眉头微蹙，香已燃尽，一缕缕残烟蜿蜒着爬出笼外，转眼消失无踪。

侍女推开轩窗，满庭红翠仍在，只是春事悄歇，"绿肥红瘦"（宋·李清照《如梦令》），不知何时又飞来了催归的小鸟，婉转娇啼着"不如归去"。

经年又逝，春早无影，只是，这春思的形状莫要被人知了去。莫要人知，情太重，恨渐浓，离别更添心痛。

秋千索

药阑携手销魂侣，争不记看承人处。

除向东风诉此情，奈竟日春无语。

悠扬扑尽风前絮，又百五韶光难住。

满地梨花似去年，却多了廉纤雨。

千里之外，现下所在。两厢愁绪狠狠地纠缠，拧成一团坠在一处，"药阑东，药阑西，记得当时素手时"（宋·赵长卿《长相思》）。有那么一个携手的佳人伴在身侧，怎能不记得当时特意相迎相会之情？

若问酒醒何处，正黄昏时候杏花寒，廉纤雨。清明时节，算来距去年冬至已是百日有五，春风悠悠，带着些许的寒意，带着淡淡的惆怅。柳絮恰生双翅，梨花倒还如昔。别痴了！物是，人非，事事休。

有人说，这样的纳兰是婚后思恋旧情人的情状。有人说，这样的纳兰是心系某位佳人而不得的惆怅。

非也，非也。

这样的纳兰，是梨花一般的纳兰，是薄爱轻愁的纳兰，是迷恋着爱情和相思的纳兰。或许他爱的，也是爱情，也是相思。

秋千索

游丝断续东风弱，悄无语半垂帘幕。

红袖谁招曲槛边，飏一缕秋千索。

惜花人共残春薄，春欲尽纤腰如削。

新月才堪照独愁，却又照梨花落。

或者，纳兰爱上的，只是一朵飘散着淡淡幽情的梨花吧！

无力的东风吹送着细细的蛛丝，恰如一帏帘幕。绛红色衣衫的佳人，曾经在这里悠悠荡荡地弄过秋千，来来往往，衣袂飘扬之间梨花纷飞，那人银铃般的娇笑，悠然成风，似乎要飞升入云。

抚今忆昔，梨花又落，满地萧索，秋千空空摇荡在风中，佳人已去，那个不忍踏破花瓣的女子，是不是也因为思念消瘦？不盈一握的纤腰是不是又刀削般惹得衣带渐宽？

新月一弯，又上柳梢，昏灯对月成三人，写不完的愁，愁不完的愁，混在月色里，照着散落的梨花，一地的凄婉。

还是睡下吧！明日总不能再托病不去围场，少年理应有所抱负，一身能耐，怎能困在这淡淡的愁云里，凄惨个没完？

采桑子

彤云久绝飞琼宇，人在谁边？

人在谁边？今夜玉清眠不眠。

香销被冷残灯灭，静数秋天。

静数秋天，又误心期到下弦。

曾经也是这样等着你，盼着你。莫说你我仅仅是凡人而已，要知道即便是王母侍女、贬谪仙子都耐不住春情寂寞，夜不能眠，口不可言，却道人在谁边？

有人说，思念的时候，就是这样。牵挂一个人，总会问：你在做什么？你在哪里？话语浅淡，却是浓浓的说不出口的"我想你"。

已经说过不能再想，哪有少年郎是这样满眼关不住的哀伤？索性睡了吧！一夜之后，就当那都是过往，谁也不要提起！

香灰散尽，灯油耗尽，情怀是否也倾尽？衾被湿冷而凉薄，正能应和现下的心情。窗影中映出的一片一片的叶子里，静静埋葬了春天，在等待睡去之前，细细数着叶片上缠绵的脉络，似乎能够早早盼到来年，来年许会有变。或是她归来，或是我忘却。

不是说好睡去吗？又直愣愣地挨到月下弦，又是一夜，又想了一夜。

所以，人是不能相思的，人是不能盼望的，人是不能等待的。

这不，道不相思，偏又相思。一夜又去，纳兰，你还是你自己的吗？

采桑子

谁翻乐府凄凉曲，风也萧萧，

雨也萧萧，瘦尽灯花又一宵。

不知何事萦怀抱，醒也无聊，

醉也无聊，梦也何曾到谢桥。

萧萧雨夜，孤灯无眠，刚才那首词若是配上自己创作的曲子，应该也很优美吧！"梦魂惯得无拘检，又踏杨花过谢桥。"（宋·晏几道《鹧鸪天》）却又听得远处箫声，呜呜如泣，哀哀如诉。真正是灯花消减，凄凉倍增。一夜又要这样过去。

纳兰不解自己为何又是这样，满腹心事似的，苦笑一下，心下也知道是什么，只是不说破，也似乎不能说破。一杯冷酒？不。醉了也是无趣，醒着也是想念，就算是熟睡了，梦境里不也是一样？想得疼了的心，并不会因强自压抑而得到喘息。

采桑子

冷香萦遍红桥梦，梦觉城笳。

月上桃花，雨歇春寒燕子家。

箜篌别后谁能鼓，肠断天涯。

暗损韶华，一缕茶烟透碧纱。

"不高兴吗？为何见到我，还是一副呆愣的表情？"少女巧笑倩兮立在面前，花香弥漫，胡笳奏起，箜篌哀怨，明月映着桃花粉面。伸出

手想扯住佳人衣袖，却换来一场竹篮打水。终究是梦。相见相亲，终究
是梦。

忽来忽去的细雨渐渐停歇，春日夜晚料峭的寒意着上屋檐燕窝，一
生中最曼妙的年华就在这样的光阴中消减，唯有热茶还透出纱帘一样的
氤氲之气，仿佛仍是年少时节，仍有未结心事，仍有佳人在侧，仍带着
讷讷难言的羞怯，提笔欲言，却又尽在不言中。

采桑子

桃花羞作无情死，感激东风。

吹落娇红，飞入窗间伴懊侬。

谁怜辛苦东阳瘦，也为春慵。

不及芙蓉，一片幽情冷处浓。

"公子，更衣吧！"侍婢不知何时立在门侧，怯怯地探问。

也罢，也罢！纵使相思奈若何！

坐起身，在侍婢的服侍下穿好衣服，梳洗之后，慵懒地踱着步子来
到花园。

信手捻一朵桃花，万物有灵，万物无情，不晓人间事，倒也天真，
倒也自在。纳兰松开指尖，花瓣随意飘落，春，恁地无意，风也多情，
竟然卷起几片吹入小窗，更教人平添几分伤情。

古来多少骚人墨客，恁地多愁善感，为这春日里平淡而懒散的闲愁
消瘦？盛放的花朵细碎着流年，却比不上那一朵莲，"出淤泥而不染，
濯清涟而不妖"（宋·周敦颐《爱莲说》），静静地伫立在水中，层层

瓣瓣间透着冷漠高傲。

采桑子

拨灯书尽红笺也，依旧无聊。

玉漏迢迢，梦里寒花隔玉箫。

几竿修竹三更雨，叶叶萧萧。

分付秋潮，莫误双鱼到谢桥。

辗转反侧地猜测，昨夜终不能入寐的时候，还是选择了披衣坐起，修一封书信给那人。

写了又写，想了又想，写不尽的情愫，参不透的情思。

这世间，怎就没有那样现成的词句，短短数行，寥寥几语，说完了相思、道尽了牵念？

因为不能表达完整，所以更生无聊和惆怅，偏偏此时远处传来更漏声声，敲在天边，响在耳边，唤不回心在那边。

"玉漏莫相催"（唐·苏味道《正月十五夜》），莫相催。

三魂丢了两魄，离人带走了半个我。

曾有佳人玉箫，等不到那位应了婚约的郎君，便戴着他留下的玉环，绝食而去。如今看那痴女子，不见旧人，旧约何用？痴情至死，教人怎生忍心喟叹。

红笺轻折，信皮上细细描写着那女子的闺名，鸿雁一去经年，祈将苦情尽付秋风雨，只盼双鱼传信，莫要误了约期。倒也教公子泗红眼角，呕了心血，孤独归去。

后人看纳兰，多情痴情长情，却被"情"字亏空了身子，掏尽了肺腑，只剩下一个残存的影子，随叶落随雨殁，终于罢了生涯，也不知，情之一字，所归何处。

觉梦遥·暗露滴花梢

采桑子

凉生露气湘弦润，暗滴花梢。

帘影谁摇，燕蹴风丝上柳条。

舞馀镜匣开频掩，檀粉慵调。

朝泪如潮，昨夜香袭觉梦遥。

一位佳人对镜梳妆，自怨自艾，空有佳期如梦，怎奈天各一方？

夜露冷清，坠在枝头，生在琴弦，泪珠一样晶莹剔透，忽地坠地，烙下一个暗色的痕迹。

粉帘摇曳，影影绰绰，急忙转身把目光投向那里，是你吗？不。不是。不过是一阵风吹着燕子穿过柳枝，痕迹无踪，只有柳条仍旧摇摇摆摆着自得其趣。

懒梳妆，纵使花容月貌有谁怜？

纳兰公子，千山万水，孤影相对，你可也思念着我？一千一万个想念，在回忆间浮现在眼前。

采桑子

土花曾染湘娥黛，铅泪难消。

清韵谁敲，不是犀椎是凤翘。

只应长伴端溪紫，割取秋潮。

鹦鹉偷教，方响前头见玉萧。

　　古有湘妃竹滴泪，今有佳人思惘然。"三十六宫土花碧"，"忆君清泪如铅水"。（唐·李贺《金铜仙人辞汉歌》）昔人已去，空余离憾，冷却清秋节。

　　竹林中叮咚作响，少年翘首，却并非谁家乐宴，而是那少女盛装而来，头顶的凤钗玉搔头碰撞出一串清脆声响。

　　素手研墨，一方端溪紫砚悄然晕开温婉，相顾无言，少年提笔描摹，情人偎依在侧，时不时手把着纤柔素手，面贴着粉腮，教她写下几句新词，轻声解说：那词是何意，那句因何而来，那句向谁而赋……

　　书房的鹦鹉瞪圆了眼睛，没见过如胶似漆，没看过如鱼似水，眨也不眨地盯着这一双璧人。

　　少年纳兰笑意盈盈地瞧着少女用指尖挑弄着鹦鹉脚上的银链，娇声说道：

　　"说'成德哥哥'！"

　　鹦鹉左顾右盼，眼睛滴溜溜地乱转，啄一下羽毛，张了张翅膀，就是不肯开口。少女再度开口："说'成德哥哥'！快说！"

　　鹦鹉仍不开口，少女恼了，汗巾子甩过去，惊得鹦鹉拍翅大叫："成德哥哥！成德哥哥！"

纳兰不禁大笑出来，少女颊上浮起两朵红云，说不出的娇羞可人。

采桑子

白衣裳凭朱阑立，凉月趄西。

点鬓霜微，岁晏知君归不归？

残更目断传书雁，尺素还稀。

一味相思，准拟相看似旧时。

公子远在天涯之外，现下定是一袭白衣，斜倚朱红栏杆，望向西去的清冷月亮。月光映照在他的鬓间，仿佛染了霜色。他一定在想："年末之时，那人会不会回来？"

"独自莫凭栏"，"别时容易见时难"。"流水落花春去也"（五代南唐·李煜《浪淘沙》），一年复一年。这是你教会我品味的李后主，也是你撩拨起我的春思。

比起频繁的相思，月余才来的书信似乎少得可怜。这么一直想，一直等，一直盼，千里婵娟，天涯相隔，共度此时又如何？

他日再见，仍似旧时，容颜亦然，情思亦然。

此一封书信，揉进去细碎月色，泼溅了清寒星光。盼君收到时，聊慰相思意。

莫问归不归，往情不可追……

"而今才道当时错"（清·纳兰性德《采桑子》），分别时匆匆一面看似轻描淡写，却是多么痛心。想来相爱便是错，否则为何要忍受思念的焦灼？不识愁滋味时强矫揉，识尽愁滋味却说不出口。

心都碎成多瓣，很久以来都不晓得完整的情绪是怎样，"满眼春风百事非"（清·纳兰性德《采桑子》），凄迷着心事，偷偷落泪。"去年今日此门中，人面桃花相映红"（唐·崔护《题都城南庄》），人面远在他乡处，桃花如是人面非。

春风拂面，桃花暧昧，伊人不在，空留一袭冷月。

"一别如斯，落尽梨花月又西。"（清·纳兰性德《采桑子》）心里明明知道，相会之日有可能遥遥无期，却还在书信里，做出期盼模样，安慰彼此的不安，许下实现不了的欢期。究竟是在安慰情人，还是在安慰自己呢？

难道这样一个善解人意的好女孩，注定不能是自己的情感归宿吗？

梨花零落，回首又一地寂寞。纳兰握紧手里的信笺，粉色的梅花纹样扭曲成忧伤的图样。

一日复一日，一梦醒一梦，皓月又东升，难得相会时。

四犯令

麦浪翻晴风飐柳，已过伤春候。

因甚为他成僝僽，毕竟是春拖逗。

红药阑边携素手，暖语浓于酒。

盼到园花铺似绣，却更比春前瘦。

梨花落尽之时，麦浪翻涌，暖风拂柳，看来早已过了伤春的节气。

春已去，春怀仍在；花已落，花梦未醒。

想起那年夏天，红色芍药盛放似火，素手轻抚花瓣，淡笑挂在唇边，还曾羞涩低垂眼睑，怯怯的十指交缠。

暖风吹到耳边一阵温柔细语，醉了人，香醇浓似酒，逗引出微微悸动。

人比花娇，花落无声，原以为春去寒消，怎料更比春前寂寞。这样的相思，岂不是苦思？这样的苦苦等候，什么时候才有尽头？心里的那个缺口，有没有人能填补？

纳兰公子握紧手中的芍药，昔时的妖娆已经破败不堪，此情绵绵，此恨，何时已？

一双人·争教两销魂

画堂春

一生一代一双人，争教两处销魂。

相思相望不相亲，天为谁春。

浆向蓝桥易乞，药成碧海难奔。

若容相访饮牛津，相对忘贫。

相怜相念倍相亲，一生一代一双人。碧海青天，夜夜牵念，却怎生教人两处分隔？

恨不得、爱不得、说不得的销魂。想念、盼望，却终究不得团圆，空等来一个春天，耗空了凡愁俗愿，为了谁还对红尘留恋？没有佳人在侧，空守着秋去雪来，青春灼灼，有何意义！

昔日有裴航与樊夫人同舟，得诗："一饮琼浆百感生，玄霜捣尽见云英。蓝桥便是神仙窟，何必崎岖上玉清。"途经蓝溪之上蓝桥驿，讨水得遇仙女云英，两厢情好，一处相亲。其母要求以玉杵臼为媒聘，裴航千辛万苦终于寻得，方能结为伴侣，双双仙去。

这样的经历公子也曾有过，却未能得到一样圆满的结果。天高水长，心如皎月，纵然情深似海，却难以相见。

如能得成所愿，到那天河饮牛的所在，不枉费牵牛织女一番辛酸，执手泪眼，相对莫问前程，有情饮水饱。

纳兰生性之淡泊、重情轻利由此可知。如果说纳兰是为情所累，倒不如说他看破了红尘中纷纷扰扰掺杂了太多名利的情爱，唯有高洁如梨花的情人，才是心之所系。即便那人是平凡的、地位低微的，也并无不可，下凡天女也罢，乡间碧玉也好，只要她带着自己所追求的、纯粹的爱情。

河渎神

凉月转雕阑，萧萧木叶声干。

银灯飘箔琐窗间，枕屏几叠秋山。

朔风吹透青缣被，药炉火暖初沸。

清漏沉沉无寐，为伊判得憔悴。

等待是最煎熬的事情。纳兰不怕等待，却也难挨等待。

四野阒然，月色清冷，徐徐东去。风吹树影婆娑，恍惚了屏风上的光晕，翻卷了枕边层层书稿，直钻入本就不暖的薄衾。为伊消得人憔悴，寒意大盛的深夜，只有炉上的药还是暖的，轻声沸腾着。

"熏笼玉枕无颜色，卧听南宫清漏长。"（唐·王昌龄《长信秋词其一》）这一切愁思究竟从何而来？

是你啊！

"灵雨既零，命彼倌人。"（《诗经·墉风》）前景后情是纳兰最为常用的写作手法，但凡是看到一些事一些景，总会勾起他的伤心。这伤心有时候是因着情思，有时候却又无端而来，似乎这些景物有了心，而纳兰恰恰能够感应这景物的心。

"断续凉云来一缕，飘堕几丝灵雨。"（清·纳兰性德《河渎神》）才貌双全的宋玉曾经在《高唐赋》的序中说："昔者楚襄王与宋玉游于云梦之台，望高唐之观，其上独有云气，崒兮直上，忽兮改容，须臾之间，变化无穷。王问玉曰：'此何气也？'玉对曰：'所谓朝云者也。'王曰：'何谓朝云？'玉曰：'昔者先王尝游高唐，怠而昼寝，梦见一妇人曰：'妾，巫山之女也，为高唐之客。闻君游高唐，愿荐枕席。'王因幸之，去而辞曰：'妾在巫山之阳，高丘之阻。旦为朝云，暮为行雨。朝朝暮暮，阳台之下。'旦朝视之，如言。故为立庙，号曰朝云。'"从此"云雨"便成为男女情事的代称。

朝朝暮暮有情人，萧萧滚滚清江水。秋也深，夜也深，此时有云有雨，翻云覆雨，可知纳兰做了鸳鸯之想，相思之情道之不尽。水边有红草生而萋萋，乍凉时候，轻寒沁人，那鸳鸯又栖息何处呢？

莫登楼·斜日两眉愁

诉衷情

冷落绣衾谁与伴，倚香篝。

春睡起，斜日照梳头。

欲写两眉愁，休休。

远山残翠收，莫登楼。

　　纳兰怀想的这位女子，何曾不想他呢？纳兰兀自沉迷在幻想的愁怨里，须知她也正在魂牵梦绕想着他。天涯两段，一样离情。

　　绣衾冷，只因孤独一个，熏笼燃香，春睡懒懒，红日高起，妆镜前头，日渐憔悴的梳洗？

　　"独睡起来情悄悄，寄愁何处好。"（清·纳兰性德《谒金门》）无人与共，浓妆淡抹都毫无意义。"无言独上西楼"（五代南唐·李煜《相见欢》），凭眺天涯，一川烟草，倒不如不要再上层楼，也莫道"天凉好个秋"（宋·辛弃疾《丑奴儿》）。

　　清晨风收雨歇，水天如玉色空明剔透，本该是一片令人心旷神怡的大好风光，却为何反而增添愁绪？

　　原来是春起一梦惹了祸，梦中的相守场景被梦外的日出打破，阳光晕开，晃得人心神恍然，谁为伊人解怀？只剩下帘外落花，还默然萧索着。

　　一个人的梦里有两个人，醒了只能压抑心中苦涩，纵有山高海深之情，也只能深埋心中。

"纷纷江上雪，草草客中悲。"（唐·李白《新林浦阻风寄友人》）这是李白眼中的雪景。纳兰曾被称为清朝的李白，在赤诚侠情之外，他却更多了一丝李白少有的柔情蜜意。

这片婉转愁肠寄托何处？又有何处可以暂存情殇？

伤心伤感伤情，纳兰爱而不得，甚至需要深埋这份情感，这一番痛楚和抑郁如何才能释怀？

纳兰还是在惦念着这位梨花佳人。究竟是怎样的女子，令他念念不忘？两情是否遥相悦，千里可否共婵娟，那位佳人是否也在想念纳兰呢？

浪淘沙

紫玉拨寒灰，心字全非。

疏帘犹自隔年垂，半卷夕阳红雨入，燕子来时。

回首碧云西，多少心期。

短长亭外短长堤。百尺游丝千里梦，无限凄迷。

伤春伤情，且捻紫玉钗，乱了那心字形的残灰，真个是心灰意冷、心事全非，情如死灰不复温。粉帘恨撩春风，不知不觉竟已是夕阳西下，燕子双飞归巢，如今是也分飞燕般难与那人旧情复燃？

曾经怀揣着多少期盼，一寸寸相思融进往昔步履匆匆的痕迹，柳条柔弱，摇摆不定的离合，却是千里之外那人才能解得开的愁锁。眼前氤氲一片，心事无限凄迷。

日复一日、长了又短、灭了又生的伊人心事，纳兰公子，你可知否？

"端的为谁添病也，更为谁羞？"（清·纳兰性德《浪淘沙》）多日后，纳兰再回忆那几日得了信后失魂落魄的相思，又不觉悲从中来。

"暗忆欢期真似梦，梦也须留。"（清·纳兰性德《浪淘沙》）那信不仅未能减了思念，反而让他更觉得欢期难得，就算是梦也要留下点痕迹。从信中字里行间透出的少女心事，痛悔当初未能拦住北雁南飞，只落得现下公子消瘦多病，佳人羞怯情愁。

"暗思何事断人肠。曾是向他春梦里，瞥遇回廊。"（清·纳兰性德《浪淘沙》）可又能如何呢？春光消减，薄衫低髻，抱膝思量，想也想不透、解也解不开的愁锁。别说这春光大好，再好的春光也减不去如丝如缕的伤悲。究竟是什么让纳兰陡增断肠之感？在回廊里与她的相遇，折梅绣裙，巧笑倩兮，柳嚲花娇；盼与她再会，剪烛西窗，鸾飞凤鸣。

初见是一角衣裙掩不住的青涩风华。少年纳兰正从习武场回来，一身疲惫。转过回廊的时候瞧见了这抹春色，顿时眼前一亮。谁家的姑娘？瞧着侧影断非我府中侍婢，是谁呢？水腰杨柳，宽袖窄肩，乌云一抹斜坠头上，粉面掩不住飞霞的娇羞。

"成德！"明珠低低地唤一声瞧得痴了的儿子。

"父亲。"纳兰匆匆上前，仍旧止不住悄悄打量少女。

"还不快去换身衣服，再出来见贵客。"明珠叮嘱，又向少女身旁的友人道，"犬子甫从校场回来，一身污秽，且让他去换身衣袍。"

纳兰应声跑回房中，一路上却还是回首。

　　而那个青梅一般的少女，在身后逐渐远去的回廊中，仍旧用丝帕掩饰着娇羞的笑容，眼波流转，似是笑这少年傻气，却又脉脉含情地等候。

　　嗟叹，嗟叹。人生若只如初见？

木兰花令·拟古决绝词柬友

人生若只如初见，何事秋风悲画扇。

等闲变却故人心，却道故人心易变。

骊山语罢清宵半，泪雨零铃终不怨。

何如薄幸锦衣郎，比翼连枝当日愿。

　　人生若只如初见！人生，如何能够如初见？情之一字，谁能勘破？

　　道是无情，道是多情，情何沧桑！

　　昔日马嵬坡赐死杨玉环，恩爱情短白绫长，春光曾暖短刃冷。"在天愿作比翼鸟，在地愿为连理枝。"（唐·白居易《长恨歌》）唐明皇与杨玉环曾于七月七日夜深时候，在骊山华清宫长生殿里盟誓，愿生生世世结为夫妻。岂料他生未卜，此生休矣，安史乱起，逃亡路上六军驻马，明皇于马嵬坡赐死杨妃。据说玉环死前涕泪双垂，拜别明皇："妾诚负国恩，死无恨矣。"

　　此后，传说明皇逃亡途中闻风雨奏响铃音，声声凄哀，如泣如诉，遂作《雨霖铃》一曲以寄哀思。后亦有宋代词人柳永传世词作《雨霖铃》，亦为离别哀怨之作。

　　环肥燕瘦，各有其芳。玉环何辜？飞燕何错？相传汉成帝妃班婕妤被宠妃赵飞燕谗害，被迫深居冷宫，终日哀戚，作诗《怨歌行》："弃捐箧笥中，恩情中道绝。"唐朝诗人李白亦作《怨歌行》叹曰："一朝不得意，世事徒为空。"皆以秋扇为喻，抒发被弃之怨，感慨"妾身似秋扇"。

这两件旧事，说的都是当年情、别时恨。借失恋女子的口吻，谴责那薄幸的锦衣郎。纳兰此词读来似乎别有隐情，似分别后的幽怨心事，似抱负不得伸张。不知他提笔是因事而发还是读史有感？以寥寥平白浅淡的言语，将那幽怨之情描绘得哀惋凄清，百般缠绵。

故人心易变，也有作"故心人易变"的说法。最初相识之时的甜美与被弃之时的无情，不知道是对方变了心还是自己心境变了。物是人非事事休，昨日誓言本还是相亲相爱，但为何却成了今日的相离相弃？是你的情淡了，还是我太痴了？

纵死而分离，也不愿生生相别，天涯地角终有尽，也还是刻骨地念念不忘旧情。然而，深情如此又能如何？

唐多令

金液镇心惊，烟丝似不胜。沁鲛绡湘竹无声。

不为香桃怜瘦骨，怕容易，减红情。

将息报飞琼，蛮笺署小名。鉴凄凉片月三星。

待寄芙蓉心上露，且道是，解朝酲。

纳兰终究还是铺开信笺，龙伸蠖屈，写满相思：

别来经年，是否安好？

一滴清泪，是美酒浇不透的愁，是烟丝燃不尽的怨。有泪无声，只见鲛绡色重。

料想你始终坚持当年的承诺，匆匆别后风骨坚贞、冰心一片，怕的不是你被那旖旎风光吸引常驻，怕的是因此秋风藏扇消减了深情。

三两句问候，写不完凄凉。只得用着三两点的朝露，聊慰你如醉如痴的相忆。

信尚未写完，眼前忍不住浮现黄昏后相约那时，梅影横斜，朗月清风。

"云澹澹，水悠悠"（清·纳兰性德《鹧鸪天》），映照出鸳鸯对对、碧影双双，全不似今日花落人断肠，纷飞各天涯。

青梧老·十年不言心

虞美人

银床淅沥青梧老，屧粉秋蛩扫。

采香行处蹙连钱，拾得翠翘何恨不能言。

回廊一寸相思地，落月成孤倚。

背灯和月就花阴，已是十年踪迹十年心。

一寸相思，十年心。十年是多少个春秋？十年有多少日等候？

明知情之无望，却还痴痴守候在当初约定的地点，反复咀嚼离别前的相聚时光，是痴是缠？难道不怨不恨？

从那回廊与你相见到今日，已有十年之期。十年间，曾经一起携手泛舟，曾经拂去你肩上的落花。十年后，早已在光阴两端的你我，是否还能回到那个初遇的回廊？有没有一种魔法，能让时光回转，我定会好好珍惜每一个与你相处的时刻，不辜负你日夜的盼想。

只是，你是否还记得，初见的那次，你手中捏的是月白色的丝帕，隐约绣了娇嫩梨花；你是否还记得，梅树下的迟来，枝头跌落的芬芳，映衬得粉颊分外娇俏；你是否记得，折梅花纹的罗裙，惊艳了花园中盛放的芙蓉；你是否记得，红袖添香、素手研墨，恩爱相守的岁月跃然纸上……你是否记得？是否记得？

或许你并不知道，花开繁盛念你娇媚，花残零落思你孤寒，月缺之时盼得团圆，月圆之时恨不相见……

相思催人老。

十年已逝，当年情，如今安好？

第二章
云外翩然佳公子

不是寻常春桃花，明月如珠坠谁家。

瑶华映阙识才子，挑烛滴梦照窗纱。

——红楼夜灯闲书字·才子自古多愁殇

马背上生存壮大的满洲人，世世代代崇尚武功，这已经是祖祖辈辈传承下来的思维定式。因为他们坚信天下是从战争中得来的，勇武、强悍的"巴图鲁"（满语，勇士之意）才是真正的英雄。

　　尽管八旗子弟入关后住进了北京城古色古香、充满儒家气息的四合院，生活习惯上也一天天与汉民族融合，可是明珠始终坚信"文能提笔安天下，武能上马定乾坤"的才是合格的人才。他对于目前膝下唯一的儿子，始终不能放松这样的要求。所以，即便公务繁忙，一心钻研为官之道、青云之路，他还是决定严加训练儿子的武功。

　　纳兰公子的武艺，是从各种基本功开始的：锻炼柔韧性的压腿、下腰，锻炼平衡感的倒立、翻跟头……这些动作常常是反反复复地训练，接下来就是拳术、刀枪剑戟……每日都要做固定的功课，风雨无阻。不仅如此，明珠还请来专门的武术教习对纳兰进行严格训练，加之纳兰自身勤奋努力，短短几年以后，他的武功不仅大有长进，在八旗子弟中已是武功超群。

文武双全初入世

　　文武全才的纳兰早已在京城小有名气，可是他没有担任文职，而是成了皇帝身边侍卫队中的一员。随着对时事接触的增多，纳兰公子耳闻眼见了朝廷内部为争权夺利而进行的各种令人匪夷所思的"党争""斗法"，他开始对官场感到失望。

　　功名利禄、光宗耀祖、富贵荣华……这些曾经令他好奇的东西渐渐变得不再重要，那光芒笼罩之下污秽肮脏的一切对他来说，再不能成为人生的重点。纳兰渐渐意识到：父亲钻营的这些东西，原来竟然是这样的真实面目。

　　康熙十年（1671年），纳兰十七岁。这一年，明珠擢升经筵讲官，继而出任兵部尚书。纳兰也进入国子监学习，通过好友推荐结识了翰林院编修徐乾学，这位文采斐然的康熙九年（1670年）进士，成为他日后尊为恩师的朋友。

　　人生总有太多要追求，无论是"短衣射虎"还是"沽酒西郊"。纳兰的少年时代也是孜孜不倦学习的时期，他总有太多太多要探索，一边如饥似渴地钻研学问，一边感慨着"人生得意须尽欢"（唐·李白《将进酒》），这就是早慧的纳兰。纳兰是个固执的人，对于爱，对于诗词文赋，对于他感兴趣的事物，他总是充满好奇，并且一直努力破解谜题。

风流子·秋郊射猎

平原草枯矣，重阳后，黄叶树骚骚。

记玉勒青丝，落花时节，曾逢拾翠，忽忆吹箫。

今来是、烧痕残碧尽，霜影乱红凋。

秋水映空，寒烟如织，皂雕飞处，天惨云高。

人生须行乐，君知否。容易两鬓萧萧。

自与东风作别，划地无聊。

算功名何似，等闲博得，短衣射虎，沽酒西郊。

便向夕阳影里，倚马挥毫。

康熙年间，国子监充满朴素的学术气息。当时的纳兰仿佛"腐儒"，又带着少年人的好奇心，刚一入国子监，就对那颠沛流离多年的十只石鼓产生了兴趣。

国子监的这十只雕刻成鼓状的花岗岩，鼓面上还刻着文字，有些湮灭不清。只看得出那字体古朴有力，但没有人认得出其中的字。

如今的十只石鼓，被称为"镇国之宝""石刻之祖"，是我国现存年代较为久远的文字石刻，且字体成熟，自成篇目。晚清政治家康有为称其为"中华第一古物"。对于石鼓诞生的年代，历代学者进行了大量考证，但说法不一。但不论哪种考察结果，都证明石鼓是我国现存的最早的成篇石刻文物。

鼓上文字古朴舒展，文字为四言组诗，风格近似《诗经》。元朝初年，石鼓被迁至国子监保存，在历朝历代都是文人争睹的国宝，可惜石鼓身世坎坷，历经元明清三朝战事，几经漂泊。

十面石鼓取所刻诗篇前两字为名，分别为《吾车》《汧殹》《田车》《銮车》《霝雨》《作原》《而师》《马荐》《吾水》《吴人》。记述了一些古早贤明君主出游、行猎等场景，以歌颂为主，对帝王来说，是非常讨喜的。纳兰的这篇考据文章被收入《通志堂集》，名为《石鼓记》：

予每过成均，徘徊石鼓间，辄竦然起敬曰：此三代法物之仅存者！远方儒生，或未多见。身在辇毂，时时摩挲其下，岂非至幸。惜其至唐始显，而遂致疑议之纷纷也。

《元和志》云：石鼓在凤翔府天兴县南二十里，其数盈十，盖纪周宣王田于岐阳之事，而字用大篆，则史籀之所为作也。

自贞观中，苏勖始志其事，而虞永兴、褚河南、欧阳率更、李嗣真、张怀瓘、韦苏州、韩昌黎诸公，并称其古妙，无异议者，迨欧阳文忠，则疑自周宣至宋，垂二千年，理难独存。夫岣嵝之字，岳麓之碑，年代更远，尚在人间，此不足疑一也。

程大昌则疑为成王之物，因《左传》成有岐阳之蒐，而宣王未必远狩丰西。今蒐岐遗鼓，既无经传明文，而帝王辙迹，可西可东，此不足疑二也。至温彦威、马定国、刘仁本，皆疑为后周文帝所作，盖因史"大统十一年西狩岐阳"之故尔。

按古来能书如斯，冰、邕、瑗无不著名，岂有能书如此而不名乎？况其词尤非后周人口语。苏、李、虞、褚、欧阳近在唐初，亦不遽尔昧昧，此不足疑三也。至郑夫溁、王顺伯，皆疑五季之后，鼓亡其一，虽经补入，未知真伪。

然向傅师早有跋云：数内第十鼓不类，访之民间，得一鼓，字半缺者，较验甚真，乃易置以足其数，此不足疑四也。郑复疑靖康之变未知何在，王复疑世传北去，弃之济河。

尝考虞伯生尝有记云：金人徙鼓而北，藏于王宣府宅，迨集言于时宰，乃得移置国学，此不足疑五也。

予是以断然从《元和志》之说而并以幸其俱存无伪焉。尝叹三代文字经秦火后至数千百年，虽尊彝鼎敦之器，出于山岩、屋壁、垅亩、墟墓之间，苟有款识文字，学者尚当宝惜而稽考之，况石鼓为帝王之文，列胶庠之内，岂仅如一器一物供耳目奇异之玩者哉。谨记其由来，以告夫世之嗜古者。

整篇《石鼓记》，充满了各类考据与辩难，带着严肃的审视态度，彰显出纳兰对汉文化的倾慕。

他循着逻辑，细细辨析着围绕着这十只石鼓的真伪与断代的种种争议，通过梳理它们的混乱故事，一路追踪着这十只石鼓如何被镌刻出来，怎样散落民间，何时重现人世，又如何在靖康之难中被金兵掳去毁坏，如何被移置在北京的国子监里……自己与这三代古物的偶然相遇，不知竟需要多少的缘分？

　　在师傅的教导和令人惊叹的天赋之下，很快，十八岁的纳兰中顺天乡试举人。明珠心怀大慰，纳兰自己也颇为得意，他本来生在清平世道，又对厚重柔婉的汉文化有着浓重的好奇心。这些年来，他到处搜罗书册，从书中找"朋友"：李后主、李清照、辛弃疾……这些词作大家成为他的目标，"词"这种文体，在他看来可谓集天下之大美。一年后，十九岁的纳兰公子举进士，一时少年得志，风光无两。

　　不料，这个时候，他病了。也因此不能亲自来到朝堂之上，由康熙皇帝钦赐官职。明珠遗憾之余，却也未觉有何不可，毕竟，八旗子弟若是想得到更高的官阶，最好能从成为武将开始。于是，他一边嘱咐夫人觉罗氏悉心照料纳兰，一边为纳兰痊愈后继续修习武艺做好准备。

风物起兴天下事

病中的纳兰，并未闲适下来。

从打开书页的第一天起，他已经离不开伤春悲秋的笔，逃不脱多愁善感的命。

虽然是朱邸红楼中的贵族公子，有着家国天下的抱负，却更向往高人名士风雅自在的潇洒。单调拘束、劳顿奔波的生活，并非纳兰公子所愿。

在等待父亲安排和身体痊愈的日子里，纳兰尽情感受春花秋月的美妙，写下咏怀古今、清风明月的佳作，开创了风物起兴的描写手法，为后人所称颂。

或许，忧伤也是一种天赋？纳兰常有一种莫名的哀伤，这难以名状、仅仅因哀伤而哀伤的感受令他备受煎熬，却又乐在其中，吟成那"纯任性灵，纤尘不染"（晚清·况周颐《蕙风词话》）的佳作。写情则真挚浓烈，绘景则逼真传神，不加粉饰，白描而已，却天生丽质，字字句句无不鲜明真切，平淡却动人心脾。

纳兰从未被定格在某一种风格内。他喜欢李煜的"不堪回首月明中"，却未曾沾染俗情的冶艳；他有金戈铁马、荒城废墟的感慨，却在辛弃疾"醉里挑灯看剑"的豪迈中平添了柔美的感悟。他像个孩子一样，肯听取前辈的教导，也主动寻求新奇的探索之路，总是能够在同样的风景里找出别样的情愫。他自由地表达真实情感，描绘出的意与境浑然天成，没有如今文化中因袭模拟、堆垛典故的弊病。

他的好友，也是清初词家的陈维崧、朱彝尊等，虽为大家，却难以摆脱旧习的羁绊，即便赏玩眼前诸景，也多化用前人名句，时不时套用名家词句来修饰，终不能超越古人。

也许是读书角度和领悟力不同，纳兰凭借着敏锐的观察、独特的视角和高度的语言表现能力，表现出非凡的文学造诣。

看似不经意地随意涂抹，却在直率中凸显出平实的美感。原本个人的哀怨瞬间成为天地同悲的愁绪，使他的词作具有了独特的美学个性。

眼儿媚·咏红姑娘

骚屑西风弄晚寒，翠袖倚阑干。

霞绡裹处，樱唇微绽，靺鞨红殷。

故宫事往凭谁问，无恙是朱颜。

玉墀争采，玉钗争插，至正年间。

纳兰出身贵族之家，年轻却又能够参透"兴亡之感"，带着一种轻灵的沧桑慨叹，为后人所称道。那少年正是雄姿英发、意气豪迈之时，却隐隐已有垂暮之悟，真正智慧通透，却也令人扼腕叹息。

对于"红姑娘",纳兰在他的《饮水词·丛录》中曾云:"按红姑娘一名洛神珠,一名灯笼草,即酸浆草也。元棕搁殿前有草名红姑娘。"

纳兰在宫中无意中见到盈盈如珠的红姑娘,不禁好奇地问同行之人:"那是何物,生得这样娇俏?"

"你说的是红姑娘?也叫洛神珠。听说是元朝的时候栽种的。"

"元朝?那岂不是几百年了?"

"是啊!元朝早就不在了,只有这些草还活着。"

纳兰不禁暗想:"真是物是人非啊!"却不敢妄议兴亡,这实在是容易惹来祸端的。

洛神珠,多么美好的名字!如珠如玉,剔透玲珑。元代王朝早已沦为历史的陈迹,殿前的红姑娘也成为王朝更迭的见证者。王朝兴盛之时,红姑娘娇俏夺目,锦上添花一般绚烂,不知道被多少纤纤玉手摘下把玩,成了怎样高高在上的赏赐;王朝消亡之后,凝血一般的红姑娘却变成了凄惨的启示,沦为荒草间自生自灭的野株。

作为皇亲国戚,时常有机会行走于宫廷中,纳兰在角落见到的这般"朱颜佳人",不由得想起史书上描述的"至正年间",在元末惠宗顺帝时,政治腐败,民不聊生,各地义军蜂起,最后元朝灭亡,政权终为朱元璋所夺,而后明朝竟又如此这般重复着往事。不谙世事的红姑娘,毫不知情,懵懂天真地在风中摇曳。而这娇艳的一粒一粒,已不再是当年那一颗一颗。

是了,故宫事往凭谁问?兴亡这种事,谁又能说得清呢?

锦瑟期·烛花影里见

凤凰台上忆吹箫·守岁

锦瑟何年，香屏此夕，东风吹送相思。

记巡檐笑罢，共捻梅枝。

还向烛花影里，催教看、燕蜡鸡丝。

如今但、一编消夜，冷暖谁知。

当时。欢娱见惯，道岁岁琼筵，玉漏如斯。

怅难寻旧约，枉费新词。

次第朱旛剪彩，冠儿侧、斗转蛾儿。

重验取，卢郎青鬓，未觉春迟。

　　时间不觉来到岁末，往年守岁时欢娱的情景还历历在目。当时年纪尚小，未及感悟何谓韶华匆匆，如今玩伴皆已长大，青梅远赴他乡，这一次守岁恁地无聊，玩耍腻了梅花，品尝够了佳肴，看尽王侯将相的真实面孔，再无新奇之感。

　　欢宴琼浆又怎样？不过是一时满足，这一夜风光之后，冷暖谁知？如今尚且青春、尚且年少，而心境却已经老了。难道真要一夜白头不成？匆匆取了镜子验看，还好，容颜依旧，韶华未改。却不知，那镜中人，是否还是镜外人？

眼儿媚·咏梅

莫把琼花比淡妆，谁似白霓裳。

别样清幽，自然标格，莫近东墙。

冰肌玉骨天分付，兼付与凄凉。

可怜遥夜，冷烟和月，疏影横窗。

"公子，公子！"大清早，侍婢兴奋地叫着跑过来，一边递上衣物，一边说着，"公子，园子里梅花开了！公子定要去作诗的吧？"

"是吗？倒是好事，那就闲来咏梅花吧！"纳兰盼望了很久梅开，在娇嫩的初绽花瓣下，想写首词，却总觉还少了点什么，忽然记起那句"疏影横斜水清浅，暗香浮动月黄昏"（宋·林逋《山园小梅》），忍不住慨叹古人才智，不着"梅"字，却尽显风骨。

梅花凌霜傲雪的高洁品质，令纳兰敬佩不已。想这单薄的几片花瓣硬是生出了冰肌玉骨，清幽雅致，不与凡花为伍，千古以来受到多少文人墨客的追捧。纳兰眼中的梅花，别有芬芳徒自赏，想自己也是这般，写得好与坏有何用？没有个知音唱和。

"公子写了什么？"侍婢凑上去，想看看纳兰笔下的梅花，却因为不识字，只得巴巴地看着自家少爷。

"写了些游戏之作。你瞧……"

"公子，"侍婢无奈地低头，"奴婢不识字……"

"你且瞧这字，每一行到了这里，是不是又写回来了？"纳兰指指点点，侍婢瞧了半天，问道："公子是不是没有字可以用了？"

纳兰笑答："这是回文，就是一句词这样说完，倒过来读又是一番意境。"言罢徐徐念来，只听得侍婢连连点头，不住称赞——

菩萨蛮·回文

雾窗寒对遥天暮，暮天遥对寒窗雾。

花落正啼鸦，鸦啼正落花。

袖罗垂影瘦，瘦影垂罗袖。

风剪一丝红，红丝一剪风。

看着侍婢如此敬赞自己的文采，纳兰却苦涩地笑了。

唉，谁解才子寂寞呢?

寒漏浅·月华今夜满

齐天乐·上元

阑珊火树鱼龙舞，望中宝钗楼远。

鞦鞴馀红，琉璃剩碧，待属花归缓缓。

寒轻漏浅。正乍敛烟霏，陨星如箭。

旧事惊心，一双莲影藕丝断。

莫恨流年似水，恨消残蝶粉，韶光忒贱。

细语吹香，暗尘笼鬓，都逐晓风零乱。

阑干敲遍。问帘低纤纤，甚时重见?

不解相思，月华今夜满。

陌上花开，谁嘱你缓缓归来？

上元灯会，熙熙攘攘，热闹非常。纳兰随家人出游，一身绮罗，满眼光华，心中却是滋味百般，灯火愈耀眼愈是愁绪难遣。

旧事惊心。见到并蒂莲花的灯影，便勾起追思。这旧事，零落杳杳他乡，只觉得辜负匆匆岁月。

愁坐一隅，不觉灯事已近尾声，人群渐渐散去，闹市中的歌楼酒肆也逐渐偃旗息鼓。时间过得太快，本以为年节之时，还能在这人潮汹涌的地方见到你，不敢说重圆旧梦，也可以聊慰相思。

只是春宵太短，苦楚愈浓，她仍旧在远方，他又空等了一个节日。

纳兰不时回头望一眼明月，圆满得要溢出夜空，也好似饱满的一滴泪。

劣东风·飞去一枝颤

多情是你，薄情也是你；有情是你，无情也是你。来去无踪，带着春信，也带走深情。裹挟着轻寒的东风，如今已憔悴，桃花离了枝头，画梁淡了双燕。吟一首"去年今日此门中"（唐·崔护《题都城南庄》），孤独的身影伴着一片残红斜阳。

东风第一枝·桃花

薄劣东风，凄其夜雨，晓来依旧庭院。

多情前度崔郎，应叹去年人面。

湘帘乍卷，早迷了、画梁栖燕。

最娇人、清晓莺啼，飞去一枝犹颤。

背山郭、黄昏开遍。想孤影、夕阳一片。

是谁移向亭皋，伴取晕眉青眼。

五更风雨，算减却、春光一线。

傍荔墙、牵惹游丝，昨夜绛楼难辨。

　　唐朝诗人崔护清明郊游，路过村居乞水。农家少女持水而至，含情倚桃伫立。寥寥数语，两厢情起。次年此时再访，虽门庭如故，却人去室空。崔护于是题诗云："去年今日此门中，人面桃花相映红。人面不知何处去？桃花依旧笑春风。"

　　"琼窗时听语莺娇，柳丝牵恨一条条。"（五代前蜀·李珣《望远行》）物是人非，人非物是。纳兰禁不住再次慨叹，尽管这样的叹息已经太多次。

　　燕栖画梁，莺啼清晓，桃之夭夭，夕阳里灼灼鲜艳，透出春光一线。

　　春天来了！纳兰公子，赏花之外，你又在做些什么？每日习武学文，这个时候，应该已经是个文武全才了吧！

落春堤·东风眠新燕

生查子

鞭影落春堤，绿锦障泥卷。

脉脉逗菱丝，嫩水吴姬眼。

啮膝带香归，谁整樱桃宴。

蜡泪恼东风，旧垒眠新燕。

　　正是春光大好，纳兰向恩师徐乾学告了假，约上好友踏青。信马由缰，春堤上处处都是春泥掺着落花。纳兰挥动马鞭，颇有些春风得意马蹄疾的意味，才开朗的心情，却在回府后刹那烟消。

　　因为中了举人，被赏赐樱桃宴（科举时代庆贺新进士及第的宴席，不仅因为此时樱桃才成熟，殊为难得，还因为进士只是学位，并非官职，所以大多数人希望借此攀附权贵）。历来的新进士尤重樱桃宴，但是这样虚与委蛇的场合令纳兰觉得乏味，一则纳兰本性不喜这应酬之事，二来他隐约觉得会在宴席间看到伤心之事。或许真的有一位佳人，纳兰思而不得，佳人却琵琶别抱、负却锦书吧！

　　因为，那梁上的旧巢依然，来宿巢的却是一双新燕啊！

　　"诸位！"皇帝派来的赐宴官举杯起身，"今乃盛世盛宴，各位均为当世才子，请为此宴祝词！"

　　不过是皇帝与臣子间"献时新"的"游戏"，才子们为应酬做了些诗词歌赋，觥筹交错间，很多才子便已经拟好诗文，满脸谦卑却眼露得意之色地互相吹捧。

納兰望向他们许久，终于在压抑的情绪中挣脱出来，提笔成词，情真意切，意有所指，倒不知那赏词人是否明了？

临江仙·谢饷樱桃

绿叶成阴春尽也，守宫偏护星星。
留将颜色慰多情，分明千点泪，贮作玉壶冰。

独卧文园方病渴，强拈红豆酬卿。
感卿珍重报流莺，惜花须自爱，休只为花疼。

作为八旗子弟中的佼佼者，纳兰从小也是见过康熙皇帝的，对于侍奉皇帝，对于报答君恩，纳兰与这些虚伪矫情的“才子”不同，他知道，不在其位的时候，回报皇恩最重要的便是修心自爱，珍重自己才是珍重这份恩典。

春日已去，绿叶虽尽职尽责守护住日渐成熟的果实，只怕果实成熟之后，绿叶便再也遮不住离别的命运，只有那昔日里缤纷的色彩残存着相聚的画面，在往后的日子里独守回忆兀自怅惘。这樱桃颗颗玲珑娇艳，却好像并非时下的新鲜果子，是一片冰心在玉壶的心照不宣，是千点相思泪凝结而成的红豆之心。

缠绵病榻皆因伤情失意，得此樱桃相赠，心有所感道声感激，若流莺有意，当传递心意，劝君亦珍重自己，花可怜爱当自爱，莫要空为花落悲秋心。

若是这篇文章传到康熙案头，少年皇帝又会作何感想呢？

朝中措

蜀弦秦柱不关情，尽日掩云屏。

已惜轻翎退粉，更嫌弱絮为萍。

东风多事，馀寒吹散，烘暖微醒。

看尽一帘红雨，为谁亲系花铃。

为谁？

纳兰愁思不减，坐卧不宁，痴痴地在园子里徘徊，想抓住什么，又抓不住什么。

"锦瑟无端五十弦，一弦一柱思华年"（唐·李商隐《锦瑟》），"云母屏风烛影深，长河渐落晓星沉"（唐·李商隐《嫦娥》）。再美妙的音乐也激不起欢愉之情，只好掩上云母屏风独自幽伤……

春光虽好，暖了肩上落花，却催碎心肠，作别柳絮。恨东风！恨春心虚弱！恨自己这愁锁！恨不得！

这一地落花，你自轻自贱，菲薄了自己，可知我呵护你、珍惜你、看重你，倒徒惹我伤心。放眼望去，东风纵可令花开，谁人可系护花铃？

纳兰啊纳兰，那位佳人终究是负了你吗？你让她知晓何为相思，却不知那人相思给谁！

黄花九·夕阳长堤柳

卜算子·午日

村静午鸡啼，绿暗新阴覆。

一展轻帘出画墙，道是端阳酒。

早晚夕阳蝉，又噪长堤柳。

青鬓长青自古谁，弹指黄花九。

上午习武、下午读书的生活仍然持续着。端午来临，纳兰一家效仿汉人习俗，来到京郊踏青。放眼望去，炊烟袅袅，鸡鸣清晨。层层新草逐旧花，露水沾湿鬓发。农舍竹帘内淡淡醇香，这便是雄黄酒的味道吗？

夕阳下蝉鸣声声，却因为是北方的暮春时节，早夏光阴，听来没有那么聒噪。这一天转眼过去了，光阴如逝水，谁能青春常驻？如今是五月初五，弹指间却又要重阳。

"何必如此悲伤？须知要勤加修习，终成国之栋梁。"老师徐乾学这样告诉他。

这样的道理，纳兰怎么不知道呢？他早就看透这良辰美景背后的凄楚孤单，老师，你可知若无知己，光阴纵长何益？若有知己，哪个又能许诺长久？

纳兰病了。原本定然金榜题名的才子，奈何造化弄人，让人每每想起，都不禁叹息。天意如此，人何以堪？

为此，纳兰曾写下一首七律：

幸举礼闱以病未与廷试

晓榻茶烟揽鬓丝，万春园里误春期。

谁知江上题名日，虚拟兰成射策时。

紫陌无游非隔面，玉阶有梦镇愁眉。

漳滨强对新红杏，一夜东风感旧知。

既有对同梯才子能够金榜题名的高兴与祝福，也有对自己错失殿试机会的惋惜。病情稍有起色，他便在老师徐乾学的精心指导下，准备着再一次的殿试。

浣溪沙

谁道飘零不可怜，旧游时节好花天。

断肠人去自今年。

一片晕红疑着雨，晚风吹掠鬓云偏。

倩魂销尽夕阳前。

天气稍稍好些，公子便想出门走走。天气料峭，母亲怕他寒疾复发，极力劝阻。纳兰以散心为由，到底还是出了府。

"重来门巷，尽日飞红雨。"（清·龚鼎孳《蓦山溪》）

纳兰策马西郊，受邀在冯氏园中观赏海棠，瞧这景致，不觉想起龚鼎孳的这句词来。不管是质朴还是娇艳，花儿的凋零怎不令人顿生怜爱？春雨丝丝缕缕，嫩柳摇曳在轻轻暮霭中。当年同游此地，正是春花竞放，当时夕阳落照，直教人梦断魂销，可惜断肠人，此去经年，良辰好景奈何天，赏心乐事更与何人说？

纳兰散心散了个感时伤怀，回到府中，便被明珠叫去前厅。

"成德，你的老师，怕是不能再教授你了。"明珠低声说道，"国子监那边，出事了。"

"啊？"纳兰震惊得呼出声来，急忙追问，"国子监怎么了？徐老师怎么了？"

"一言难尽啊！"明珠慨叹："文章千古事，此后你需谨慎诗文，莫要连累了那拉氏。"

纳兰懵懂地点点头，心中却在惦念着恩师。

天涯暮·叠起伤无数

雨中花·送徐艺初归昆山

天外孤帆云外树，看又是春随人去。

水驿灯昏，关城月落，不算凄凉处。

计程应惜天涯暮，打叠起伤心无数。

中坐波涛，眼前冷暖，多少人难语。

党阀自古有之，作为巩固统治阶级地位的手段，也是上位者争夺权势、引导舆论的策略，更显示着皇位上坐着的那位心里的不安，清朝也未能免俗。纳兰听了父亲的话，虽然心中极是惦念，也不敢贸然前往探问，甚至与在国子监交往比较密切的徐乾学之子徐艺初也几乎断了往来。

康熙九年（1670年）进士的徐乾学是后来朋党之争中的知名人物，他是江南昆山（今属江苏）人，"昆山三徐"之一，顾炎武的外甥。这次的遭遇，是因为作为考官的徐乾学和纳兰的另一位座师蔡启僔遗漏副榜汉军卷未取，被给事中杨雍建弹劾，康熙下令二人官降一级调用。

调用事件后，蔡先生回归故里浙江德清县，徐乾学则回了老家江苏昆山。纳兰对此事深表同情，题名所赠虽为艺初，但可见出借题发挥之意，既有对座师的同情和安慰，也流露出对统治制度的不平和牢骚。

眼前冷暖，身后事，多少人难以言尽？

摸鱼儿·送别德清蔡夫子

问人生、头白京国，算来何事消得。

不如罨画清溪上，蓑笠扁舟一只。

人不识，且笑煮、鲈鱼趁着莼丝碧。

无端酸鼻，向岐路消魂，征轮驿骑，断雁西风急。

英雄辈，事业东西南北。

临风因甚成泣。酬知有愿频挥手，零雨凄其此日。

休太息，须信道、诸公衮衮皆虚掷。

年来踪迹。有多少雄心，几番恶梦，泪点霜华织。

这首词便是作给同样被贬的座师蔡先生的。

德清蔡先生即蔡启僔，康熙九年的状元。纳兰参加康熙十年（1671年）顺天乡试，当时蔡启僔是主考官之一。

纳兰要参加的才子选拔，要先进行乡试，通过才能参加会试，其后才能参加殿试。殿试由皇帝亲自主持，一甲三名赐进士及第，二甲赐进士出身，三甲赐同进士出身。纳兰参加乡试顺利通过，轻而易举地得到了举人头衔。第二年又顺利地通过了礼部主持的会试，成为贡士。此时的纳兰，正在家复习，准备参加殿试。

从父亲口中得知座师蔡德清先生此番被迫回归故里，虽事出有因，但并非毫无转圜余地，不得不降职调任，纳兰心内愤懑不已。可是作为弟子，除了填词以示同情和宽慰之外，却也无可奈何。

人生在世，算来何事值得在京城里空耗，以至于熬白了头？耗尽心力不得善终，倒不如归隐江湖，知足自乐。何况先生家乡风景如画，自然能够慰藉心怀。

此番事出突然，固然令人悲痛，在这临分别的时刻，又偏是西风紧，北雁南飞的冷清时候。望恩师珍重再三，且把身外浮名俱抛洒，"莫愁前路无知己，天下谁人不识君？"（唐·高适《别董大》）

为送别恩师，纳兰在散花楼设宴。纳兰内心是无奈的，也是茫然的，不知道此番饯别后，他日可否再见，再见之时是否一如今日？

秋风凄切，真个冷清天气！告别两位座师，纳兰也即将踏上充满迷雾的仕途，一时惜别之情、忐忑之感并现。设想两位恩师在旅途上的景况，或许也有三两点雨、七八个星。虚拟幻想之景，更突显了眷恋之情和伤离之意。

纳兰是知情重义的人，这一番离别，让他着实概叹政治的无情、聚散离别的无常。

　　而纳兰眼中，壮烈的秋天总要好过哀婉的春天的，这或许是一种自我折磨的心态：春天吹开百花，才有百花零落；秋天零落百花，却有考验的意味。

　　这个时节，该走的都走了，不该走的也没有留下。纳兰一个人留在这个偌大的北京城，继续苦读，继续习武，心里念的，是昔年的师友，也有曾经的伊人。而当你只剩下怀念的时候，就说明你已经看透了生涯，已经不再将希望当作护身符，再无所谓理想抱负。

　　纳兰此时只有十九岁，这样青春的年华，可知何谓真正的愁滋味？却在高墙内、宦门里、宫墙外，一步三吟着秋心两半月。

香墨泼来浓似淡

在纳兰性德十七岁这一年，书画收藏大家孙承泽在他的别墅秋水轩发起了声势浩大的文坛盛事——秋水轩唱和。

康熙十年（1671年），词人周在浚暂居孙承泽的秋水轩别墅，"一时名公贤士无日不来，相与饮酒啸咏为乐"，与宋琬、沈荃、施闰章、王士禄、王士祯、汪琬、程可则并称为"海内八大家"的"清八大诗家"柳洲词派盟主曹尔堪"见壁间酬唱之诗，云霞蒸蔚，偶赋贺新凉一阕，厕名其旁"，之后龚鼎孳、纪映钟、徐倬等词人纷纷加入唱和，因此接连举行了多次唱和活动，渐渐成为盛事，竟一直持续到年末。

参与唱和的这些词人多为名流，且身份复杂。有的持明朝遗民立场，坚决不与新朝合作；有的先仕明，后仕清，是几代为臣；有的是朝中新贵，春风得意；还有的有意功名，却仕途不顺……纳兰于其中，算是少年得志，出身贵族了。

在秋水轩唱和中，虽然"词非一题，成非一境"，但词人往往自出采用适合抒发情志的词题，如自遣、自题像等，借此流露心迹。

　　最初的唱和，是曹尔堪见墙壁上写了不少诗词，一时心血来潮，便在旁边题了一首《金缕曲》。自此之后，其他有点文采的访客纷纷响应，也都用《金缕曲》这个词牌，顺延着写了不少词。这些唱和的词有个共同的特点，那就是每处韵脚都和最初填词的曹尔堪一样"步韵"，这样就导致填词的难度增大了。

　　也正因为难度加大了，才使得这些骚人墨客不甘其后，较量般你来我往地填词。之后越来越多人知道这件事，天南地北的文人得知消息后，也纷纷参与，一时间投书如云。

　　在秋水轩唱和之后，"稼轩风"便从京师推往了大江南北。

　　纳兰在这场盛事中唱和的词，自然也要遵循这个"步韵"的规律，韵脚分别是"卷、遣、泫、茧、浅、展、显、扁、犬、免、典、剪"，而他的《金缕曲》深得好评。从全国词人处筛选而出的176首，就有这首《金缕曲》，从此，少年纳兰名噪大江南北。

金缕曲·再用秋水轩旧韵

疏影临书卷。带霜华、高高下下，粉脂都遣。

别是幽情嫌妩媚，红烛啼痕休泫。趁皓月、光浮冰茧。

恰与花神供写照，任泼来、淡墨无深浅。持素障，夜中展。

残釭掩过看逾显。相对处、芙蓉玉绽，鹤翎银扁。

但得白衣时慰藉，一任浮云苍犬。尘土隔、软红偷免。

帘幕西风人不寐，恁清光、肯惜鹔鹴典。休便把，落英剪。

　　纳兰用他一贯清新的字句，描绘了软红西风的幽静清光，融入了白云苍狗的意境。

明月照花影，花影映书卷，书卷含墨香，墨香浓似淡。天上浮云如白衣，须臾改变如苍狗。佳酿在手，管他俗世红尘！洒脱而快慰，不落俗套又别有韵味。

休回首·山色冷清清

太常引·自题小照

西风乍起峭寒生，惊雁避移营。

千里暮云平，休回首长亭短亭。

无穷山色，无边往事，一例冷清清。

试倩玉箫声，唤千古英雄梦醒。

纵使再伤春悲秋，纳兰到底是个善骑射的男孩子。所以在题写到小照上的词中，我们一眼就能看出他的豪迈胸怀。

正如能够感怀"不思量，自难忘"的苏东坡也有"羽扇纶巾，谈笑间，樯橹灰飞烟灭"的一面，无限愁苦的纳兰也是个铁骨铮铮的八旗子弟，身上流着蒙古族和那拉氏的血液，有着刚烈而壮阔的心胸。

西风吹起料峭寒意，惊飞的大雁飞离了营地。江山千里无垠，放眼望去，晚霞照云舒。此时何必回首？一声长亭一声短。

山色无边，水色无穷。故事已冷，今人仍在。玉箫初音，凄凉唱尽千古英魂，此时却应是梦醒。

此时的纳兰岂有出远门的机会呢？眼中的苍凉风景若不是来自西山远眺，便是从画中得来。封地就在海淀的八旗子弟，多数对于壮美奇丽的西山有着特殊的感情。尤其纳兰，不仅将西山作为隐居的绝佳之地，更有数位好友曾与之唱和吟诵。所以，在见到这幅《西山秋爽图》的时候，纳兰便感慨丛生了。

水调歌头·题西山秋爽图

空山梵呗静，水月影俱沉。悠然一境人外，都不许尘侵。

岁晚忆曾游处，犹记半竿斜照，一抹映疏林。

绝顶茅庵里，老衲正孤吟。

云中锡，溪头钓，涧边琴。此生着几两屐，谁识卧游心。

准拟乘风归去，错向槐安回首，何日得投簪？

布袜青鞋约，但向画图寻。

西山空旷寂静得只闻诵经之声，一弯小月落在浅溪。浓厚的树荫托起静谧的山景，这样的宁静祥和，仿佛连尘埃都不应该侵染。回忆当年出游经过的地方，还记得斜阳之下，半江瑟瑟半江染红，钓翁的鱼钩衔住夕阳，青绿的肥叶摇曳着清幽晚风。在山顶的一间简陋茅屋中，方外僧人苦吟着孤经。

行走云山，垂钓溪上，奏琴涧边，多么惬意！

《世说新语·方正篇》有云："祖士少好财，阮遥集好屐，并恒自经营，同是一累，而未判其得失。人有诣祖，见料理财物；或有诣阮，见自吹火蜡屐，因叹曰：'未知一生当着几量屐！'神色闲畅。于是胜负始分。"

又有《南柯太守传》，有淳于棼者，饮酒古槐树下，醉入梦，见一城楼题大槐安国。槐安国王招其为驸马，任南柯太守二十年，享尽荣华富贵。醒后见槐下有一大蚁穴，南枝又有一小穴，应即梦中的槐安国与南柯郡。

浮生若梦，富贵无常。倒不妨竹杖芒鞋，从此也无风雨也无晴。

纳兰对于自己出身的富贵世家并没有多少好感，反而羡慕闲适的百姓生活。其实这也是贵胄子弟方才有的嗟叹，试想市井小民，又有多少恨不得攀附权贵，平步青云呢？

人生常有求不得。得失之间若要守住一颗平常心，又有几人能做到呢？

远远离开那个皇城，少年纳兰放眼自己家族的封地，不觉笑了，原来这就是铁马功名换来的安定生活！若能常守这海淀秋景，倒也不是坏事呢。

因他无法像来自江南的好友们一样，浸润温软的春秋美景，若能暂且在林间得一时快慰，又有何不可呢？

鹧鸪天

小构园林寂不哗，疏篱曲径仿山家。

昼长吟罢《风流子》，忽听楸枰响碧纱。

添竹石，伴烟霞。拟凭尊酒慰年华。

休嗟髀里今生肉，努力春来自种花。

　　静园寂林，曲径疏篱，淡泊宁静的氛围好不安闲！"遍游竹院寻僧语，时拂楸枰约客棋。"（宋·陆游《自嘲》）白日里吟诗对弈，自得其乐。

　　长久没有行军打仗，不曾骑马，倒没有"日月若驰，老将至矣，而功业不建"（西晋·陈寿《三国志》）的悲哀，反倒平添了"采菊东篱下"的悠然。

　　隐士的生活与情趣原来正是自己想要的。纳兰立马注视秋季海淀的艳霞良久，由衷赞叹这安闲的生活，江山无限，不必尽入囊中，偏安一隅才是乐事。"灯光隐见隔林薄，湿云闪露青荧荧。"（元·吴师道《桐庐夜泊》）待到一片烟笼十里陂的光景，有吠犬杂鸣鸡，灯火荧荧归路迷之感，盼有朝一日也能自言家在寒林独掩扉（清·纳兰性德《南乡子》），过上那闲云野鹤的清闲日子。

　　后来，周在浚结集26卷《秋水轩唱和词》，其中共收入26位词人的176首词。除追和词外，真正参与唱和的有纳兰性德、曹尔堪、龚鼎孳、徐倬、王士禄、纪映钟等18位词人，这些才子互相唱和，形成一个不断流动的文学"沙龙"。

第三章

一生一代梦里人

早雁初莺窗红泪，只道当时烟花媚。

相思相望不相亲，余生愿得欢期醉。

——双双对枉销魂·柔肠几寸青春恨

纳兰改名了。

康熙十三年（1674年），皇二子胤礽出生，此子乃孝诚仁皇后赫舍里氏出，小名保成。次年，康熙立此子为太子。为避东宫之讳，"成德"这个名字遂改为"性德"。那么，为什么会在如瀚海般的中华文字中独独取了个"性"字？

纳兰自幼饱读诗书，见《礼记·中庸》中有："诚者，非自成而已也，所以成物也。成己，仁也；成物，智也，性之德也。"又有《周易·系辞》曰："一阴一阳之为道，继之者善也，成之者性也。"意义近似，且含义深远，既不违背原有名字的意味，也不犯忌讳，算是个不错的名字。

不过，太子不久后便开始使用大名"允礽"，性德也可以恢复"成德"之名，但"性德"这两个字已然成了他广为人知的一个"笔名"。

端仪莫非月宫客

在当时的社会背景和严苛的阶级制度之下，身为旗人的纳兰，正妻一定要娶在旗女子才行。何况他出身显赫之家，发妻自然也要门当户对。被选中成为纳兰家长子正室妻子、大学士明珠长媳的卢氏，于顺治十四年（1657年）十月初五出生在盛京奉天（今沈阳），其父卢兴祖是汉军镶白旗人，因文韬武略而受到朝廷重用，官至两广总督、兵部右侍郎、都察院右副都御史等。

卢氏可谓出身名门，加之自幼"传唯礼义""训有诗书"，熟读经史，通晓满汉文化，故而"贞气天情，恭容礼典"，无论哪一方面都非常适合成为纳兰家的少夫人。

十八岁那年，因为"生而婉娈，性本端庄"，这位大家闺秀卢氏成了纳兰公子的妻子。那么，容若爱她吗？一个因着父母之命、媒妁之言便做了自己枕边人的陌生女子，是不是容若心目中那"一生一代一双人，争教两处销魂"的梨花化身呢？

他们是般配的：少年清俊，佳人端庄，纳兰公子有了卢氏，仿佛高山流水遇知音。

她本是汉人，入旗后又浸淫满族文化；他虽然是满人，却钟爱着博大精深的汉文化，如此二人齐眉举案，琴瑟和鸣，可谓珠联璧合。

公子那时候，可以想见是多么快意！随侍君侧雄姿英发，得康熙看重；闲暇时结交多位当时名士，风光无两；回到家中，殷切盼归的是温婉的解语梨花。

谁也不承想，那须臾一样短暂的幸福，却是公子日后唯一的甜蜜回忆了。

新婚燕尔，如胶似漆。卢氏曾在他执卷苦思的时候送上清茶，素手纤纤必能为他拂去满面愁容，打开眉间愁锁；在他新词作罢、墨迹未干的时候，听他宛转悠扬、浅吟低唱，字斟句酌间也平添几分柔情韵味；她陪着他，不管是风雨里等燕归来，还是雪地上印飞鸿爪——春来折柳忆故交，夏赏荷塘莲子俏，秋凉新衾早备好，冬看梅花映雪娇……

在那时，公子是否常常倚在门边，在明媚的春光下看卢氏扑蝶赏花；是否与佳人携手并肩，望皎皎明月，祈结永世之好；在至交好友来访时，在家中的亭台楼阁里，摆上各色时鲜的果子，几杯水酒，得一个贤惠内助的赞赏；两个知情懂趣的人儿，也不管那外面风雨如注，只满眼的诗情画意，人在眼前，心里盛却着道不尽的相思意。

弱冠的纳兰公子，是否也会感慨有妻如此，夫复何求？

娇柔的卢氏小姐，应该也会盼望执子之手，与子偕老！

浣溪沙

容易浓香近画屏，繁枝影着半窗横。风波狭路倍怜卿。

未接语言犹怅望，才通商略已醋腾。只嫌今夜月偏明。

纳兰公子的大婚，就在那天。

"多谢！多谢！"匆匆摆脱了众人的祝酒，纳兰脚步踉跄着回到了新房。

熏香迷蒙了画屏，月光明亮，将树枝的影子投放在轩窗上，映成婆娑的窗花。屏风后端坐着红衣佳人，大红的盖头下面，看不见的那张脸，就是自己今后日夜相对的妻子吗？

纳兰眼前迷离，心中忐忑。自己会得她喜欢吗？她还似当年初见的少女吗？辗转经年，如今终于迎娶这位据说德行和容貌都让父母满意的女子进门，却不晓得她能不能与自己心意相通？

纳兰慢慢走近，准备揭开她头上的盖头。

"少爷啊，用这个，这个！"喜婆忙不迭走上前，递过来一个绑着红花的秤杆，纳兰接过来，酒意混杂着一点紧张，却见卢氏放在膝上的手指似乎微微一动，想来她也是格外紧张吧！

纳兰不觉心头一动，真是妙啊！原来这就是婚姻，这父母之命、媒妁之言下缔结的永以为好，不管是那酒意熏红了面颊的新郎，还是羞意染艳了粉颈的新娘，他们带着一点点期待，混杂着些许不安，更多的是试探性地讨好，彼此惴惴着，想要一个答案，又不知要个什么答案。

轻轻挑起盖头，还未及看清低着头的新嫁娘，便听着喜婆高兴地大叫起来："称心如意，称心如意！"聒噪的婆子，热闹的看客，新人们有一些焦躁，还有一点羞怯，愣愣地被摆弄着。喜婆收起秤杆，又叫纳兰和卢氏并肩坐在床上，将二人的衣襟下摆系在一处，用红线将纳兰的辫子和卢氏的发辫绑在一起，转身去拿交杯酒。

纳兰偏过头，看着卢氏轮廓清晰的侧脸：两片红霞贴在脸颊，桃花一般的面容在烛火的照映下格外动人，黛眉轻蹙，长而卷翘的睫毛微微颤动着。二人伸手接过喜婆递上的交杯酒，双臂交缠，纳兰仰头豪迈地一饮而尽，卢氏却浅尝辄止。

"百年好合，百年好合！"喜婆又大声叫着。

纳兰放下杯子，索性转过来一心一意地盯着卢氏，而卢氏自始至终未曾抬头看过自己的夫君。喜婆瞧见这一幕，抿嘴一笑，带着手底下的小丫头们讨赏去了。房间里霎时间竟然只剩下这一对璧人，连熏香都仿佛懂了情趣，默默不语地缓缓流动着。

"累了么？"纳兰想了想，轻声问道。

卢氏摇摇头，头上凤钗玉翠碰撞，叮咚作响。

"我帮你取下来这些物什儿可好？"纳兰柔声又问。

"……好。"卢氏轻声回应。

纳兰十分高兴，她跟自己说话了呢！轻手轻脚帮她取下沉重的头饰，仔仔细细地盯着她的眉眼，问道："明日我替你画眉可好？"

卢氏这次没有回答，只是脸蛋儿更红了，轻轻地点点头，终于鼓足勇气抬起头，深深看了一眼自己的夫君，眼波荡出一道流光，映着满屋红色，眼角弯出个上扬的弧度。这就是她的夫君啊，天下最是俊逸潇洒的人才，最是倜傥风流的姿容！不敢多看，她怕这满眼里都是他的样子被他取笑，又缓缓地闭上了眼睛，心想着，就把你牢牢锁在眼里。

春宵苦短。

月影在红烛的跳跃中摇曳，风吹来的时候也小心避开了有情人，只在门外摇动着肥嫩枝叶，鸟儿歌吟也放轻了音调，只轻轻应和着风的舞蹈。

你晓得吗？这是生生世世一双人，这是金风玉露一相逢。

新婚的纳兰公子终于可以闲下来，不必每天去习武场了。这天拜望过父母后，与卢氏漫步在回廊。氤氲的晨光里，他看着徐徐走来的妻子神态秀丽，摇曳生姿。如此佳人，若能……

纳兰心中一动，便快步到书房取了文房，也随着卢氏进了卧房。

"相公？"见纳兰匆匆进房，手里还抱着笔墨纸砚，卢氏不禁感到奇怪。

"娘子在上，小生有一事相求！"纳兰放下手里的文房，装模作样地抱拳拱手道。

卢氏莞尔一笑："相公不必客套。出嫁从夫，相公无不可言。"

纳兰拍了拍桌上的宣纸："让为夫为娘子画一幅小像如何？"

卢氏看着纳兰激动的样子，不禁笑了："有何不可？"

"如此甚好！"纳兰兴奋地在屋里转了个圈，最后一指床榻，"娘子请上坐！"

卢氏看了看床铺，又看了看一脸喜色的纳兰，袅袅婷婷地走过去，坐在床边。

"斜倚绣榻，娘子。"纳兰头也不抬地在桌上铺着画纸，摆好镇纸一抬头，见到卢氏正蹙眉望着他。不禁央求："我的好娘子，就依了我吧！"

卢氏闻言展颜一笑，这个为世人称道的文武双全的才子，竟然有这样孩子气的一面呢！

轻拂画纸，洋洋洒洒，纳兰挥笔泼墨。前有洛神之美，而吾妻美则美矣，更胜洛神三分。

浣溪沙

旋拂轻容写洛神，须知浅笑是深颦。十分天与可怜春。

掩抑薄寒施软障，抱持纤影藉芳茵。未能无意下香尘。

娘子十分可爱，一颦一笑都灵动娇俏，仿佛仙子下凡。纳兰这样在画上题词，也不知不觉说出口，直说得卢氏两颊飞霞。

纳兰扶着妻子的肩头，一起欣赏这幅画，见到妻子愈加羞涩的模样，与画中人相映成趣，忍不住作词"戏谑"道：

浣溪沙

一半残阳下小楼，朱帘斜控软金钩。倚阑无绪不能愁。

有个盈盈骑马过，薄妆浅黛亦风流。见人羞涩却回头。

卢氏面上更热，恨将绣帕丢在纳兰肩头，埋首丈夫肩颈，再不出声。

鸾凤和鸣，笙磬同谐。纳兰公子，如此欢期，可如意？

可怜孤灯照薄衾

　　一年后，也就是康熙十三年（1674年），纳兰公子多了一个弟弟——揆叙。同时，他的侧室、汉族女子颜氏也为他生了一个儿子——长子富格（一说福哥）。

　　康熙十四年（1675年）十月的时候，明珠又被调为吏部尚书。从兵部尚书到吏部尚书，明珠的仕途越来越顺利，已然成为康熙皇帝面前的红人。

　　纳兰也很高兴，他有了孩子，他拥有了人生另一个角色——父亲。从无忧无虑到为人丈夫，如今更有了膝下承欢的儿子，在茫然失措中，纳兰也有了几分得意。加之姜室温婉贤淑、恭敬知礼，这也让纳兰十分欣慰。本来因为卢氏进门后一年无所出，明珠夫妇做主让他纳妾，如今来看，倒是纳对了。

　　不过，卢氏就不嫉妒吗？颜氏就不怨恨吗？不，这两位妻子宛如姐妹一样，都是那么安静、宽厚，让明珠府上上下下都十分敬佩。纳兰何其幸也！这也让他在外奔波之余，内心是宽慰而踏实的。

此时朝廷战事不断，康熙皇帝少年英雄，甚至想要御驾亲征，大臣们竭力劝止才罢了。

因为疾病未能授予进士的纳兰，在康熙十五年（1676年）参加了殿试，被授予二甲第七名，进士出身，官拜三等侍卫。

根据1972年冬天出土的纳兰墓碑，纳兰去世时是"通议大夫一等侍卫进士"。也就是即通政使，掌管内外奏章，属文职京官。侍卫分三等，是武职京官，一等属正三品。也就是说，纳兰公子不仅担任文职，还是正三品的武官。

而纳兰是不喜欢做武官的，原本以文得进士，应该进入文官的行列，纳兰也曾以为自己会过着终日诗书的生活。杜臻在《哀辞》中提到："丙辰廷对高第，方且陟清华、领著作矣。"纳兰的第一位老师董讷在《诔词》也有："为名进士，余方与同馆诸公，抃首庆快，为玉堂得人贺。"

谁知原本身为翰院之选，却要成为侍卫，执戟庙堂，尽管在康熙身边行事，得皇帝青眼有加，却有着难以言说的苦楚。

不过，正因为"侍卫"这样一个官职，使他从1678年到1684年，每一年都有很多时间随康熙皇帝出巡或在外公干，让他能够看得更多、走得更远，有了许多体察民情、行走民间的机会。有了自己小家庭的纳兰开始发现，自己不仅多了许多从前不曾有过的情绪，内心深处也萌发出种种不可释怀的矛盾。

泪数行·空剩当时月

菩萨蛮

催花未歇花奴鼓，酒醒已见残红舞。

不忍覆馀觞，临风泪数行。

粉香看欲别，空剩当时月。

月也异当时，凄清照鬓丝。

天下无不散的筵席。即将远征的纳兰闷闷不乐地接受了任务，又参加了送行的酒宴。

眼见着便是离别的前夕，纳兰步履蹒跚而缓慢地回到卧房门口，始终不忍心推开门。他怕见到的是妻子的泪眼，是孩子索求拥抱的双手。

伫立在门口呆呆地看着天空，同样是这样一轮明月，为何却不似新婚当日娇媚，反而透出的是别样凄冷？

调笑令

明月。明月。曾照个人离别。

玉壶红泪相偎，还似当年夜来。

来夜。来夜。肯把清辉重借。

呆立很久，纳兰还是叹着气推门进屋。妻子仍旧像每次离别前一般为他打点一切，只是眼眶泛红，时不时背过身展袖拂面，遮掩着悄悄落下的泪水，离情凄凄，情深如纳兰岂会不知？

昔日有魏文帝所爱美人，姓薛名灵芸，郡守以千金宝赂聘之入宫，以献文帝。灵芸痛别父母，悲泣累日，泪下沾衣。上路时，以玉唾壶承泪，自家乡至京师一路哀情戚戚，壶中泪凝如血。

今有我妻偷拭清泪伤离别，好似当年她随父远赴江南上任时候的告别一般。几滴泪，湿了一片轻盈的罗帕，却是有情人不能承受之重，只盼望月光始终能够照明轩窗，他乡远眺，应该也能望见那窗前等候我归来的身影吧！

离愁别恨浓，可是渺小的凡人、身不由己的官场中人又能奈何呢？

纳兰一直向往的是淡泊平静的生活，采菊东篱下也好，垂钓深林里也好，总归是远离这俗世纷杂。然而作为长子，一直依靠父亲支撑家业总不是办法吧！孝悌为大，终归要为这个家做点什么。

远征他乡这一路，纳兰始终在等待。等待着亲友、妻子的音讯，等待着天涯有尽头，等待着归途……可这一切也不过是自我安慰罢了！人生何处有归途？纳兰苦笑。

满宫花

盼天涯，芳讯绝，莫是故情全歇？

朦胧寒月影微黄，情更薄于寒月。

麝烟销，兰烬灭，多少怨眉愁睫。

芙蓉莲子待分明，莫向暗中磨折。

两位娘子、富格、父亲、母亲……你们可都安好？

一样明月，清辉普照，你们是否也在默默思念着我？"乘月采芙蓉，夜夜得莲子。"（《乐府诗集·子夜四时歌夏歌一》）莲子倒是粒粒分明，可这一路风雨兼程，可有知己作伴？

相见欢

微云一抹遥峰，冷溶溶。

恰与个人清晓，画眉同。

红蜡泪，青绫被，水沉浓。

却与黄茅野店，听西风。

晓行夜宿，清晨来临的时候远山渐渐显出身形，纳兰不由得想起每日清晓妻子描画的眉形，仿似远山黛色，相思从此始，相思未有绝。

那时画眉之亲，软玉温香在怀；如今公子在行军路上，停宿黄茅野店，耳畔是猎猎西风，裹挟来的是滂滂冷意。本就多情，本就易伤，纳兰公子怎能不觉得凄清寂寞呢！孤寝不眠，红烛若泪，寒衾不暖。

然而纳兰始终不是李后主，他的男儿本色、襟怀豪情在面对古戍、荒城、尘埃等悲壮的大漠边城景象时，彻底显露出来。

南歌子·古戍

古戍饥乌集，荒城野雉飞。

何年劫火剩残灰，试看英雄碧血，满龙堆。

玉帐空分垒，金笳已罢吹。

东风回首尽成非，不道兴亡命也，岂人为。

　　纳兰护卫的皇家仪仗经过之处，一片衰败荒凉。

　　边城残垣间聚集了太多饥饿的乌鸦，昔日繁华的城邑如今只有野鸡还在居住。不知道是什么时候来到这里的战火，燃尽了千古兴亡，只剩下一抔残灰，那些曾经沙场浴血的英雄好汉，也化作一堆堆白骨。

　　营帐看上去仍旧坚不可摧，战斗的鼓乐却再也不会响起。东风来去，再回首时，故已成非。兴亡自古君王事，莫道命也，事在人为。

　　这样的纳兰，与少年豪杰的康熙，应该是多么意趣相投！对天下事、兴亡史的看法如此客观，不知这一路上，少却软玉温香，是否增长了才干？

秋来早·恰金风玉露

齐天乐·塞外七夕

白狼河北秋偏早，星桥又迎河鼓。

清漏频移，微云欲湿，正是金风玉露。

两眉愁聚。待归踏榆花，那时才诉。

只恐重逢，明明相视更无语。

人间别离无数，向瓜果筵前，

碧天凝伫，连理千花，相思一叶，毕竟随风何处。

羁栖良苦，算未抵空房，冷香啼曙。

今夜天孙，笑人愁似许。

康熙十五年（1676年）的"七夕"，纳兰第一次扈驾出巡塞外，情人夜里生离愁。

清代文学研究学者严迪昌在《清词史》中提到这首词，说："情怀迥然不像出于华阀的'富贵花'所有，这就是纳兰才性异于常人处。有谁如纳兰这样年方青壮、位处清贵，却把随天子出巡看成行役天涯的苦差使的？"谭献在《箧中词》里也说："此篇'逼真北宋慢词'。"

哪个官场中人不盼着随侍驾前？恐怕只有这朵与众不同的富贵奇葩才心怀怨怼吧！

其实，不管在哪里，纳兰总是惆怅的。无论是在思念或悼亡之作中，还是在扈驾出巡、奉命出使等作品中，凄怀苦情似乎总离不开他的笔端。他的愁是刻在骨头里的，阴雨绵绵的时候便隐隐作痛，艳阳高照的时候也要拿出来晾晒一番。

而此时恰逢七夕，这样好的愁殇理由，纳兰怎么能不道一道思念呢？

月上海棠·中元塞外

原头野火烧残碣，叹英魂，才魄暗消歇。

终古江山，问东风、几番凉热。

惊心事，又到中元时节。

凄凉况是愁中别。枉沉吟、千里共明月。

露冷鸳鸯，最难忘、满池荷叶。

青鸾杳，碧天云海音绝。

七夕之后，便是中元节了。理应在家中陪伴妻子、孝敬父母的纳兰，仍在随扈途中。

因为远离家乡而又新婚别妻，正逢路过荒无人迹的古战场，所以这首词充满了多重悲戚。正值"鬼节"，面对眼前荒漠上的残碑断碣，纳兰不由得想到了古往今来为了所谓大业失去生命的英魂，无论是是非非，一切已成过去，即使是才华气度超然，也都随风而逝，这就是时间，这就是历史。时间便是这样无情，成王败寇，只有胜利者才拥有书写历史的权力。古今一切盛衰兴亡都会成为陈迹，当时无两风光，千年后又能如何？

中元之日更容易引起思亲之情，古今情、思乡情交织在一起，令纳兰心绪凄恻哀婉之至。月圆之夜，人不团圆。谢庄《月赋》有词："隔千里兮共明月。"如今真是分离千里，不知要怎样才能共婵娟呢？

"嫦娥应悔偷灵药，碧海青天夜夜心。"（唐·李商隐《嫦娥》）"蓬山此去无多路，青鸟殷勤为探看。"（唐·李商隐《无题》）可是身在塞外，但音书阻隔，令人更加孤独寂寞。"人有悲欢离合，月有阴晴圆缺，此事古难全。"（宋·苏轼《水调歌头》）独自吟诵那千里与共的诗句，虽仍惘然神伤，却只能以此自慰。

"但愿人长久，千里共婵娟。"（宋·苏轼《水调歌头》）

塞鸿去·问明朝行未

清平乐

塞鸿去矣，锦字何时寄。

记得灯前伴忍泪，却问明朝行未。

别来几度如珪，飘零落叶成堆。

一种晓寒残梦，凄凉毕竟因谁。

　　自担任三等侍卫以来，纳兰多次奉驾随军塞外，常与爱妻、家人分离。接到家信时，相思怨别的深情再度涌上心头。

　　前秦秦州刺史窦滔被徙流沙，其妻苏氏思夫，织锦为回文旋图诗以相赠，全文共840字，可宛转循环读之，其内容甚为凄惋，催人泪下（详见《晋书·窦滔妻苏氏传》）。

　　料想妻子远在家中，也定然凄然望着远去的鸿雁，不知何时能得寄相思。

　　纳兰闭上眼睛，将这封家书按在胸口，离别前她的模样清晰地浮现在眼前。

　　"明天……明天几时出发？"卢氏哽咽着问。女儿心实在太小，出嫁前还有父母亲人，出嫁后便只装了这一个夫君，她忍不住再度落泪，又怕丈夫牵念，刚刚泛红了眼眶便用绣帕狠狠地揉去。

　　"唉……"纳兰长叹一声，揽过妻子，紧紧拥在怀中。怕人听见，卢氏小声啜泣，声声闷在纳兰怀中，可这嘤嘤细软，倒似针扎一样，刺得纳兰心痛。

这样反反复复的别离也有几次了。院子里飘零的落叶如今也该厚厚一堆了，家中妻儿是否安好？身在外，梦魂不安，纳兰无奈，新婚分别的凄苦，难为妻子辗转反侧，难为妻子牵肠挂肚！若是魂魄能够飞越关山，定然要回到家里，再帮你拢一拢发鬓，描一描黛眉。

浣溪沙

万里阴山万里沙。谁将绿鬓斗霜华。年来强半在天涯。

魂梦不离金屈戍，画图亲展玉鸦叉。生怜瘦减一分花。

若是魂魄能够飞越关山，飞越那万里绵延的漫漫黄沙，再不必一年中倒有大半天涯漂泊，空教青丝染霜花。再亲手为你画上一幅画，为你解下发钗，为你解郁开怀……再不教你消瘦清减了一分一毫去。

纳兰公子多情，也重情。他怎么能够如意呢？当初旖旎所在，如今却只剩下一片伤心月色。

远隔重山，无人呵护冷暖，孤枕人好不凄凉。"无语问添衣，桐阴月已西。"（清·纳兰性德《菩萨蛮》）西风阵阵呼啸而来又匆匆而去，带不走这无奈愁绪，却让人更冷了心怀，难以入眠。

去年这时纳兰亦身在他乡，可为何此时伤感更甚，心思更痛呢？

有同袍来邀同一杯醉。酩酊之后竟然在三鼓之时酒醒梦回，再也无眠。

朦胧酒醒，恍惚间竟不知身在何处。倒记得离愁，因此还更添了新恨，与天上的明月隔着红窗遥遥相望。多少泪痕蜿蜒在罗衫上？

"相思何处说，空有当时月。月也异当时，团圆照鬓丝。"
（清·纳兰性德《菩萨蛮》）

相思无解。只剩下明月还在当头，那月亮还是当日的月亮，却也不是当时的月亮，因这明月照耀的，只剩下我一人了。

依稀记得同饮的侍卫曾问道："纳兰，你说那王昭君当年出塞，是不是也在这样冷清的夜里过？"

"昭君啊！"纳兰扶着酒壶，望向明月，出口成词：

昭君怨

深禁好春谁惜，薄暮瑶阶伫立。

别院管弦声，不分明。

又是梨花欲谢，绣被春寒今夜。

寂寂锁朱门，梦承恩。

谁能冷血无情，毫无相思？纳兰感慨万千，又思及家中的妻子，春去之时，梨花欲谢，无人欣赏的娇小花瓣孤单单地零落，这种不遇的心情应该分外寂寞吧！成亲以来似乎从未长久陪伴在她身边，作为丈夫，自己真是太无情了。纳兰真是恨自己，又太无奈。

道寻常·红笺第几行

浣溪沙

泪浥红笺第几行。唤人娇鸟怕开窗。那更闲过好时光。

屏障厌看金碧画，罗衣不耐水沉香。遍翻眉谱只寻常。

又

睡起惺忪强自支。绿倾蝉鬓下帘时。夜来愁损小腰肢。

远信不归空伫望，幽期细数却参差。更兼何事耐寻思。

成德吾夫：

见字如晤。

提起笔便忍不住泪落如雨，换了几张信笺，紧咬着罗帕，才能写完这封信。纵然窗外莺啼娇声，亦不敢开窗，怕人瞧见这般形容，倒添了怨妇声名。如此日复一日，大好春光匆匆。你不在，食之无味，如今方知古人所云牵情，果然如丝如缕，又不舍断离。

独自不成眠，睡前遍数了画屏上花，日久亦觉厌烦。香熏安神，久之竟觉衣裙都浸透了这其中的寂寞滋味。

睡晚便觉晨起难，慵懒镇日，梳妆无力。晨起画眉每每思量再三，翻遍画谱也找不出当初你曾经亲手描画的那种。想来，即便是有图谱，也画不出当日意韵吧。

如此这般夜夜辗转，不觉间衣带渐宽。守着窗子，凝望云间，盼归鸿带回只字片语，却空待了一日复一日。细细数了离别日期，一日一日，总在失神，重新数起，仍旧乱了。也不知何事让妾如此费思量……

尚未读完信，纳兰便哽咽了。通篇不见一字相思，却处处刻骨相思。还好就要回家了，就要回到那个有妻子儿子的家了……

也依依·月在春桃花

眼儿媚

重见星娥碧海槎，忍笑却盘鸦。

寻常多少，月明风细，今夜偏佳。

休笼彩笔闲书字，街鼓已三挝。

烟丝欲袅，露光微泫，春在桃花。

回到家拜见了父母之后，纳兰难抑心中的激动，三步并做两步奔向自己的卧房。脚步刚刚靠近门口，却见妻子打开门，二人一个门里，一个门外，相对无言。

别后重见，妻子愈发美艳动人，目如星子，发似乌云，眉宇间掩饰不住的欣喜之情。不知平时辜负了多少风清月明、花月良辰，为何偏偏觉得今夜的残月落花最美？

小别胜新婚。

面对思念多时的妻子，纳兰顿觉和风满面，喜不自胜——

落花时

夕阳谁唤下楼梯，一握香荑。

回头忍笑阶前立，总无语，也相宜。

相思直恁无凭据，休说相思。

劝伊好向红窗醉，须莫及，落花时。

那是半年前，纳兰回京后述职完毕，谢绝了好友的邀请，匆忙赶回家中。

妻子显然已经得知他要回来，正在拿着香草熏房间，此时听见他进了院儿，惊讶之余也异常激动，忍不住拿着香草便跑出来，却在台阶前堪堪停住，硬是压下了飞扬的嘴角，默默无语地站在那里。

须知人间情缘，相遇最美，重逢喜悲掺半，别离最苦。今朝重逢，等待的便是又一次别离。

果然，不久之后，纳兰便再度奉诏随君，狩猎十三陵。

好事近

马首望青山，零落繁华如此。

再向断烟衰草，认藓碑题字。

休寻折戟话当年，只洒悲秋泪。

斜日十三陵下，过新丰猎骑。

十三陵是明朝皇帝的墓葬群，坐落于北京西北郊昌平区燕山山麓的天寿山。康熙皇帝行猎明十三陵，纳兰随驾在侧。

前朝旧业在纳兰词中，"全是凭吊语，绝非新朝新贵的语气"（严迪昌《清词史》），以猎场周遭的景物和词人内心的感受为主，多有悲怆之音，感伤之意。与其说是感物兴怀，不如说是兴亡之感、轮回之叹，引人深思。

策马前行，一脉青山绵延起伏，都市的繁华遮蔽其外，眼前只有一派萧索冷落的景象。古碑上长满苔藓，依稀可以辨认出上面的题字。时间恁地无情，多少豪杰，尽付笑谈，羽扇纶巾，早已灰飞烟灭。

暮色苍凉，休提前朝兴亡，仅凭此秋色足够悲戚。

虞美人

高峰独石当头起，冻合双溪水。

马嘶人语各西东。行到断崖无路小桥通。

朔鸿过尽音书杳，客里年华悄。

又将丝泪湿斜阳。多少十三陵树乱云黄。

时间是无情的过客，历史的长河滚滚而去，浪花淘尽英雄。山色苍莽，水影凌乱。断崖间柳暗花明，马鸣处山重水复。

南飞北雁不知归期，你我都是行者，韶华匆匆，一生荣辱，尽在这行走的生涯中老去。

"年华逐丝泪，一落俱不收。"（唐·韦应物《拟古诗》）古道西风，又向斜阳，回首再看十三陵，树木森森，晚霞浸染，天际晕黄。

苍凉有泪，不觉满襟。

第四章

自有莫逆惺惺惜

等闲几识故人面，两声雷动似曾见。

谣诼娥眉古今事，吹开吹去东风倦。

——得有莫逆·勿赘言·浮生如此多别离

纳兰是有很多忘年交的，譬如严绳孙长他三十二岁，陈维崧长他三十岁，顾贞观长他十八岁，朱彝尊长他二十六岁……不过这并不影响纳兰与之成为莫逆，相反，或许正是由于这其中的很多人虽年龄很大，但内心单纯真挚，是迂腐守旧的文人而非合格的官场中人，这才能与慧极早熟的纳兰交心。

　　谈到纳兰的朋友，人们总是一致赞美他没有门第观念，与僧道、艺人、落榜举子、落魄官宦均有交游，且乐善好施，热心相助。作为满洲贵族子弟，纳兰与很多汉族才子切磋学问，互相鼓励，以出色的才情文采得到认可。在世俗眼光中，这位原本应为人所不屑的统治阶级贵公子在污秽的上层社会中显得格外高雅不凡。

皆为俊杰无两才

纳兰二十四岁这一年，清廷开"博学鸿词科"，网罗有才华的汉人为其所用。著名文人学者朱彝尊、陈维崧、严绳孙、姜宸英（字西溟）等人都被举荐到京城，顾贞观、纳兰性德因与之投契，便经常与他们聚会，席间吟咏唱和，不无风雅。顾贞观在京期间，为纳兰性德编订了《饮水词》集。

顾贞观的名句"落叶满天声似雨，关卿何事不成眠"令众多文人惊叹不已，后因仿造了一只竹茶炉，引得不少名士题词赋诗，由纳兰为他汇成了《竹炉新咏》。顾贞观与纳兰在词作上有着"舒写性灵"的一致主张，强调所作之词极情之至、质朴自然、文化底蕴深厚而又创新多变。

他们两人这样以文交情、以义投契的友谊可谓世人典范。顾贞观可以称得上纳兰的第一知己。在初见之时，纳兰便对这位年纪足以做他父亲的师长倍加敬重。

比纳兰年长十八岁的顾贞观，原名华文，字远平、华峰（亦作华封），号梁汾，是江苏无锡人。曾祖为明末东林党人顾宪成，也算得上出身名门。康熙十一年（1672年）举人，官至内阁中书。后因受同僚排挤，落职归里。顾贞观与陈维崧、朱彝尊并称明末清初"词家三绝"，同时又与纳兰性德、曹贞吉共享"京华三绝"之誉。明珠看重他的才华，曾聘他为纳兰的老师，然而他仕途不顺，在康熙二十三年（1684年）方才致仕。

在吴兆骞、纳兰先后病故之后，顾贞观悲痛不已，继而回归故里避世隐逸，在家乡无锡的惠山脚下、祖祠之旁修建了三楹书屋，名为"积书岩"。从此心无旁骛地读书，一改往日风流倜傥、热衷交游的形象。

月如水·身世何足问

作为朋友，纳兰最为人所称道的，是"生馆死殡"这件事。

顾贞观曾填《金缕曲》两首，为因"丁酉科场案"而蒙冤被遣戍宁古塔（黑龙江宁安）的吴兆骞鸣冤。"丁酉科场案"是顺治皇帝亲自定案的，康熙皇帝虽然没有享受到多少父爱，但是孝悌所限，即便心知为冤案，也并无昭雪之意。

这时，吴兆骞从宁古塔辗转寄来一封书信，顾贞观展信细读，不禁悲从中来："塞北之地异常寒冷，衣难保暖，食难充饥，身世飘落。只能听任边关风雪染白双鬓。唯一放不下的，就是家中妻子身体羸弱，子女食不果腹，老母尚在人世，却探望无期……"

由上至下的平反是希望渺茫了，同朝为官的很多身居要职的官员，如苏州宋德宜、昆山徐乾学等，都曾与吴兆骞相交。顾贞观连日奔走，希望这些人能够顾念旧情，为营救吴兆骞助上一臂之力。怎知仕途之事最为难料，谁愿意用自己的前程冒险？人情淡薄，世态炎凉，这些如今已飞黄腾达的文人根本不愿为昔日好友解难。顾贞观百感交集，挥笔写下了《金缕曲》，同时作为给吴兆骞的复信，其中道：

> 季子平安否？便归来，平生万事，那堪回首？
> 行路悠悠谁慰藉，母老家贫子幼；
> 记不起，从前杯酒。
> 魑魅搏人应见惯，总输他，覆雨翻云手，冰与雪，周旋久。
> 泪痕莫滴牛衣透，数天涯，依然骨肉，几家能够？
> 此似红颜多命薄，更不如今还有，只绝塞，苦寒难受。
> 廿载包胥承一诺，盼乌头马角终相救，置此札，君怀袖。

穷则独善其身，达则兼济天下。这些在别人眼中已经仕途通达的人，却并没有勇气"兼济天下"，他们连自己曾经把酒言欢的知己好友都不能伸出援手，所谓"气节"也就无从谈起了。有迁有擢本属正常，这是参与政治的必然结果，但是顾贞观始终将"乌头马角终相救"的承诺放在心上。正当顾贞观为此一筹莫展的时候，他把目光投向了自己的学生——相国明珠之子纳兰成德。

纳兰了解此事后，深感其情，思量再三，决定尽力相助，他许诺顾贞观："十年之内，学生定当为此事奔波劳力。"顾贞观了解纳兰的性情，信任他必定竭尽所能。但吴兆骞身体羸弱，年龄也很大了，所以他恳求纳兰，以五年为期。

纳兰想了想，点头答应下来。顾贞观心知胜算不大，却也知此事艰难，任谁都无可奈何。为吴兆骞所遭受的苦难冤屈，因纳兰这份义气豪爽，思及其他人的冷眼旁观，顾贞观感慨万千，此时见纳兰立下誓言，忍不住膝下一软，就要拜倒。

纳兰急忙扶住老师，内心为这份真情感动不已，在此处墙壁上写下"顾梁汾为松陵才子吴汉槎屈膝处"几个字，纪念这份高尚友情。然而，想要在一场过去已然尘埃落定的政治事件中翻手为云，可谓阻力重重，纳兰多次恳求身居高位的父亲明珠帮助，几经周折，吴兆骞终于结束了流放生涯。他回京后，特意到明珠府上拜谢，见到此字方知顾贞观为他昭雪冤屈殚精竭虑，甚至顾不得膝下黄金，遂五内铭感。

之后纳兰见吴兆骞空有才气而衣食无着，便以聘请馆师为名收容入府，教授其弟学业。多年后吴兆骞病故，身在江南的纳兰匆匆回京，为其操办丧事，煞费心力，并出资送吴兆骞的灵柩回其吴江老家。这就是所谓的"生馆死殡"。

康熙十五年（1676年），顾贞观记云："岁丙辰，容若年二十有二，乃一见即恨识余之晚，阅数日，填此曲为余题照。"（《弹指词》卷下纳兰赠词后）

这年纳兰被授予一等侍卫，以一介贵族公子、皇帝近侍的身份与郁郁不得志的顾贞观相识，抛却年龄的差距，二人都有相见恨晚之叹，同感仕途艰难，纳兰对顾贞观的抑郁愤懑深表同情，又因营救吴兆骞的种种举动感动不已。

金缕曲·赠梁汾

德也狂生耳。

偶然间、缁尘京国，乌衣门第。

有酒惟浇赵州土，谁会成生此意。不信道、竟逢知己。

青眼高歌俱未老，向尊前、拭尽英雄泪。

君不见，月如水。

共君此夜须沉醉。

且由他、蛾眉谣诼，古今同忌。

身世悠悠何足问，冷笑置之而已。寻思起、从头翻悔。

一日心期千劫在，后身缘、恐结他生里。

然诺重，君须记。

这首词是纳兰与顾贞观相识不久的题赠之作。以直抒胸臆的手法，丝毫不假雕饰，真切而自然地表达了他对顾贞观质朴诚挚的倾慕。清代的徐釚在《词苑丛谈》中评价："词旨嵚奇磊落，不啻坡老、稼轩，都下竞相传写，于是教坊歌曲间，无不知有《侧帽词》者。"严迪昌《清词史》也评价此词"情辞兼备，超迈有神"。

纳兰在与朋友的交往中，一般都是仿效汉人的习俗，取名字中的"成"字为姓，加之小字"容若"，便是"成容若"了，所以，这里的"德""成生"便指的是纳兰自己。

一向"女儿态"（启功评价）的纳兰，在见到顾贞观后，却似变了个人一般，万般矫情都散尽了，开篇便直抒狂情，仿佛急匆匆地撇清自己文风的柔婉一般。纳兰想让朋友知道，自己其实也是不拘世俗的人，生在了乌衣门第、富贵之家实乃天意，身不由己，但心意昭然。

在这篇词作中，纳兰用了很多典故，以古人自况，或效仿古人心迹。纳兰是心思敏感的人，这样的人一般都善解人意，因此他非常担心顾贞观误会他是送"嗟来之食"的。

文人自古清高孤傲，两袖清风骨子里也要藏着青竹，最要不得的便是同情和怜悯。纳兰对于顾贞观的倾慕若是被曲解为施舍，便是他千万个不愿意了。所以他斟酌再三，需要用最简单的句子表明自己的诚意。

"有酒惟浇赵州土"，出自唐代诗人李贺的《浩歌》："买丝绣作平原君，有酒惟浇赵州土。"说的是后世祭奠广纳门客士人的赵公子平原君，唯有买来丝线，绣出平原君的形象来供奉，取酒浇其坟墓（即赵州土）来凭吊。

平原君，嬴姓，赵氏，名胜。东周战国时期赵国宗室大臣，赵武灵王之子，赵惠文王之弟，封于东武（今山东武城），号平原君。是战国时期的"四公子"之一，性喜结交朋友，仗义好客，广纳天下贤才，曾经自荐的毛遂，就是他的门客。

纳兰是当时权臣纳兰明珠的长子，出身豪门，身份自然非比尊贵。以平原君自比，却也合理。而"谁会成生此意"中，"成生"是纳兰自指，大有无奈之下询问众人，谁能了解自己的这一片"平原"心意的意味。其实纳兰此时便是在暗示，自己愿意效仿古贤者，不注重朋友的出身，只要性情相投，自然互为知己，作为更有话语权的阶层，他可以不惜代价为朋友赴汤蹈火。

"青眼高歌惧未老"，出自唐代诗人杜甫的《短歌行·赠王郎司直》："青眼高歌望吾子，眼中之人我老矣。""青眼"代表着敬重，典故出自魏晋时期的"竹林七贤"中放浪形骸的阮籍，此人我行我素，坦白直率。据说能翻"青白眼"，面对讨厌的人就翻白眼，对他欣赏的文人雅士便露出眼珠，翻出青眼。后来人们就用"青眼相待"来形容对值得敬重之人的对待方式。

当时纳兰二十二岁，顾贞观快四十岁，算来还都是风华正茂的时候。纳兰意在劝慰顾贞观，你我在这样的年纪能觅得知己，又有几人能和我们一样幸运？何必为了现下的不如意涕泪纷零，宇宙长存，昭质不改，你看着皎皎明月知我心意，它岂不是长久存在的么！

下半阕中的"蛾眉谣诼"来自屈原的《离骚》的"众女嫉余之蛾眉兮，谣诼谓余以善淫"，不招人嫉是庸才，这种嫉贤妒能的事情，"古今同忌"，你我知心即可，对于外界如何议论，又何必挂怀呢？

身世悠悠，今日不见来日之事，相对何必问前程？即便是飞来横祸，千劫之后，仍有后身之缘。且把浮名，换了浅吟低唱，姑且痛饮一番，何必思虑太多？！唯一要坚持的是守诺，君子之约，情义无价，这才是我辈一定要践行的。

顾贞观十分感动，顿生感慨，于是提起笔，和着纳兰性德的韵脚，也写了一首《金缕曲·酬容若见赠次原韵》回赠：

　　　且住为佳耳。任相猜、驰笺紫阁，曳裾朱第。

　　不是世人皆欲杀，争显怜才真意。容易得、一人知己。

　　惭愧王孙图报薄，只千金、当洒平生泪。

　　　曾不直，一杯水。

　　歌残击筑心愈醉。忆当年、侯生垂老，始逢无忌。

　　　亲在许身犹未得，侠烈今生已已。

　　　　但结记、来生休悔。

　　俄顷重投胶在漆，似旧曾、相识屠沽里。

　　　　名预藉，石函记。

　　文人墨客之间的交往，总是选用诗词唱和的方法来表现心迹，在藏和露之间制造一点朦胧，取"犹抱琵琶半遮面"的暧昧，那是属于文人的特有的高雅，是心意相通的人之间的不宣之秘。

　　顾贞观与纳兰也不例外，他们倾述心意也选用了诗词应和，而且，为了表示同心、敬重，还特意用了同样的韵脚。

　　顾贞观一生恃才傲物，觉得做官不开心就回家乡，完全不被功名利禄所累，有陶翁风范。正因为他的超然和才能，才招来了宵小之辈的猜忌，使他处处被打压，仕途坎坷。

　　所以，在这首回赠纳兰的《金缕曲》里，有这一句："不是世人皆欲杀，争显怜才真意。"这一句化自杜甫的"世人皆欲杀，我独怜其才"。如果不是别人争相排挤我，怎么能显示出谁才是真正懂我的人呢？这里懂他的人，自然指的是纳兰。也许是想到了自己大半生的坎坷遭遇，顾贞观想到韶光易逝后还能有纳兰这样的真心知己，分外感动。

　　在用典上，才华横溢的顾贞观同样用了战国时期的典故，以信陵君的门客侯嬴自比，来对应纳兰自比的平原君。魏公子信陵君无忌，与平原君齐名，也是"战国四公子"之一。他同样喜好结交朋友，礼贤下士，不在乎门第出身。

侯嬴是战国时魏国人，最初是大梁（今河南开封）夷门的守门小吏，直到七十岁才被信陵君迎为上客，后来协助信陵君救赵，在整个营救计划中起到了关键作用。

交友之事，向来是你来我往，君以国士之礼待之，吾自以国士之礼回报。只有在互相尊重爱护的前提下，才能交到真正的好朋友。

"忆当年、侯生垂老，始逢无忌。"在顾贞观的眼中，他就是侯嬴，如果能够得到纳兰如此诚挚的对待，虽已到垂垂暮年，何尝不是一种欣慰呢？

舌难剪·斯人独憔悴

金缕曲·再赠梁汾

（用秋水轩旧韵）

酒浣青衫卷。尽从前、风流京兆，闲情未遣。

江左知名今廿载，枯树泪痕休泫。

摇落尽、玉蛾金茧。

多少殷勤红叶句，御沟深、不似天河浅。

空省识，画图展。

高才自古难通显。枉教他、堵墙落笔，凌云书扁。

入洛游梁重到处，骇看村庄吠犬。

　　　　　　独憔悴、斯人不免。

　　衮衮门前题凤客，竟居然、润色朝家典。

　　　　　　凭触忌，舌难剪。

　　十七岁的纳兰在秋水轩唱和中一举成名，不及弱冠却天下闻名。想与他交好的人实在太多，只是这其中若无真心知己，也无甚趣味。自从认识了顾贞观，纳兰可算是有了能够说说话、谈谈词的知心人，每当念及，不觉内心激荡，遂填词表明心迹。

　　这篇仍旧用了秋水轩唱和的旧韵，并以南朝才子庚信为喻，以劝慰、安抚顾贞观出仕后种种不顺。

　　化用前人诗词："画图省识春风面，环佩空归月夜魂"（唐·杜甫《咏怀古迹五首》）、"集贤学士如堵墙，观我落笔中书堂"（唐·杜甫《莫相疑行》）、"庚信文章老更成，凌云健笔意纵横"（唐·杜甫《戏为六绝句》）、"冠盖满京华，斯人独憔悴"（唐·杜甫《梦李白》）等，可见博学；采用"红叶题诗""二陆入洛""相如游梁"多个典故，以期达意。

　　南朝的庚信是当时有名的赋家，他出使西魏，被强留为官，因而晚年多作乡关之思，其赋"篇篇有哀"，这里用庚信与顾贞观做对比，是对顾贞观孤傲气节和隐逸之风的高度赞扬。

　　红叶之典取自范摅《云溪友议》，唐宣宗时，皇恩薄幸，众多才女、美人只能在朱墙内荒废青春。舍人卢渥偶临御沟，自流水中得一红叶，上题诗云："殷勤谢红叶，好去到人间。"卢渥甚奇，后来皇宫恩赦，放出宫女择良人许配，许配卢渥之人恰是红叶题诗者。

　　或许对爱情来说，这是难得的姻缘佳话，然而对在朝为官的人才来说，这种囚禁一般的任用，还不如放他们一个自由。宫廷的水沟太深，还不如传奇话本里的天河；朝堂的恩赏难得，还不如神话传说中的天庭！

　　顾贞观在朝为官，看似仕途平顺，但并没有真正享受到知遇之恩，其中苦闷，一言难尽。除此之外，这首词作里面还有几个典故，皆是纳兰劝慰之喻，也是对顾贞观才华的肯定。

　　西晋时期著名文学家、书法家"二陆"（陆机与其弟陆云）"少有奇才，文章冠世"（《晋书·陆机传》），入洛阳城拜访时任太常的著名学者张华，得称"二俊"，名气大振，压过了当时才名在外的"三张"——张载、张协和张亢的风头，有"二陆入洛，三张减价"之说。

　　《史记·司马相如列传》记载，孝景帝并不喜欢司马相如擅长的辞赋。后来梁孝王来朝，齐人邹阳、淮阴枚乘、吴庄忌夫子等游说能臣随至，司马相如受到启发，退职"游梁"，写下了那篇著名的《子虚赋》，名声大噪。

　　因为这几位历史上的著名文人都曾经不得志，而后得遇相知，所以纳兰借由典故来说明他对顾贞观的美好未来有着很大的信心。

　　吕安去看望好友嵇康，嵇康不在，其兄嵇喜请他进门，但吕安却在门上留下"凤"字离开，因凤的繁体字为鳳，拆开为"凡鸟"，意为不愿与凡俗之人交往。（南朝宋·刘义庆《世说新语》）"题凤客"暗指访客与主人都是品格高洁之士。

　　"舌难剪"引自《徂异记》，夔州道士王法朗舌头长而心诚，日夜诵经，梦得太上老君剪舌。这个典故指的是顾贞观性情刚正，心知言语议论可能招致灾祸，却不改忠直性情。

纳兰在赠给顾贞观的词中经常用典，也经常化用他人诗句，或许是为了以古人之事劝解顾贞观，或许是迎合顾贞观的写作风格，或许是二人心照不宣的唱和。无论如何，我们从中看到的，是纳兰对待朋友的情真意切，是纳兰得遇至交的喜悦。

从顾贞观成为他的老师，到二人忘年相交，纳兰对顾贞观是全抛一片心的。在他的爱情生活之外，或许友情上，分量最重的便是顾贞观了。

病酒香·轻寒暖孤肠

金缕曲

生怕芳尊满。到更深、迷离醉影，残灯相伴。

依旧回廊新月在，不定竹声撩乱。

问愁与、春宵长短。

燕子楼空弦索冷，任梨花、落尽无人管。

谁领略，真真唤。

此情拟倩东风浣。奈吹来、馀香病酒，旋添一半。

惜别江淹消瘦了，怎耐轻寒轻暖。

忆絮语、纵横茗盌。

滴滴西窗红蜡泪，那时肠、早为而今断。

任角枕，欹孤馆。

　　纳兰为何与顾贞观相惜？大抵是因为顾贞观的性情吧！独守才华，因为与这世界格格不入而不为人所喜。纳兰自己也常有这样的心境，少年成名，家世显赫，围绕着他的人实在太多，可并不是每一个他要去结交、面对的人都是他真正喜欢的。

　　可是纳兰并不是狂放的阮籍，也不是尖刻的吕安，他在大多数时候都是对人笑脸相迎，或许是碍于他官宦子弟的身份，也或许是自认为的"懦弱"（实际上是一种柔软的纯善吧），他很少将耿直刚性的一面表露出来，因而在遇到顾贞观之前，总会身不由己地接受左右的逢迎，与周遭来来往往的人虚与委蛇。

　　纳兰的内心是压抑的，所以，他所思慕的"美人"，或许并非倾城佳人，而是一位知己吧。所以纳兰羡慕顾贞观，羡慕他的坦荡和直白，羡慕他敢为朋友舍生忘死的勇气，羡慕他的朋友，有着他这样的知己。

　　纳兰也羡慕顾贞观能够出生在那个温婉的江南水乡，每日依山傍水，在落霞与孤鹜齐飞的天空下生活，那应该是多么自由和奔放的岁月？而他自己，却只能在高墙内望着匆匆流云，坐井观天般守着旁人羡慕的富贵浮华。

　　纳兰是早有远见的，正如张爱玲所言，生活不过是爬满了虱子的华美衣袍，外表看来风光无限，内里早已腐败不堪。封建政权也是一样，大清国外表看上去坚不可摧，实际上内部早已千疮百孔，这一点在浩如烟海的史书上早就留下了痕迹。因而纳兰的作品中才有了许多兴亡之感。

最让纳兰觉得快意的，怕是顾贞观在被排挤的时候能够挂冠而去、丝毫不留恋所谓功名利禄的行为吧。一个文人，不就是要有些根骨吗？人，不可有傲气，但不可无傲骨！

尽管匹夫于天下兴亡有责，却并不代表他在不快乐的时候要被动承担这个责任。一肩天下的方式有很多种，陶渊明不与世俗同流合污，对于苍生家国也是一种利好。正如鲁迅先生所言，拯救人的思想比拯救人的身体更为重要。仕途并非报国唯一的出路，大家各尽所能，舞文弄墨、刀笔作枪一样可以为国效力。

顾贞观不愿委屈了自己的傲骨，自然是摆出"恕不奉陪"的姿态，愤然离了官场。这样的洒脱，不管是无奈还是追求，都让纳兰深深地崇拜。他是离不开笼子的小鸟啊！那笼子就算是金丝编制，就算是世间难得，就算是众人艳羡，又能如何呢？

没错，他有太多的牵挂——妻子新娶，儿子刚出生，父亲殷切的希望，随侍君侧的重担，家族背后的责任……在其位，谋其政，很多事情并非他所愿，却一定要做。

在康熙身边，虽然得到信任，却也始终小心翼翼。少年康熙除去鳌拜的举动不仅有勇有谋，更带着令人心惊的杀伐果决。清朝第一巴图鲁（勇士）在权力鼎盛时期倒下，天子虽然年轻，威严却不可侵犯！

纳兰隐隐地心惊，不仅因为他的父亲正在参与党争，暗地里总有些不可见光的勾当。纳兰是绝对不能背叛父亲的，他亲眼看着父亲如何艰难周旋于朝堂；他也不能不忠于自己的君王，在皇帝面前，任何人都是奴仆，他的诚挚带着崇拜，也带着情义。纳兰就这样，在其中保持着一种微妙的平衡，如临深渊、如履薄冰。所以，纳兰很苦，纳兰很累。

　　纳兰的疲惫，是因为他始终做着自己不喜欢的事情。不是为了五斗米折腰，而是委屈了自己的性情。放眼望去，纳兰的词作有几首是自在的？纳兰短短三十载的生命，有什么时候是痛快的？满心惆怅的人，望去什么都是灰色的。纳兰大抵抑郁了太久，他无处宣泄的情绪在见到顾贞观本人、感知顾贞观性情之后，终于找到了突破口。顾贞观仿佛是他不能成为的自己，在某种意义上，他是纳兰精神追求的具象化，这让他怎能不雀跃？

　　然而，顾贞观并不总是在纳兰身边的。纳兰时常随君远行，顾贞观又是漂泊之人，且经常为了朋友奔走。此时吴兆骞又身在宁古塔，所以，他们并不总能相絮。纳兰怀念他，其实不就是想着另一个自己？他们相对之时，似乎不需要言语，眼神的交流就能够明白彼此的心意。

　　无人倾诉的时候，压抑的愁情绵绵不绝，比孤单春宵还要长。此际的孤独无聊，比无人赏玩的鲜花还要寂寞。人心是贪婪的，满足后再掏空，任谁拿了多贵重的东西，也填补不了那份空缺。

　　原本已为离别而清减，如今又偏逢这乍暖还寒的时节。冷暖俗情，离合悲欢。四季的轮回就是这样反反复复地磋磨人心，怎不令人多愁添恨？

休疏狂·拂衣柔乡避

金缕曲

未得长无谓。竟须将、银河亲挽，普天一洗。

麟阁才教留粉本，大笑拂衣归矣。

如斯者、古今能几？

有限好春无限恨，没来由、短尽英雄气。

暂觅个，柔乡避。

东君轻薄知何意。尽年年、愁红惨绿，添人憔悴。

两鬓飘萧容易白，错把韶华虚费。

便决计、疏狂休悔。

但有玉人常照眼，向名花、美酒拼沉醉。

天下事，公等在。

西汉未央宫中有一座麒麟阁。汉宣帝时曾命人绘制霍光等十一位功臣像置于阁上，以表扬其功绩。如果把龙作为帝王象征的话，麒麟就象征辅佐帝王的将相功臣，因而得名"麒麟阁"。后又有唐太宗李世民所立"凌烟阁"，其内置二十四功臣画像，为纪念、彰显这些开国元勋，可谓恩宠非常。

后世以画像能置于麒麟阁上为功勋卓著和最高荣誉。南朝梁虞羲《咏霍将军北伐》："当令麟阁上，千载有雄名。"唐朝杜甫也有《投赠哥舒开府翰二十韵》诗："今代麒麟阁，何人第一功。"

分明是朝廷重用之时，你却潇洒拂衣而去。这是何等的豪情？仰天大笑出门去，辞受万千恩宠。大浪淘尽古今，几人能够做到不以物喜、不以己悲？唯有作别樊笼，重返自然，带月荷锄，衣沾晨露，三五知己，花前月下，把酒当歌，最为潇洒。

这一生，为谁？不需要赏赐，也不需要恩宠。过程往往艰难而曲折，结果通常甜美而丰硕，就在功成名就的那刻，蓦然发现，那一切，并非我所要的。

了却君王天下事，不计生前身后名。豪放狂热的气势，让这首词更加贴近稼轩词的味道。从内容看，此词写给仕途失意的友人，赞美友人的高雅脱俗、淡泊功名，又劝慰他若不如意便归隐消闲，做一个快意恩仇的人，同时也为他的怀才不遇、世道不公而不平。

天本不公，地本不平，抱负空落，我辈奈何？豪情万丈，硬是要挽来天河，将整个天空冲刷，还世道一个清明。可这却仅仅是一时壮语，要知道，水至清则无鱼。谁可逆天！

春风吹面容易老。"可恨东君，把春去春来无迹。"（宋·辛弃疾《满江红》）人生苦短，若要为眼前失意叹息，未免悲之过早。

即便不能一展抱负，何妨吟啸且徐行！且醉酒高歌，美人在侧，把臂同游，莫教光阴空耗，与尔同销万古愁！至于天下事，自有公等在，我又何烦忧！

相投金兰深知心

　　纳兰以文会友，文友甚多，其中有不少江南才子，他们经常在纳兰家的渌水亭聚会，浅吟低唱，淡酒骊歌，倒也有一番情趣。

　　在结识顾贞观之后，纳兰也就结识了在宁古塔流放的吴兆骞。吴兆骞，字汉槎，吴江松陵镇人。生于官宦之家，少时即声震文坛。顺治十四年（1657年）中举，被诬卷入"丁酉科场案"。翌年赴京接受检查和复试。因负气交了个白卷，被革除举人名。顺治皇帝亲自定案，家产籍没入官，父母、兄弟、妻子一并流放宁古塔达二十三年之久。

　　在好友纳兰性德、顾贞观的一再请求下，经当时权臣明珠等人斡旋，费赎金数千，吴兆骞又献上《长白山赋》取悦康熙皇帝，康熙二十年（1681年）方得以放归，两年后允许返里省亲。但是长期的严寒生活使他身体病弱不堪，翌年便客死京城。

惆怅客·落梅横笛处

浙西词派的创始者朱彝尊长纳兰二十六岁，字锡鬯，号竹垞，晚号小长芦钓鱼师，又号金风亭长。康熙十八年（1679年）举博学鸿词科，以布衣授翰林院检讨，入直南书房，曾参加纂修《明史》。朱彝尊学识渊博，通经史，诗词古文亦佳。朱彝尊的诗与王士禛齐名，时称"南朱北王"。

纳兰与朱彝尊的相识，也在顾贞观之前。在纳兰因病未能参加殿试的那一年，在他十八岁的时候，一位四十多岁落拓江湖载酒行的江南文人，因为他的情事和他的才华同样引人注目而闻名。

> 十年磨剑，五陵结客，把平生、涕泪都飘尽。
>
> 老去填词，一半是、空中传恨。
>
> 几曾围、燕钗蝉鬓。
>
> 不师秦七，不师黄九，倚新声、玉田差近。
>
> 落拓江湖，且分付、歌筵红粉。
>
> 料封侯、白头无分。

仕途无望，不如尽情享受人间烟火。这首《解佩令》便是朱彝尊为他自己的《江湖载酒集》撰写的纲领之词，可谓一生的写照。

纳兰性德十八岁，而朱彝尊已经四十四岁。

真正的友情与真正的爱情一样，不会因为年龄的限制就有所改变。正如纳兰与顾贞观的交好，也是先被对方的《静志居琴趣》深深吸引，进而了解这个人，然后才有了一见如故。

纳兰与朱彝尊也是一样。十八岁的风华少年，竟能在一位穷困潦倒的落拓文人的作品中，看见自己的影子？！谁会相信呢？还不是会被人以为在嘲笑他？所以，最初的时候，纳兰甚至不敢接近朱彝尊。只有默默地留意朱彝尊的动向，想找个机会认识他，好好地把酒一醉，以酬知己。朱彝尊常常看着镜子中白发苍苍的落拓人唏嘘：

> 菰芦深处，叹斯人枯槁、岂非穷士？
> 剩有虚名身后策，小技文章而已。
> 四十无闻，一丘欲卧，漂泊今如此。田园何在，白头乱发垂耳。
>
> 空自南走羊城，西穷雁塞，更东浮淄水。
> 一刺怀中磨灭尽，回首风尘燕市。
> 草屩捞虾，短衣射虎，足了平生事。
> 滔滔天下，不知知己谁是。

在朱彝尊这首《百字令·自题画像》中，他的失意、落魄跃然纸上。年届四十，只会做一点文章，无田产也无功名，默默无闻地漂泊天涯，如今来到了京城，才算是有了栖身之所，做了个小小的幕僚，怀中名刺（名片）上自己名字的痕迹早已消磨浅淡，只怕是名声也都消减尽了吧。如今白发苍苍，却难得知己，料想即便闲云野鹤度此一生，也未免遗憾了。

文人不都是清高自傲的吗？文人还会在意名利吗？怎么还会这样汲

汲营营？所谓"视名利如粪土"，只有不知疾苦的富家子弟才有资格说这样的话！若不是衣食富足，纳兰哪里来的精力伤春悲秋？恐怕小小年纪便要为家计奔波。

千金散尽还能复来的李白，若不是常有贵族资助，怎么有能力游遍名山大川？来得容易，去也无谓，所以才能在喝酒的时候，将"五花马，千金裘"换作美酒。

经济基础决定上层建筑，如果没有好的物质基础，再有才华的人也没有能力生存在这个世界上，更何况还是阶级森严、剥削严重的腐朽封建时代。那些隐逸之士，相当一部分也是在功成名就、仕途碰壁之后才退居山林，若陶渊明一开始便采菊东篱，恐怕也不会悠闲长久、名扬后世吧！

何况文人根骨本就不适合做官。越是秋竹有节的文人，越是不可能成为好的官员，蝇营狗苟这种事在他们看来都太下作，背离了纯洁的理想，他们不会去做，但这一置身事外就导致了他们仕途坎坷，遭人嫉恨，顾贞观就是最好的例子。李白也曾经入朝，苏轼、白居易也曾身居高位，结果却也都是官场失意。

到头来，仍旧一无所有，倒还落得骂名，背了一身恩怨。朱彝尊也很无奈，他只能自我解嘲地笑笑，等待一位或者永远也等不到的知己出现。

纳兰的出现，是他始料未及的。一个半生潦倒的寒门老学士，一个春风得意的豪门小公子，生活环境与际遇有着天壤之别的人，却在精神上如此契合。

或许，就是因为纳兰看多了人间惆怅之事；也许，就是因为朱彝尊已经看淡了身外之事。纳兰应该庆幸，他选择的这些朋友，几乎没有人是看中了他的贵族身份，也没有人本着利用的目的接近他。这对脆弱而敏感的纳兰公子来说，已经是令他感动不已的事情了。

纳兰读了朱彝尊的词，百感交集，甚至在还未曾见过朱彝尊一面的情况下，就已经把这位年长自己太多的落拓词人引为知音。他写了一首《浣溪沙》：

浣溪沙

残雪凝辉冷画屏。

《落梅》横笛已三更，更无人处月胧明。

我是人间惆怅客，知君何事泪纵横。

断肠声里忆平生。

残雪映月照腊梅。三更天的时辰正清冷，窗外隐隐传来飘渺凄凉的笛声，惹人断肠。虽然年轻，却知君何事泪纵横，我也一样怅惘，行走在尘世，身似浮萍，找不到依傍。素未谋面，却能心若归雁。

几经周折，纳兰得知朱彝尊的下落后便写信给他，表明自己的仰慕之情，想要与这位词人见面。纳兰紧张而忐忑，恐怕之后与顾贞观的初见也没有这样忐忑不安。朱彝尊会理他吗？他会不会觉得，这样一个莽撞的贵族少年，能体会到什么惆怅呢？还不是为赋新词强说愁么！

但是，朱彝尊不但回了信给他，而且还亲自登门拜访。尽管布衣落拓，饱经沧桑，朱彝尊面对这位满眼仰慕的豪门公子仍旧不卑不亢。

而纳兰那双眼睛里，满满的真诚，仿佛能够透过褴褛衣衫，看出他内心的富足。这就是纳兰的慧眼，这就是能够雾里看花，穿透世俗眼光的独到慧眼。正因为精神层面上的契合，两人很快就越聊越投机，引为知己。

梦已冷·早雁何所寄

康熙十二年（1673年），纳兰又结识了一位好友，那就是"勾吴严四"严绳孙。比纳兰年长三十二岁的严绳孙与年仅十九岁的纳兰惺惺相惜，结为知己。严绳孙，字荪友，一字冬荪，号秋水，自称"勾吴严四"，复号"藕荡渔人"，江苏无锡人，一作昆山人。严绳孙于康熙十八年（1679年）举博学鸿词科，以布衣举鸿博授检讨，为"四布衣"之一。二人结识要早于顾贞观，纳兰曾留绳孙住府邸二年，彼此诗词唱和，"闲语天下事，无所隐讳"。

临江仙·寄严荪友

别后闲情何所寄，初莺早雁相思。

如今憔悴异当时。飘零心事，残月落花知。

生小不知江上路，分明却到梁溪。

匆匆刚欲话分携。香消梦冷，窗白一声鸡。

严绳孙之后归乡，对纳兰来说，挚友一别，离情依依。春去秋来，时时刻刻的刻骨相思、别后闲情，无从依傍。但这种孤独寂寞，除了残花落絮，竟然再无人能知晓。思念至深至切竟生出幻觉，梦中到了自己甚至都不知路途的好友的家乡，刚刚要共叙别情，谁知鸡啼一声，好梦乍醒，令人不胜怅惋，满怀遗憾。

和清朝的很多名士一样，严绳孙也是明朝的遗少。他的祖父就是明末的刑部侍郎严一鹏，所以也可称得上是官宦之后。明亡，满族人入关后，自恃气节的严绳孙便断绝了取士为官的念头，一心埋首于诗词书画之中。对他来说，自己就是这样模样："占得红泉与绿芜，不将名字挂通都。君看沧海横流日，几个轻舟在五湖。"

虽然这首《自题小画》颇有些自嘲与讥讽的味道，却能看出他淡泊的个性。

康熙十七年（1678年）的时候，正开博学鸿儒科（亦即博学鸿词科），大部分的文人或是自愿、或是被迫地参加这场考试，严绳孙也因此来到京城。

这个"博学鸿儒科"又是什么呢？它和一般的科举不同，在明清朝代更迭的历史进程中，明朝的"遗民"始终是清朝统治者心头的石头，因为数量庞大，而又大多才华横溢，这样的人聚集起来，不得不说对清廷还是有一定威胁的。康熙皇帝在几经思索后，恩开此科，命令天下有才学的人都要进京考试，不论出身，不论过往，只要有才华，就能出仕。而且为使活动盛大且正规，他安排满汉文化皆通的纳兰与曹寅作为招待负责人，好生安置这些酸腐儒生。

"博学鸿儒科"的举办，其实根本目的并不单单是粉饰太平，也不只是想要彰显康熙皇帝重视汉文化，更不仅仅在于招揽人才，而在于笼络遗民的心。所以，这场恩科虽有考试的形式，却只有游宴的实质。且对统治阶级来说，能一举多得，何乐而不为之？

在固执的严绳孙的心中，他看透了这一切，虽然是极不情愿参加的，但是又不得不被迫前来，就算是顺路看看声名鹊起又魂交已久的好友纳兰，也算是不虚此行。

严绳孙虽然顽固，却并不愚蠢。他不像顾炎武、傅山等人那样，敢于公然拒绝朝廷的征召，他还想留着这条命"苟活"呢！不过即便是迫于压力不得不来到京城，参加了三月初一的"考试"，却只写了一首诗走个过场就交了卷子，匆匆离开了考场。

只可惜他万万没有料到，康熙皇帝也早已久仰他的名声，"御笔钦点"，直接把严绳孙定为了二等。严绳孙得知结果后苦笑不已，万没想到竟然会是这样的结果，真是人算不如天算。

他本来无心为清廷效力，连殿试都是草草敷衍了事，哪知却偏偏逃脱不了为官的命运，而同为当时名士之一的好友姜宸英却名落孙山。我本将心向明月，奈何明月照沟渠啊。这样阴差阳错的尴尬，似乎总在人们身上发生，当事人无奈之下，又能如何呢？

为此，纳兰还为姜宸英赋词安慰。严迪昌《清词史》对此评价道："慨然长吭，劝慰中透不平……殊有风鸣万窍、怒涛狂卷的气韵。决不是自缚于南唐一家者所能出手的，至于神虚情匮的匠工们更是难加问津。"

金缕曲·慰西溟

何事添凄咽。但由他、天公簸弄，莫教磨涅。

失意每多如意少，终古几人称屈。

须知道、福因才折。

独卧藜床看北斗，背高城、玉笛吹成血。

听谯鼓，二更彻。

丈夫未肯因人热。且乘闲、五湖料理，扁舟一叶。

泪似秋霖挥不尽，洒向野田黄蝶。

须不羡、承明班列。马迹车尘忙未了，任西风，吹冷长安月。

又萧寺，花如雪。

严绳孙后来还是不可避免地当了官，可就是因为他心不甘情不愿，而好友之间总不可能个个和睦，所以纳兰无奈地看到，随着一些好友官位的升高，昔日的亲密交往也渐渐地开始有了矛盾。

纳兰的书法老师高士奇，开始渐渐得到康熙的重用，但是高士奇却与纳兰的好友朱彝尊、秦松龄等人素来不睦。

高士奇，字澹人，号江村，是清代著名学者。因家贫，在朝廷以"打杂"为生，后在詹事府做记录官，康熙十五年（1676年）迁内阁中书。由于高士奇每日为康熙帝讲书释疑、评析书画，极得康熙信任。

本来就无心出仕的严绳孙，眼见好友朱彝尊被贬官，秦松龄也被夺去了官位，更加对官场失望，于是毅然辞官，返回自己的家乡专心画画去了。他本来就打算做个山野之人，娴静一生，这样的结局，对他来说也并无不妥。

送兰舟·杨柳梦江南

纳兰对前人经学甚爱，藏书颇丰，曾耗巨资搜集诸代名家作品集注解，并编辑自宋以来诸儒学经之作，刻为《通志堂经解》1860卷。在这个过程中，他请求秦松龄、朱彝尊等好友帮助他搜集典籍，据说存有抄本140余种，修建藏书楼"通志堂""珊瑚阁"，藏书上有"珊瑚阁""绣佛斋""鸳鸯馆"等字样。

秦松龄是宋代大文学家秦观的后代，早在顺治十二年（1655年）便得进士出身，在庶常馆期间，顺治帝召试咏鹤诗，他有咏"高鸣常向月，善舞不迎人"，得顺治皇帝褒扬，认为"此人必有品"。后因逋粮案削籍，从军荆襄，总督蔡毓荣请于军中讲学，深受尊崇。回乡后沉迷经训钻研，尤善诗。亦因康熙十八年（1679年）博学鸿儒科入京，授检讨。

世人对秦松龄最大的印象便是他疑似"畸笏叟"。在《红楼梦》的早期抄本上，有两种署名，分别为"脂砚斋"和"畸笏"，这两个署名代表了两个人。有相关考证认为，《红楼梦》所言事为曹家（曹寅）之事，其作者疑非曹雪芹，而是康熙皇帝最为信任的曹寅的嗣子，曹家最后一任江宁织造主事曹頫，亦有考证认为，曹頫是《红楼梦》作者曹雪芹的叔父（一说父亲），甚至还有学者认为，"曹雪芹"一名乃严绳孙化名。这些推测和考据在红学学术界引发了种种争议，至今未有定论。

争议不提，秦松龄家的"秦园"（今南京寄畅园）才是真正的人人艳羡。明正德年间秦观的后裔秦金购得元朝僧舍"沤寓房"，在原址的基础上营建别墅，垒石为山，蓄水作池，移栽精巧花木，辟为园景，名之"凤谷行窝"。康熙初，造园名家张涟与侄儿张鉽巧手改建，使园林景致更为精妙，康熙、乾隆共十二次南巡均到访此园，至今仍保存御书石匾额"山色溪光""玉戛金枞"。

纳兰作为秦松龄博学鸿儒科的举荐人，一来赞赏秦松龄的人品，二来欣赏他的才华，三来便是秦松龄的江南水乡生活令他神往。若是有一天，能与至交好友畅游其间，又该是怎样一番快慰！

只是，对眼下的纳兰来说，好友接二连三地离开，自己愈发孤寂起来。

据《啸亭杂录》："成亲王府在净业湖北岸，系明珠宅。"故净业寺约在净业湖边，其旧址大约在今北京什刹海后海宋庆龄故居附近，也就是距离明珠府非常近的地方。康熙十八年（1679年）的夏天，纳兰曾与朱彝尊、陈维崧、秦松龄、张纯修、姜宸英、严绳孙等前往净业寺观荷，赏玩的过程中有词作唱和。

如今故地重游，行走间风轻露冷，多情的夕阳映红了窗户，镀色了帘钩，"田田翠盖""鱼浪香浮"（清·纳兰性德《金人捧露盘》）。盛景当前，想起昔日同游的好友已然远隔天涯，不由得心生唏嘘，魂也飞远。

浣溪沙·寄严荪友

藕荡桥边埋钓筒，苎萝西去五湖东。

笔床茶灶太从容。

况有短墙银杏雨，更兼高阁玉兰风。

画眉闲了画芙蓉。

　　藕荡桥是严绳孙无锡西洋溪宅第附近之桥，他也以此而自号"藕荡渔人"。顾贞观在《离亭燕·藕荡莲》自注云："地近杨湖，暑月香甚，其旁为埠荡营，盖元明间水战处也。荪友往来湖上，因号藕荡渔人。"纳兰幻想，离别之后，严绳孙定然在家乡过着隐逸高致的生活，桥边垂钓，泛舟碧波，自在怡然。

　　闲来或执笔写写画画，或烹茶品茗。恰如《新唐书·隐逸传·陆龟蒙》中所言："不乘马，升舟设篷席，赍束书、茶灶、笔床、钓具往来。"

　　纳兰越是思念友人，越是幻想友人现在的生活，越是流露出一丝艳羡，也更加怀念当初携手同游的场景。

一生愁·梦回远山楼

　　在纳兰的至交好友中，不得不提的还有曹寅。曹寅，字子清，号荔轩，又号楝亭，满洲正白旗内务府包衣，母亲是康熙皇帝的保姆。曹寅与皇帝是自幼的伙伴，十六岁时入宫担任康熙的銮仪卫，随侍君侧。善骑射，通晓诗词音律。曾主编《全唐诗》，存世文集有《楝亭诗钞》八卷、《诗钞别集》四卷等。曹寅伴驾多年，与康熙关系紧密，且被认为参与除鳌拜一事，是金庸小说《鹿鼎记》中韦小宝的原型。

纳兰与曹寅在少年时就有交谊。他们同出于座师徐乾学门下，同为康熙皇帝的御前侍卫，经常有诗文上的往来。纳兰去后，曹寅《题楝亭夜话图》中记述自己："忆昔宿卫明光宫，楞伽山人貌姣好。马曹狗监共嘲难，而今触痛伤枯槁。"

"马曹狗监"是指二人初入宫中任职的旧事。据考证，纳兰刚刚被授予三等侍卫的时候，在上驷院管理皇帝的御马，所以玩笑称"马曹"，而曹寅则在养鹰鹞处供职，因而自嘲"狗监"。扈从康熙出行的时候，二人经常凑在一起作词感慨颠沛之苦。

作为整场活动的主要招待者，纳兰与曹寅在博学鸿儒科与来自大江南北的文人雅士相交，纳兰的知己好友，也是曹寅的座上宾。除此之外，纳兰妻子卢氏的兄弟卢腾龙与曹寅同年赴任苏州，卢任苏州知府，曹任苏州织造，想必也是多有照拂。

康熙二十三年（1684年），康熙南巡，纳兰随驾，在苏州无锡探望了为父治丧的曹寅。

曹寅担任江宁织造的时候，邀请当时名士创作诗画，成就四卷十图的《楝亭图》，以纪念当年在任江宁织造时亲手栽种的楝树。这部画册云集一时名流，包括纳兰在内的数十位大家均有题咏，如顾贞观、秦松龄、姜宸英、严绳孙、徐乾学、王世禛、梁佩兰、王方岐、方嵩年等，更有黄缵、张叔等人的画。

纳兰为曹寅作《曹司空手植楝树记》，还特意填词。

满江红

（为曹子清题其先人所构楝亭，亭在金陵署中。）

籍甚平阳，羡奕叶、流传芳誉。

君不见、山龙补衮，昔时兰署。

饮罢石头城下水，移来燕子矶边树。

倩一茎黄楝作三槐，趋庭处。

延夕月，承晨露。看手泽，深馀慕。

更凤毛才思，登高能赋。

入梦凭将图绘写，留题合遣纱笼护。

正绿阴青子盼乌衣，来非暮。

　　这首词中多处用典，却在典雅中不伤气度，婉转中不失流畅。纳兰所作《曹司空手植楝树记》中记载，这棵树是曹寅父亲手植，父亲死后，每当"攀枝执条"便"泫然流涕"。

　　《礼记·玉藻》有："父没而不能读父之书，手泽存焉尔。"在亭子里，纳兰看到康熙皇帝为曹氏的题字，深深为之钦慕。《世说新语·容止》："王敬伦风姿似父，作侍中，加授桓公公服，从大门入。桓公望之，曰：'大奴固自有凤毛。'"故凤毛是为形容人能继承父辈遗风。这里代指曹寅等人承继其祖上的遗风，都有着过人的才华。

　　曹寅曾对纳兰感慨："曾几何时，而昔日之树，已非拱把之树；昔日之人，已非童稚之人矣！"纳兰也以"召伯与元公"（周成王尚父召伯与元公的儿子伯禽与齐侯做了周王的伴读和侍卫）的典故，劝慰好友，此树"先人之泽，于是乎延，后世之泽，又于是乎启矣"。王定保于《唐摭言》中道："王播少孤贫，尝客扬州惠昭寺木兰院，随僧斋餐，诸僧厌怠，播至，已饭矣。后二纪，播自重位出镇是邦，因访旧游，向之，题已皆碧纱幕其上，播继以二绝句曰：'……上堂已了各西东，惭愧阇黎饭后钟。二十年来尘扑面，如今始得碧纱笼。'"而纳兰使用此典，意为曹家祖上自是显赫，如今也是地位非凡。

曹寅与纳兰有一位共同好友张纯修，亦是诗画大家，三人常在一起饮酒作诗，纳兰常为张纯修画作题诗，曹寅亦深喜纳兰才华，可谓惺惺相惜。

四面风·与君高卧闲

纳兰的这位"兄弟"，在文采上虽然不一定强过这些好友，却于画工上独得头筹。这人便是原籍丰登坞镇张家庄、后居北京西山的工部尚书张自德之子张纯修。张纯修字子敏，号见阳，历任招民县知县、广东督粮道、广陵署江防同知、庐州府知府。关于他的画艺，清代绘画著述《国朝画识》称其"性温厚博雅，画得北苑南宫之沉郁，兼云林之逸淡，尤妙临摹，盖其收藏颇多，故能得前人笔意。书宗晋唐，更善图章"。康熙三十年（1691年），张纯修在扬州刊刻《饮水诗词集》，序云："容若与余为异姓昆弟。"

二人的结识，缘于曹寅的引见，三人间的友谊可以说是不同于其他文友的。

张纯修爱画兰，纳兰曾有小词《点绛唇·咏风兰》：

别样幽芬，更无浓艳催开处。

凌波欲去，且为东风住。

忒煞萧疏，怎奈秋如许？

还留取，冷香半缕，第一湘江雨。

以花喻人，兰花本非富贵之花，只是生长在深山野壑中的小草而已。但它在秋风中摇曳的姿态，好似凌波仙子，轻柔飘逸。结尾一句则是赞扬张纯修笔下兰花堪称画中第一。

菩萨蛮

（过张见阳山居，赋赠）

车尘马迹纷如织，羡君筑处真幽僻。

柿叶一林红，萧萧四面风。

功名应看镜，明月秋河影。

安得此山间，与君高卧闲。

纳兰曾经在路过张纯修西山居所的时候，与之卧谈闲话，表现出对这样隐逸生活的艳羡。张纯修居处幽僻，柿子树上结出的果实如灯笼一般，西风拂面，格外清爽。

功名如水月镜花，转瞬即逝。若能归隐林下，得挚友相伴，过着如此悠闲自适的生活，该是多么惬意啊！

菊花新

（送张见阳令江华）

愁绝行人天易暮，行向鹧鸪声里住。

渺渺洞庭波，木叶下，楚天何处。

折残杨柳应无数，趁离亭笛声催度。

有几个征鸿，相伴也，送君南去。

相聚纵有千般好，亦是短暂。康熙十八年（1679年），张见阳赴任江华县县令，纳兰万分不舍，填词相送。

张纯修远赴西南，至交相别，天地为愁。晚风扶柳，天色迷离，"袅袅兮秋风，洞庭波兮木叶下"（战国楚·屈原《九歌》）。纳兰在送别见阳之时依依难舍，代表着别后想念的杨柳，折了无数次，原本就应趁着长亭离宴上的笛声作别，却依稀不忍离去。

但愿有鸿雁相伴，一路送君南行，也好聊慰心怀。

踏莎行·寄见阳

倚柳题笺，当花侧帽，赏心应比驱驰好。

错教双鬓受东风，看吹绿影成丝早。

金殿寒鸦，玉阶春草，就中冷暖和谁道。

小楼明月镇长闲，人生何事缁尘老。

纯修走后，纳兰依然过着随君南北的生活。不过，他本来就对这样的生活感到厌倦，于是在思念故友的时候，填了这首词，并且表达了自己对官场生活的厌烦。在宫廷里生活、做事，其中苦乐如鱼饮水，冷暖自知，难与他人叙说。"倚柳题笺，当花侧帽"，这样安闲自适的生活，正是纳兰所渴望。

"侧帽"之语出自《周书·独狐信传》："在秦州，尝因猎，日暮，驰马入城，其帽微侧，诘旦，而吏人有戴帽者，咸慕信而侧帽焉。"

纳兰一心想要生活在林下闺房世罕俦，偕隐足风流。"浣花微雨，采菱斜日，欲去还留。"（清·纳兰性德《眼儿媚》）

尊前酒·随缘住无心

有人说，在交友上，纳兰所结交之人有个共同点："皆一时俊异，于世所称落落难合者。"这些不肯融入世俗的人，多为汉族布衣文人，且大多出自江南，如顾贞观、严绳孙、朱彝尊、陈维崧、姜宸英等。

纳兰对朋友是极为真诚的，不仅仗义疏财，而且非常敬重他们的品格和才华，在人格上予以莫大的尊重，这一点可以从营救吴兆骞、"生馆死殡"之事可以看出。在他特别修建的渌水亭（一说现址为现宋庆龄故居内恩波亭）中，唱和啸咏不断，一时文人骚客皆雅聚于此。

瑞鹤仙

（丙辰生日自寿，起用《弹指词》句，并呈见阳）

马齿加长矣，枉碌碌乾坤，问汝何事。浮名总如水。

判尊前杯酒，一生长醉。残阳影里，问归鸿、归来也未。

且随缘、去住无心，冷眼华亭鹤唳。

无寐。宿醒犹在，小玉来言，日高花睡。

明月阑干，曾说与，应须记。

是峨眉便自、供人嫉妒，风雨飘残花蕊。

叹光阴、老我无能，长歌而已。

康熙十五年（1676年），纳兰二十二岁。按理来说，事业、爱情、家庭都美满的纳兰应该过一个欢天喜地的生辰才对，可他偏偏满怀愁绪。浮名何用？倒不如金樽一盏，随缘自适，不为功名所累，三五知己相伴，但愿长醉不醒，莫问前尘旧事，且把浮名抛却了。"华亭鹤唳"系感慨人生，悔入仕途之典。昔日华亭墅中，名噪一时的"二陆"，最后为卢志所谗，再无"华亭鹤唳"。纳兰词作中曾提及"二陆"典故，盛赞其才。这首词中却引用了此典的悲剧结果，可见其心灰意冷，真正看透官场无情。

马齿加长是纳兰自嘲之语，顾贞观亦有此叹。顾贞观有《弹指词》（《金缕曲·丙午生日自寿》）自寿，也提到"马齿加长矣"，感慨"富贵如斯而已"，人生求的是什么？"三十成名身已老"，八千里路尘与土。到头来还不是要"致君事了，拂衣归里"，白云苍狗，"累公等、他年谥议"，官场无情，吾去矣！

除上述同朝好友之外，纳兰还对一些前人非常敬重，例如明末几社领袖陈子龙，抗清被缚，不屈而投水殉难。陈子龙，字人中、卧子，号大樽、轶符，松江华亭（今上海松江）人。有《湘真阁存稿》一卷存世。纳兰所和之词是陈子龙的《浣溪沙·五更》，陈词为：

　　半枕轻寒泪暗流，愁时如梦梦时愁。角声初到小红楼。
　　风动残灯摇绣幕，花笼微月淡帘钩，陡然旧恨上心头。

　　文人闲愁太多，愁入梦中，梦中更愁，梦醒添愁，愁难消解，入梦增愁。不减，难减，双溪舴艋在，一川烟草生，春水东流去。纳兰从不考虑"政治问题"，感其才华，作了一首《浣溪沙》与之唱和。

浣溪沙·咏五更
（和湘真韵）

　　微晕娇花湿欲流，篆纹灯影一生愁。梦回疑在远山楼。
　　残月暗窥金屈戌，软风徐荡玉帘钩。待听邻女唤梳头。

　　暗夜逝去，拂晓到来。天色刚明，梦似醒微怔，愁似解尚在，晨光中的花朵娇慵朦胧。词借此愁人形象，抒发了满怀无聊的意绪，并有向所仰慕的前辈致敬之意。

　　纳兰交友广泛，可谓三教九流无一不全，的确可以与"信陵""孟尝"媲美。对于这些与众不同的朋友，纳兰并未用特别的眼光注视他们，尽管有些人怀才不遇，有些人不为世俗所容，他们却都是文采卓然之士，而纳兰交友重在知心，本来也不计较那些身外之物。

第五章

此情只堪成追忆

天露错滴滴鸳鸯瓦，塞鸿携书玉樽洒。

春来便恐春去早，一襟晚照漫天涯。

——鸿雁无事偏来去·半世浮萍绕天涯

纳兰是极易感伤的，善感虽显出聪慧，却并非好事。情感从来讲究平衡，付出与回报匹配，落花有意随流水，鸳鸯双栖燕双飞。谁掏心挖肝的太多，谁就伤得更重。

　　越是舍不得的，越是容易从指缝中流走；越是担心得不到的，越是教人日夜惦念。

　　纳兰终究失了所爱，他所爱之人，也永远地失去了他。两个人都薄情寡义也好，相濡以沫，总不如相忘于江湖。偏偏两个都是柔情蜜意，却在情浓之时阴阳两隔。纳兰该有多恨？！恨也无用，总是愁肠多薄命。

鸳鸯纷飞雁哀鸣

康熙十六年（1677年），纳兰二十三岁。

这一年，他的父亲明珠被授予武英殿大学士；这一年，他的妻子卢氏去世；这一年，他仍旧随侍在康熙身边，在塞北吟咏高歌；这一年，至交好友远在江南……

知情重义如公子，再不堪西楼凭栏，数不尽寒鸦归去，等不来知音唱和。

天意弄人。已有一妻一妾、挚友诗文唱和的公子得意自在的日子并没有持续多久，成婚三年后，妻子卢氏因生子海亮，产后受寒而死。纳兰公子悲痛难抑，数度写下追思之作。原以为时间能够拂去深刻在心底的痛楚，却不料在之后如斯寂寞的时光中，欲深埋而不得忘的离情始终都在。

卢氏死后，纳兰痛心不已，愈发感到人事无常，甚至有了僧道之悟。在游京西玉泉山时，见楞伽洞，感楞伽宗之佛法，因其义近释家教义而似老庄，与纳兰心境相合，于是取号"楞伽山人"。

奈今生·愁时又忆卿

采桑子

海天谁放冰轮满？惆怅离情。

莫说离情，但值凉宵总泪零。

只应碧落重相见，那是今生。

可奈今生，刚作愁时又忆卿。

月满的时候，正是思念离人的时候。

卢氏去了，也将纳兰的魂魄带了一半去。"一种情深，十分心苦。"（清·纳兰性德《一丛花·咏并蒂莲》）

不管你是否情愿，生命总有一些无常。

纳兰怎么能甘心？新婚未久，便匆匆随皇帝出行，天南海北，唯独没有好好地陪伴妻子。而妻子的死，正是为了生下麟儿。纳兰恨，恨苍天不懂得在伤心时候藏起自己得意的圆月，恨大地不能缩短离别的距离，恨自己不能保护妻子、安慰妻子，在她需要自己的时候留在她身边陪伴。

料想百年之后，定能与亡妻天上重见，奈何桥上，如果你还愿意等我一程。

今生缘尽于此，不够体贴的我，还能够盼一个来生吗？思及来生不得卿，便是愁上柳梢头。

梦里佳人仍归梦

爱妻的去世，对纳兰的打击是莫大的。楼空人去，物是人非。回首不见月明如许，唯有一片相思昭昭，却将情思寄托轮回。

罗衣不暖，锦衾却寒，曾经红酥手、黄藤酒，同赏满城春色，依依相别宫墙柳。

如今只好兀自嗟叹，独个悲情，只恨当时不懂珍惜每一寸相聚的时光，只恨在你最需要我的时候身在他处，却落得生也相思，死也相思。

梦中来·素手曾缝绽

鹊桥仙·七夕

乞巧楼空，影娥池冷，说着凄凉无算。

丁宁休曝旧罗衣，忆素手为余缝绽。

莲粉飘红，菱花掩碧，瘦了当初一半。

今生钿盒表予心，祝天上人间相见。

爱妻亡故之后的七夕，和当年离别时候的七夕，又有不同。

古来便有七夕乞巧，妻子也曾经在这时焚香穿针，求一双贤惠巧手，也曾经在月下嘘声，拉着自己在葡萄架下偷听牵牛织女。

如今，"花落人亡两不知"（清·曹雪芹《红楼梦》）。

昔日汉武帝于望鹄台西建俯月台，台下穿池，月影入池中，使宫人乘舟弄月影，因名影娥池。唐朝的上官仪也有"花明栖凤阁，珠散影娥池"的佳句。在一样的池边，却只有我一人的身影。来自瑶台，名曰仙子的你，终究人间留不住，早早地要回到天上去吗？

对月慨叹，纳兰苦笑，别看比翼齐飞的那些圆满，看了心惊。

青衫湿·悼亡

青衫湿遍，凭伊慰我，忍便相忘。

半月前头扶病，剪刀声、犹共银釭。

忆生来小胆怯空房。

到而今独伴梨花影，冷冥冥、尽意凄凉。

愿指魂兮识路，教寻梦也回廊。

咫尺玉钩斜路，一般消受，蔓草斜阳。

判把长眠滴醒，和清泪、搅入椒浆。

怕幽泉还为我神伤。

道书生薄命宜将息，再休耽、怨粉愁香。

料得重圆密誓，难禁寸裂柔肠。

我会努力不哭，因为我怕你在幽冥之中还要费心惦念。

纳兰的悼亡词，最是让人心碎。

卢氏卒于康熙十六年（1677年）五月三十日，在世时与纳兰伉俪情笃，却聚少离多。故卢氏的早亡使纳兰精神上受到莫大的打击，他悲痛欲绝，柔肠寸断，遂于此后，"悼亡之吟不少，知己之恨犹深"。（叶舒崇《皇清纳腊室卢氏墓志铭》）

其中有一些明确标出是为悼亡而作，有的虽未标明，但明显地是因思念亡妻有感而发。这些悼亡之作在纳兰留存下的三百多首词中占了相当大的比重，是他的作品中最为生动感人的佳作。

这些词作处处哀怨凄惋，真可说是一曲声声血、字字泪的悲歌，读来令人潸然泪下。

关于这首词，周之琦在《怀梦词》中有和此调者，题曰："道光已丑夏五，余有骑省之戚，偶效纳兰容若词为此，虽非宋贤遗谱，音节有可述者。"故可知此调为纳兰之自度曲。

想来他与周邦彦在《解连环》中描述的心情应是有过之而无不及的吧："拼今生对花对酒，为伊泪落。"纳兰标有"悼亡"字样的词共七首，每一首词中所抒发的都是对亡妻深切怀念的痴情。他情深意重，更何况自觉是负了她呢？

青衫湿·悼亡

近来无限伤心事，谁与话长更？

从教分付，绿窗红泪，早雁初莺。

当时领略，而今断送，总负多情。

忽疑君到，漆灯风飐，痴数春星。

张元幹于《念奴娇》中慨叹："有谁伴我凄凉，除非分付与，杯中醽醁。"纳兰此时也正是无限伤心，纵有良辰美景，奈何无人与共，凄清孤独。

纳兰自爱妻亡故后的一段日子里，终日以泪洗面，逐渐消瘦。他总觉得自己在妻子早亡这件事上是负有责任的。正是因为没有好好地陪伴，才会让妻子过早离开人世，甚至他不止一次在词中沉痛地悔恨自己辜负了往日的多情。

周邦彦有《过秦楼》曰："谁信无聊为伊，才减江淹，情伤荀倩，但明河影下，还看稀星数点。"恰合纳兰此时心境。

沁园春

梦冷蘅芜，却望姗姗，是耶非耶？

怅兰膏渍粉，尚留犀合；金泥蹙绣，空掩蝉纱。

影弱难持，缘深暂隔，只当离愁滞海涯。

归来也，趁星前月底，魂在梨花。

鸳胶纵续琵琶。问可及当年萼绿华？

但无端摧折，恶经风浪；不如零落，判委尘沙。

最忆相看，娇讹道字，手剪银灯自泼茶。

今已矣，便帐中重见，那似伊家。

这首悼亡词字句哀惋，伤感凄凉，读来令人心碎。纳兰惦念多年的如雪梨花，竟就是她！较之傲雪的梅，婆娑的荷，他更爱那朵淡淡的娇小的梨花，不需要有什么绝佳风骨，你只要不谙世事地悄然绽放，在春色一角洗礼东风，温柔，可爱，就足以让我为你颠倒！

可是，此生唯恨欢期少，早知会辜负你情深如许，当初又何必采撷？

李延年通过一场歌舞将妹妹推荐给汉武帝，自此恩宠非常。一年后李夫人得子昌邑王。但李夫人产后身体羸弱，日渐憔悴，忧心"色衰则爱弛"。李夫人死后，汉武帝曾"卧梦李夫人授帝蘅芜之香"（东晋·王嘉《拾遗记》），也曾遍寻方士，"夜张灯烛，设帷帐，陈酒肉，而令上居他帐，遥望见好女如李夫人之貌，还幄坐而步"，作诗感慨"立而望之，偏何姗姗其来迟"。（东汉·班固《汉书·孝武李夫人》）

如果世界上真有魂魄归来这样的事情，能不能再看一眼爱妻呢？只怕是民间方士故弄玄虚，在蒙骗相思成疾的皇帝吧！物是人非，妻子当初使用的东西还都好好地摆放在原处，只是今后不会再有素手打开脂粉盒，再不会有伊人对镜描画黛眉。

下阕所提的"萼绿华"是道教传说中的一位女仙，简称萼绿。南朝梁陶弘景在《真诰·运象篇第一》中记述："萼绿华者，自云是南山人，不知是何山也。女子年可二十上下，青衣，颜色绝整……是九疑山中得道女罗郁也。"唐朝的李商隐在《重过圣女祠》中诗曰："萼绿华来无定所，杜兰香去未移时。"

《海内十洲记·凤麟洲》中载："西海中有凤麟洲，多仙家，煮凤喙麟角合煎作膏，能续弓弩已断之弦，名续弦胶，亦称鸾胶。"后世以之比喻续娶后妻。

纳兰在此提及女仙，是盛赞亡妻如同萼绿，任何"鸾胶纵续琵琶"所指续弦之人都无法替代她在自己心目中的位置。纳兰甚至认为，妻子去世后，自己的生命也走到了尽头，魂魄已经跟随妻子去了，只剩下行尸走肉。"曾经沧海难为水，除却巫山不是云。"（唐·元稹《离思五首》）心缺了一块，任谁也补不上了。

但是作为明珠长子，作为满洲贵族，纳兰是必然会续弦的，无论他愿不愿意。

依斜阳·衔恨向郎圆

沁园春

（丁巳重阳前三日，梦亡妇淡妆素服，执手哽咽，语多不复能记。但临别有云："衔恨愿为天上月，年年犹得向郎圆。"妇素未工诗，不知何以得此也，觉后感赋长调。）

瞬息浮生，薄命如斯，低徊怎忘。

自那番摧折，无衫不泪；几年恩爱，有梦何妨。

最苦啼鹃，频催别鹄，赢得更阑哭一场。

遗容在，只灵飙一转，未许端详。

重寻碧落茫茫。料短发朝来定有霜。

信人间天上，尘缘未断，春花秋月，触绪堪伤。

欲结绸缪，翻惊漂泊，两处鸳鸯各自凉。

真无奈，把声声檐雨，谱入愁乡。

曾有人说，梦见的人是对方想念的心情传递到你的心底。

康熙十六年（1677年）农历九月初六日，即重阳节前三日，此时亡妻已病逝三个多月。时间从入秋来到重阳佳节，古人云"每逢佳节倍思亲"，本是团圆之时，此时梦中得见亡妻的纳兰公子不由心力交瘁，而犹记得那一句"无奈含恨离别，我愿做那天上明月，争得月中时候，许你一个圆满"。

尽管卢氏生前并不长于诗作，纳兰却被这许是自己相思惹来的"夜有所梦"，击中内心一直未能愈合的伤口，回忆起曾经在销金帐中卧听斜风细雨，雕梁画栋间，赏金乌西坠……我愿做天上明月，夜夜相见，只为你圆缺！

越是美好的越是不能长久，只留下一行残缺的小诗，尚不能续全，那音容笑貌，几入梦中，却来不及端详便已消散，更教人心痛如斯，泪如雨下。

纳兰公子词作中多见明月，此时又将亡妻托作明月，或许因此一梦，使他坚信即便从此一个天上一个人间，仍旧尘缘未断。

春去秋来间，纵只见那花红叶落，依旧忍不住触动伤怀，夜晚已经见凉，想明日屋瓦丛间，定是一片清霜，因近夜离愁或者明月清辉，尚且不能解答，只是恰到此时，邻家传来的阵阵笛声，诉出衷肠，端的是一片九转，念的是"昨夜星辰昨夜风"，忆的是"画楼西畔桂堂东"，纵然是"身无彩凤双飞翼"，也祈求"心有灵犀一点通"（唐·李商隐《无题》）！

鹧鸪天

（十月初四夜风雨，其明日是亡妇生辰）

尘满疏帘素带飘，真成暗度可怜宵。

几回偷湿青衫泪，忽傍犀奁见翠翘。

唯有恨，转无聊，五更依旧落花朝。

衰杨叶尽丝难尽，冷雨西风幂画桥。

十月初五日是为其亡妻卢氏诞辰，纳兰公子感时伤怀，一首小诗诉不尽对亡妻深深的怀念，心内风雨敲打着画桥残叶，通宵不眠，清泪偷弹离别曲，一样情景，却生死殊途，从此只剩恨无绝期。

南乡子

（为亡妇题照）

泪咽更无声，止向从前悔薄情。

凭仗丹青重省识，盈盈，

一片伤心画不成。

别语忒分明，午夜鹣鹣梦早醒。

卿自早醒侬自梦，更更，

泣尽风前夜雨铃。

还记得新婚的时候，纳兰曾经为妻子画过一幅像，当时春花初绽，娇俏非常。而今日花落人亡，纳兰在回忆妻子的时候，仍旧画了印象中的卢氏，并在亡妇画像上题了一首悼词。

可是世间无数丹青手，唯有一片伤心是画不成的。

严迪昌在《清词史》中说："'卿自早醒侬自梦'也即对'人间无味'是否醒悟的表述。词人设想爱妻'早醒'（逝去）也就是早离尘海、弃去无味之人间，自己却仍梦瞀独处其间，了无生趣。怨苦、怨怼转生出离世超尘的幻念，是古代文人通常谋求心态平衡、自我解脱的药剂。"

纳兰的厌世，与妻子的早亡之恨有关，却也不全然因此。他虽躬逢"盛世"，却有看破尘世、兴亡皆罢的老成之感，朋友皆远在他方，这种幽独孤愤使他"更更"苦熬，心内郁郁。

最怜月 · 认取双栖蝶

蝶恋花

辛苦最怜天上月。

一昔如环，昔昔长如玦。

但似月轮终皎洁，不辞冰雪为卿热。

无奈钟情容易绝，

燕子依然，软踏帘钩说。

唱罢秋坟愁未歇，春丛认取双栖蝶。

"一昔如环"说的是月在十五的时候，虽然只能圆满一天的说法并不甚准确，却将公子在月圆人分的心情映照得满满的。"昔昔长如玦"

说的是残缺不全的月亮，"玦"是半环形有缺口的佩玉，古代常以之赠人表示决绝之意。

钱仲联在《清词三百首》评此词："秋坟鬼唱，化蝶双栖，斑骓无寻，梦成今古，暗香飘尽，惜花人去等，都是死别之词。缠绵悱恻，哀怨凄厉，诚如杨芳灿所云'思幽近鬼'（《饮水词序》）语者。"

纳兰这里看似同情月的辛苦——得一时圆满，却日日都守着往后的别离，实则指代自己与卢氏的短暂美满婚姻和数之不清的诀别日月，恨明月，又同情明月，而后又祈得"终皎洁"那样明月长圆的愿景，也能够不惜用自己血肉之躯的温暖来融化冰雪，只为守候在你的身侧，不只明月，还有我。

尘世间的缘分总是虚无而又容易被扯断的，"燕子依然，软踏帘钩说"，物是人非。

蝶且恋花，秋已到，花将谢，蝶将殁。

一曲唱完，而这萧索的孤坟却依然孤零零地守候着秋天的心情，秋心是愁啊！无处话凄凉。曾经芬芳的花凋零了一个一个鸳鸯蝴蝶梦，留下的只有这埋葬着美好的荒冢，只希望冬去春来，百花重放，蝶儿翩翩再临，就像是约定好的，即便是此生无望，来世还做双飞双栖的蝴蝶。

在此处能看到"化蝶"的意象，于公子眼中，亡妻与他莫不是生死绝恋？

爱之情深，别之痛极，明月自己尚且不能长久美满，怎能圆一个残缺的梦境？

双蝶已经失去了依赖的花朵，怎能算作一个来世的承诺？

伤情只一字——愁。愁的是逝者如斯夫，再无昨日百般恩爱，愁的是来日不可臆测，他朝恐难时时厮守。而纳兰公子之多情、长情、痴情，由此可见一斑，他已知那是不能得到的结果，却痴痴守着一个或许尚未定下的约定。

夜阑人静，披衣坐起，捻动着细细的灯芯，忽明忽暗的光影中，窗外一轮明月映入眼帘——一夜如环皎皎，夜夜如玉明明，如果世间万般如斯，几经盈缺还复来，便也不枉费那冰雪也融了你我这一腔情暖！

堂前燕仍旧往复来去，手挽着帘钩，曾经是你轻轻拂过的地方，只道当时好，怎知尘缘容易了，残秋一去，荒冢凄清，只待那春风再度，去那丛间寻一对双生蝶，看你的眉眼，看我的笑靥……

结来生·西风去不管

眼儿媚·中元夜有感

手写香台金字经，惟愿结来生。

莲花漏转，杨枝露滴，相鉴微诚。

欲知奉倩神伤极，凭诉与秋檠。

西风不管，一池萍水，几点荷灯。

旧俗中元节是祭祀亡灵的时候，纳兰于此时，不免再次痛苦地怀念起亡妻。还记得曾经在行军途中，恰逢中元，所吟之词掺杂了兴亡之感，悼念的都是身外之人。而如今，又是一年中元，却是悼念亡妻，沉溺于自己的忧伤。

纳兰恨得多了，便想得开了。"当时不是错，好花月、合受天公妒。"（清·纳兰性德《大酺》）

亲手写佛经，为的是乞求与亡故的爱妻再结来生之缘。只可叹这中元普度之日，几点荷灯点不亮娘子归乡之路⋯⋯

虞美人·秋夕信步

愁痕满地无人省，露湿琅玕影。

闲阶小立倍荒凉。还剩旧时月色在潇湘。

薄情转是多情累，曲曲柔肠碎。

红笺向壁字模糊，忆共灯前呵手为伊书。

秋夜闲庭信步，一地愁殇落花，风过竹影婆娑，纳兰不禁触景伤情，想起亡妻卢氏。当初久别重逢，她就立在这里，巧笑倩兮地望着我，如今，只有自己的影子还在台阶上，分外荒凉，分外寂寞。

展开昔日鸿雁往返的书信，不知是泪眼模糊，还是灯影模糊，渐渐不清晰了思念字句。回忆起曾经在灯前写字，凄风冷雨之下，呵手取暖，相视一笑。多少柔情蜜意，尽在不言中。

人非昨，只有旧时的月色依然在，冷漠而凄清，丝毫没有改变自己清凉的面孔。

恁地多情也无情！

浣溪沙

谁念西风独自凉？萧萧黄叶闭疏窗。沉思往事立残阳。

被酒莫惊春睡重，赌书消得泼茶香。当时只道是寻常。

南宋词人李清照曾经有一段情投意合、非常甜蜜的夫妻生活。她在《金石录后序》中记述道："余性偶强记，每饭罢，坐归来堂，烹茶，指堆积书史，言某事在某书某卷第几页第几行，以中否角胜负，为饮茶先后。中即举杯大笑，至茶倾覆怀中，反不得饮而起，甘心老是乡矣！故虽处忧患困穷而志不屈。"

而这样美满的生活，纳兰也曾经拥有过。

当时只道是寻常，离合也寻常，悲欢也寻常……却不料如今只能孤影立残阳。

最卑微的请求是相守，如今却成为最奢侈的盼想！

荷叶杯

知己一人谁是？已矣。赢得误他生。

多情终古似无情，莫问醉耶醒。

未是看来如雾，朝暮。将息好花天。

为伊指点再来缘，疏雨洗遗钿。

知己佳人，已去。良辰好景，不再。

多情更似无情，不要追问是醉是醒。

来生缘，来生缘，求得求不得？

"风雨消磨生死别，似曾相识只孤檠，情在不能醒。"（清·纳兰性德《忆江南》）

俱怅望·坐久忆年时

忆江南

挑灯坐，坐久忆年时。

薄雾笼花娇欲泣，夜深微月下杨枝。

催道太眠迟。

憔悴去，此恨有谁知。

天上人间俱怅望，经声佛火两凄迷。

未梦已先疑。

有记载曰：卢氏卒于康熙十六年五月，葬于十七年七月，其间一年有余，灵柩暂厝于双林禅院。其间纳兰不时入寺守灵，遂常有怀思诸作。双林禅院在阜成门外二里沟，初建于万历四年（1576年）。如今已无踪迹。

纳兰念亡妻情深，守灵之时，夜晚常宿于寺舍僧房，守望经书，耳听佛号，纳兰内心所感却非禅宗佛事，亦非某种领悟，而是对亡妻的刻骨怀念。"百感都随流水去，一身还被浮名束。"（清·纳兰性德《满江红》）你走了，他什么都不要了，却还要被迫活下去，宦海沉浮。

别后天上人间，经声中仿佛旧事重现，依稀过往，娇花欲泣，"芳草绿黏天一角，落花红沁水三弓。好景共谁同？"（清·纳兰性德《忆江南》）

"坐卧不成，眠不成。此恨有谁知！"（清·纳兰性德《忆江南》）

第六章
渌水亭前文墨香

难枕柯梦黄粱意，琼楼饰金春不觅。
四面破风闲情雨，孤鸿一抹随君去。
——金兰玉好他方圆·东风别易春来难

满族八旗自受封后定居北京，得了封地，许多有点权势的旗人便纷纷在城内外营造私人花园。当时城内的英国公花园、西郊的清华园和米万钟的勺园，都是极负盛名的。

　　到了清朝，特别是王室在西郊大兴园林土木，自畅春园开始，直到圆明园之鼎盛，一时三山五园俱兴，造就了中国古代造园史上的又一盛况。为了炫耀，也为了圈地，更是为了享受，很多王公大臣也纷纷在西郊购地，建起自己的园墅别业。

　　而权势益大的明珠也在畅春园咫尺之处，兴建了自怡园。这座私家花园，取海淀、西山一带的山水之胜，景物好似江南。纳兰也把属于自己的一座小别业命名为"渌水亭"，一是因为这里有水，二是因为他"慕水之德"以自比。

身先士卒亦骁勇

纳兰的二十五岁非常不平凡。在失去妻子后，心力憔悴的他仍旧以侍卫的身份随侍在康熙皇帝身边，奔波南北。

好友姜宸英撰写的《纳腊君墓表》所记载的纳兰性德生平中，记叙道："侍上西苑，上仓卒有所指挥，君奋身为僚友先。上叹曰：'此富贵家儿，乃能尔耶！'"也就是说，康熙皇帝在皇家园林西苑（即太液池畔）游玩的时候，发生了一件意外，令皇帝仓促指挥，而纳兰又奋身抢先，皇帝感慨他并非贪生怕死的富贵子弟，实在勇武可嘉。

据史书载，康熙十八年，北京发生了八级大地震。

当时"京城十万家，转盼无完全"。康熙在意识到发生了地震的第一时间，首先想到的是太后的安危，遂令侍卫速到慈宁宫救驾。纳兰在其他人惊魂未定之时，冒着余震的危险，奋身护驾并尽早赶往慈宁宫，表现得非常英勇沉着。可见纳兰自任亲侍后，虽然不情愿担任这个职务，但仍然忠于职守。出入随侍，谨遵命令，受到康熙皇帝的赞赏，用徐乾学《纳兰君墓志铭》中的话来说，就是"类非绮襦纨绔者所能堪也"。

而地震带来的并非仅仅是财物和性命的损失，还有人们的恐慌。地震过后，左都御史魏象枢借此弹劾大学士索额图、明珠各植党羽相互倾轧，他认为是这二人怙权贪纵招致天怒，请求皇帝严加处分。

或许康熙皇帝的确是想先礼后兵，或许是他对臣子的宽容，或有纳兰在地震中的表现原因，总之康熙皇帝并未采纳这次进谏，他把主要责任归结到自己身上："顷者，地震示警，实因一切政事不协天心，故召此灾变，在朕固应受谴，尔诸臣亦无所辞责。然朕不敢诿过臣下，惟有力图修省，以冀消弭。"而后颁布了《罪己诏》。之后命明珠传谕满汉官员曰："今朕躬力图修省，务期挽回天意。尔各官亦宜洗涤肺肠，公忠自矢，痛改前非，存心爱民为国。"

虽然康熙皇帝表彰了纳兰的勇为，宽宥了明珠的过错，不过这并非说危险已经解除。纳兰素来细心，对政治事件也往往有他独到的见解，甚至"料事屡中"。他看清楚康熙皇帝命父亲传谕的真实用意，于是更加为父亲的政治前途感到担忧。之后他曾经多次从侧面劝说父亲收敛行为，以"清白贻子孙"。而他本人也一改过去的豪爽性格，对周遭多加提防，不轻易与人交，"客或诣者，辄避匿"。尤其随侍君侧的时候，"进止有常度，不失尺寸"，以至他的师友称之有"惴惴焉如履薄冰"之感。

信难托·从此任漂泊

政途上杀机重重，暗藏陷阱，纳兰亦早有避世的想法。不过碍于父亲的希望、康熙皇帝的器重，他无论如何要继续做着不喜欢的"工作"，闲暇时候与三五好友相会在渌水亭畔，吟诗作对，倒也自得其乐。不过这些词作中，每每显露出他的疲惫，令人不禁哀叹。

按理说，守着如画风景，纳兰会有心胸开阔之感，其实不然，自渌水亭眺望宫倾玉碎的前朝断壁残垣，兴亡之感顿起。在《渌水亭宴集诗序》里，他这样形容："此地四载白壁，何以人称击筑之乡？台起黄金，奚为尽说悲歌之地？偶听玉泉鸣咽，非无旧日之声；时看妆阁凄凉，不似当年之色。此浮生若梦，昔贤于此兴怀；胜地不常，曩哲因而增感。"在别人青眼高歌的时候，正值盛年的纳兰却倍感孤独。

念奴娇·废园有感

片红飞减，甚东风不语，只催漂泊。

石上胭脂花上露，谁与画眉商略。

碧甃瓶沉，紫钱钗掩，雀踏金铃索。

韶华如梦，为寻好梦担阁。

又是金粉空梁，定巢燕子，满地香泥落。

欲写华笺凭寄与，多少心情难托。

梅豆圆时，柳绵飘处，失记当时约。

斜阳冉冉，断魂分付残角。

纳兰见到了废园之景，因景物而起愁怀，大有不胜孤凄、韶华如梦之感慨。

暮春园中残破，东风吹落红花，红花落到石上，石上残花如血。画眉与谁相商？难得好年华，只是佳期不再。只有燕子依稀归来，人却天各一方。

金波碎·心醉愁难睡

天仙子·渌水亭秋夜

水浴凉蟾风入袂，鱼鳞触损金波碎。

好天良夜酒盈樽，心自醉，愁难睡。

西南月落城乌起。

渌水亭秋夜之景，于平实的词句中透出如画风光，而面对如此夜色，纳兰却又"心自醉，愁难睡"，直至通宵不眠。至于他愁的是什么，词中含而不露。许是佳人，许是友人，许是仕途，许是身世，总之，纳兰总是愁的。

渌水亭的秋景凄美，而春景则充满慵懒淡雅清新之气。

秋千索·渌水亭春望

炉边换酒双鬟亚，春已到卖花帘下。

一道香尘碎绿蘋，看白袷亲调马。

烟丝宛宛愁萦挂，剩几笔晚晴图画。

半枕芙蕖压浪眠，教费尽莺儿话。

此篇描绘了渌水亭春日之景，闲静淡雅，别于《渌水亭秋夜》之伤感。渌水亭之春景，酒肆唤酒，帘下卖花，鸭鹅戏水，岸边驯马，犹如春意盎然的组画，活泼而富有生机。

然而这美景之外，倒有些阑珊的心意，闲适中透露了几许淡淡的春愁。

这一日，纳兰与严绳孙、秦松龄、朱彝尊、陈维崧、姜西溟、张纯修等聚渌水亭观莲，写下怀古之作，感慨几世几年的兴衰，浑不似少年得志的贵族公子的心胸。

齐天乐 · 洗妆台怀古

六宫佳丽谁曾见，层台尚临芳渚。

露脚斜飞，虹腰欲断，荷叶未收残雨。

添妆何处。试问取雕笼，雪衣分付。

一镜空濛，鸳鸯拂破白蘋去。

相传内家结束，有帊装孤稳，靴缝女古。

冷艳全消，苍苔玉匣，翻出十眉遗谱。

人间朝暮。看胭粉亭西，几堆尘土。

只有花铃，绾风深夜语。

这里的洗妆楼指金章宗为季妃所建之梳妆楼，地址在今北京市北海（即太液池之北部）琼华岛上，高士奇《金鳌退食笔记》称之为"广寒之殿"，今已不存。晚明王圻有《稗史汇编 · 地理门 · 郡邑》提到："琼花岛梳妆台皆金故物也……妆台则章宗所营，以备李妃行园而添妆者。"其自注云："都人讹为萧太后梳妆楼。"纳兰在此也将此地作为萧太后的梳妆楼描述。

词中所咏为辽代故事。辽代皇室耶律氏和萧氏世为婚姻，在辽国可称为萧太后的共有十三位，而真正主政国家大权的仅有一个，她就是小名燕燕的萧绰。

萧燕燕十六岁时进宫，被封为贵妃，两个月后就被正式册封为皇后。萧燕燕是非常有能力的女子，可以称为耶律皇族的"武则天"，在景宗的支持下，萧绰开始代替丈夫治理国家，并在十九岁时为景宗生下耶律隆绪，在与景宗生活的十四年中共生四子三女。景宗临终时留遗诏："梁王隆绪嗣位，军国大事听皇后命。"

这道遗诏无可争辩地将辽国交到了时年仅二十九岁的皇后萧绰手里。萧绰随后便对辽国的制度和风俗进行了大胆的改革。包括奖励农耕、倡导廉洁、治理冤狱、解放部分奴隶、重组部族……将辽国的社会制度逐步从奴隶制转向封建制，促进了历史的进步。

相传萧太后非常爱美，于是有大臣献计，让士兵们每人捎一块砖建成梳妆楼。还有一种说法，是萧太后每日梳妆打扮必要焚香，一日侍女不小心打翻香炉，烧毁了毡帐。有大臣建议：何不效仿中原人，建一砖砌的梳妆用楼，也不会被烧毁、破坏，于是便有了梳妆楼。在《辽史》和明代《口北三厅志》也有类似记载。

纳兰于此感往事，抚今惜古，见六宫佳丽依然黄花败叶，妆容不似当年。史书上的的俏佳人早已先去，旧亭台只剩下如今的苍翠青苔。原本是巾帼不让须眉，而现下，再好的风光也都故去了。

千古兴亡交替，只有一堆堆黄土，只剩下一片片落花，唯独护花铃还在深夜随风轻响。

人生别易会常难

后世很多"纳兰迷"几经考证，认为渌水亭并非是明珠府中的"恩波亭"，而是纳兰西山的别业，一是因为此处有水，二是因为纳兰"慕水"，取流水清澈、淡泊、含义深远之意象，把自己的著作也题为《渌水亭杂识》。

赵秀亭曾撰《纳兰性德年谱（谱首）》，云渌水亭有二：一为亭阁名，在明珠府中；一为别墅名，在玉泉山。据纳兰词《太常引》或作一佐证。况且以"亭"称别墅亦是墨客常见行径，沧浪亭即为一例。乾隆年间有戴璐在《藤阴杂记》中提到："渌水亭为成容若著书处，在玉泉山下。"

纳兰曾以《玉泉》为题作诗："芙蓉殿俯玉河寒，残月西风并马看。十里松杉清绝处，不知晓雪在西山。"据张宝章、严宽解评："芙蓉殿乃是金章宗在玉泉山南坡玉泉附近修建的一座行宫。御河即玉河，是玉泉水流到昆明湖这段河道的名称，渌水亭即建在玉河岸边。"

据纳兰《渌水亭》诗云："野色湖光两不分，碧云万顷变黄云。分明一幅江村画，着个闲亭挂夕曛。"又，据《渌水亭杂识》始于癸丑年推之，则此亭当建于康熙十二年（1673年）以前。

不过，无论哪一个渌水亭，都是纳兰的心灵家园。在这里他以水为友、与水相伴，作诗填词，研读经史，并以诗书会友，渌水亭已经成为一个京城的文化聚集地。

不成寒·叶田风冉冉

纳兰把自己的著作汇编，题为《渌水亭杂识》。《渌水亭宴集诗序》中，纳兰性德这样写道："当为刻烛，请各赋诗。宁拘五字七言，不论长篇短制。"一班好友在蜡烛上刻下刻度，限定了时间，然后各自赋诗。这倒十分文雅有趣。恰似古人常限定的"一炷香的时间"做出诗歌，也为了激发"七步成诗"的文思而来。

纳兰性德为这次聚会写了一篇诗序，便是《渌水亭宴集诗序》。这次纳兰没有写词写诗，而是写了一篇骈文。

骈文全篇以双句为主，常用四字、六字句，讲究对仗的工整，也要求声律的铿锵。而纳兰的这篇骈文十分优美，可以称得上清代以来最美的骈文。

全文如下：

清川华薄，恒寄兴于名流；彩笔瑶笺，每留情于胜赏。是以庄周旷达，多濠濮之寓言；宋玉风流，游江湘而托讽。《文选》

楼中揽秀，无非鲍、谢珠玑；孝王园内骞芳，悉属邹、枚藻蕨。

予家象近魁三，天临尺五。墙依绣堞，云影周遭。门俯银塘，烟波混漾。蛟潭雾尽，晴分太液池光；鹤渚秋清，翠写景山峰色。云兴霞蔚，芙蓉映碧叶田田；雁宿凫栖，秔稻动香风冉冉。设有乘槎使至，还同河汉之皋；倘闻鼓枻歌来，便是沧浪之澳。

若使坐对亭前渌水，俱生泛宅之思；闲观槛外清涟，自动浮家之想。何况仆本恨人，我心匪石者乎！

间尝纵览芸编，每叹石家庭树，不见珊瑚；赵氏楼台，难寻玫瑁。又疑此地田栽白璧，何以人称击筑之乡；台起黄金，奚为尽说悲歌之地？

偶听玉泉呜咽，非无旧日之声；时看妆阁凄凉，不似当年之色。此浮生若梦，昔贤于以兴怀；胜地不常，曩哲因而增感。

王将军兰亭修禊，悲陈迹于俯仰，今古同情；李供奉琼筵坐花，慨过客之光阴，后先一辙。但逢有酒，开樽何须北海；偶遇良辰，雅集即是西园矣。

且今日芝兰满座，客尽凌云；竹叶飞觞，才皆梦雨。当为刻烛，请各赋诗。宁拘五字七言，不论长篇短制。无取铺张学海，所期抒写性情云尔。

如果说少见纳兰词作之外的作品，那么这篇骈文实在值得玩味。纳兰是何种风姿？在顾贞观为他编撰的《饮水词》序言中，也可见其性情一二：

　　非文人不能多情，非才子不能善怨。骚雅之作，怨而能善，
惟其情之所钟为独多也。容若天资超逸，悠然尘外。所为乐府小
令，婉丽清凄，使读者哀乐不知所主，如听中宵梵呗，先凄惋而
后喜悦。定其前身，此岂寻常文人所得到者？昔汾水秋雁之篇，三
郎击节，谓巨山为才子。红豆相思，岂必生南国哉！荪友谓余，盍
取其词尽付剞劂。因与吴君菌次共为订定，俾流传于世云。

　　　　——同学顾贞观识。时康熙戊午又三月上巳，书于吴趋客舍。

　　贞观真是了解他。纳兰岂不就是生在北国的红豆吗？悠然尘外，这
不正是纳兰公子追求的吗？就算是与三五好友游玩作诗，他也总是带着
淡淡的轻愁。因为他看到的太清楚、太透彻。已经不再仅仅是一介贵族
子弟的纳兰，俨然超脱尘世了。

　　三五好友西郊策马春游，前往张纯修的山庄。路上未免无聊，于是
不知是谁起了个头，约定联句，作一首《浣溪沙》。陈维崧想了想，随
口吟道："出郭寻春春已阑。"秦松龄回过身，又伸手扶了扶路旁柳
树："东风吹面不成寒。"严绳孙摇头晃脑地品了品前两句，随即吟
道："青村几曲到西山。"

　　朱彝尊拉住缰绳看看纳兰，又看看姜西溟，只见姜西溟淡淡一笑，
策马赶上来："并马未须愁路远。""看花且莫放杯闲。"朱彝尊拍了
拍随身的酒囊，咧嘴大笑，纳兰缓缓地并马上前，优雅而略带愁殇的吟
道："人生别易会常难。"

　　此言一出，众人都沉默了。

　　是啊，人生得一知己难也！人生相会常在难也！人生得一知己，还

能长久相聚，岂是人间事？

陈维崧拍拍纳兰的肩膀，以示安慰，见纳兰愁容满面，不由得一笑，戏谑道："容若风姿真可怜。"众友大笑，纳兰也禁不住莞尔。原来这一句正来自纳兰题赠陈维崧小照的《菩萨蛮》。

陈维崧是明末东林党的中坚人物陈于廷的后代，字其年，号迦陵，江苏宜兴人，举博学鸿词，授翰林院检讨，参与修纂《明史》。少时文采风流，吴伟业曾誉之为"江左凤凰"。众多好友中，他与朱彝尊尤其亲近，两人在京师时切磋词学，并合刊《朱陈村词》。清初词坛，陈、朱并列，为"阳羡词派"领袖。正是通过朱彝尊，纳兰结识了陈维崧。

康熙十七年（1678年），广东著名诗画僧大汕为他画了小像。这年秋天，陈维崧入京应博学鸿词科试，其画像亦因此被带到京城，当时才人名士三十余人为此图题咏。纳兰的这一首便是其中之一，全词如下：

菩萨蛮·为陈其年题照

《乌丝》曲倩红儿谱，萧然半壁惊秋雨，曲罢髻鬟偏。

风姿真可怜。

须髯浑似戟，时作簪花剧。

背立讶卿卿，知卿无那情。

纳兰在此不仅道出了其年既富湖海豪气，又不无绮艳，既刚且柔的风格和特色。据《清史稿》本传云："维崧清臞多髯，海内称陈髯。"又，《南史·褚彦回传》："公须髯如戟，何无丈夫意？"余怀《沁园春》："叹年将半百，须髯如戟；运逢百六，心事成灰。"

又有《缪艺风抄本》将此篇作《陈其年填词图卷》，词云："乌丝词付红儿谱，洞箫按出霓裳舞。舞罢鬓鬟偏，风姿最可怜。倾城与名士，千古风流事。低语属卿卿，卿卿无那情。"

表面上是风趣别致之作，实际上却是借题照，借旗亭北里之景，品评、称赞其年其人其作。可见纳兰与陈维崧的友情也是十分深厚的。

西郊漫步，便不得不来到纳兰的渌水亭了。

纳兰性德《渌水亭宴集诗序》曾描绘说："予家象近魁三，天临尺五。墙依绣堞，云影周遭。门俯银塘，烟波混漾。蛟潭雾尽，晴分太液池光；鹤渚秋清，翠写景山峰色。云兴霞蔚，芙蓉映碧叶田田；雁宿凫栖，秔稻动香风冉冉。设有乘槎使至，还同河汉之皋；倘闻鼓枻歌来，便是沧浪之澳。若使坐对亭前渌水，俱生泛宅之思；闲观槛外清涟，自动浮家之想。"生动地描画出当日渌水塘、亭胜景。纳兰明珠府在今北京什刹海后海岸边，后为成亲王府，今作为宋庆龄纪念馆。可惜亭之旧址已无存。

渌水亭是纳兰读书、写作、会客的地方。他短短三十年的一生，大多数时候，渌水亭都是高朋满座的。纳兰一生虽短，著述、辑纂却十分丰厚，有《通志堂诗集》5卷、《文》5卷、《渌水亭杂识》4卷；还辑有《全唐诗选》《词韵正略》；与友人合订《大易集解萃言》80卷、《陈氏礼记集说补正》32卷；刻有《通志堂九经解》1860卷。

纳兰词作脍炙人口，现收集得流传于世的，有384首，其小令尤为清丽；《饮水词》（或称《通志堂词》）是他文学创作的最高成就，当时有一股"家家争唱《饮水词》"的社会风气。

他的词，大多景真情真，白描手法高超，语言概括力特强，意象新颖，轻描淡写之间显示出天生丽质，其中很多都是在渌水亭整理成辑的。

秋如许·入门空太息

金缕曲

（西溟言别，赋此赠之）

谁复留君住？

叹人生、几番离合，便成迟暮。

最忆西窗同剪烛，却话家山夜雨。

不道只、暂时相聚。

衮衮长江萧萧木，送遥天、白雁哀鸣去。

黄叶下，秋如许。

曰归因甚添愁绪。

料强似、冷烟寒月，栖迟梵宇。

一事伤心君落魄，两鬓飘萧未遇。

有解忆、长安儿女。

裘敝入门空太息，信古来、才命真相负。

身世恨，共谁语。

与朱彝尊、严绳孙并称"江南三布衣"的书法家、史学家姜宸英亦是纳兰好友之一。姜宸英，字西溟，号湛园，又号苇间，浙江慈溪人。康熙十九年（1680年）以布衣荐入明史馆任纂修官，分撰刑法志，记述了明朝三百年间诏狱、廷杖、立枷、东西厂卫之害。又从徐乾学在洞庭山修《大清一统志》。

姜西溟于康熙十七年（1678年）再度来京，被好友纳兰留居府邸。康熙十九年秋，西溟母亲去世，纳兰资助西溟还家，并赋诗词以赠，本篇为其中的一首。虽然西溟以母丧南归故里，但纳兰的词中却绝少言此，而是以惋惜、同情其不第、仕途不遂为主，由此亦可见纳兰对西溟"才命相负"的身世愤愤不平。

纳兰引苏秦"黑貂之裘敝，黄金百斤尽，资用乏绝，去秦而归"（《战国策·秦策一》）之典，意在叹惋西溟不第而归。

这一别，归期未有期。

人生苦短，相聚无多，词作起落婉转，惜别之情字字写透眷恋诤友之意。纳兰一边痛惜西溟之"落魄"，一面劝慰他家中"有解忆"之儿女，可享天伦，这总比冷烟寒月的空门要好得多了。

纳兰性德此时想必是十分怀念当初渌水亭中相聚的热闹场面的，那时候，严绳孙在，朱彝尊也在，秦松龄也还在，如今因着高士奇的发迹，众多好友四下离散。渌水亭依旧，故地重游，纳兰性德见到这依稀不变的场景，又何尝不感慨万千呢？

后来，纳兰性德随着康熙皇帝南巡，途经无锡，见到无锡大好山水，而且处处都能见到好友严绳孙留下的题字，万没想到会以这样的方式，与久违的好友再度神交，这又何尝不是一种形式的"旧游踪"呢？

但"重到处，满离忧"，如今自己的心境，与当年早已大不相同。人与人之间的聚散离合，竟是这般的无奈，又是这般的让人疲倦。

唉，"依依白露丹枫，渐行渐远，天涯南北。"（清·纳兰性德《潇湘雨·送西溟归慈溪》）"劝君更进一杯酒，西出阳关无故人。"（唐·王维《送元二使安西》）

"久相忘、到此偏相忆。"（清·纳兰性德《潇湘雨·送西溟归慈溪》）"相呴以湿，相濡以沫，不如相忘于江湖。"（《庄子·大宗师》）

不过，姜宸英此人，人品为后人所厌弃，盖由其因利忘义。纳兰与西溟之友谊，虽然没有对顾贞观和严绳孙那样真挚，却也不差。纳兰早逝后，为了得到功名，也有可能是因为政治上的缘由，姜宸英不惜站在明珠对立面，因而得罪纳兰的父亲明珠而受到冷遇，七十岁才成为进士。这一点与徐乾学之无奈仿似，不同的是，徐乾学始终认为，政治之事与他和纳兰亦师亦友的情谊无关，而姜宸英则几乎为进身朝廷诋讪故友，是为不义。

姜宸英自诩高洁之士，客居纳兰家中时，曾有"'家君待先生厚，然而卒不得大有攸助，某以父子之间亦不能为力者，何也？盖有人焉（按谓明珠仆安三）。愿先生少施颜色，则事（按谓为西溟谋官职事）可立谐。某亦知斯言非可以加之先生，然念先生老，宜降意焉。'先生投杯而起曰：'吾以汝为佳儿也，不料其无耻至此！绝不与通。'于是枋臣之子百计请罪于先生，始终执礼"这样的记叙，此事也见方苞《记姜西溟遗言》及陈康祺《壬癸藏札记》。且此即姜氏自诩平生"气节"三事之一。

这段说的是当年姜宸英落榜，不得朝堂所用，而明珠之势渐盛，又纳兰性好交友，明珠一方面乐意让自己的儿子能够与饱学之士为伍，另一方面也愿意借此机会广纳人才，为己所用。在姜宸英不得志的时候，纳兰曾经和父亲商量，为这位有才华的文人谋个一官半职，也好有个收入。明珠欣然应允。

可是这姜宸英脾气实在不好，不但不懂得大丈夫能屈能伸的道理，人前不但没有谦和有礼，反而恃才自傲，无意中得罪了不少人，其中也包括纳兰家的家仆安三。所以有人曾经劝他收敛一下自己的脾气，对安三和颜悦色一些，总有出头之日。这番好意却换来了他的勃然大怒，甚至在酒席宴间摔了杯子，大骂纳兰"无耻"，他自己并不在意荣华富贵云云，此形状实为不该。且纳兰身故后，他翻出此事大加宣扬，昭示自己高洁，怎么能不得罪明珠？怎么能让别人对他有青眼之意？

而这姜宸英真的不在意功名利禄吗？不，他还是很在意的。竹垞尝戏之曰："君不食猪肉，倘须啖一脔方遂科名，君其食之乎？"西溟笑曰："谅猪肉非马肝也。"有人戏谑不吃猪肉的西溟，若让你做官，但是要吃猪肉，你可愿意？他回答说："吃猪肉而已，谅它猪肉也不是马肝。"一时人评之求发达之心切。如果真的有他所言之事，倒不是纳兰之错了。无论其中杜撰的成分有多少，此言论之后，他改投他人门下，反对明珠，料想这是先造个声势罢了。

明珠其人，有才华有能力，且善经营。纳兰在重情重义这一点上，与明珠颇为相似。只是纳兰为交友而重义，而明珠却有所谋也。明珠虽待人甚好，已有效仿四君子之蓄养门客之风，却也带着满洲人刚烈的血性，有仇必报。所以背叛明珠的人，在明珠还得势的时候，是多少会得到些报复的。

朱彝尊尝称"非三徐无以博揽海内之才士"的徐乾学，便是一个最好的例子。徐乾学前曾与明珠交好，且与纳兰有师座之情谊。或许深受舅父顾炎武的影响，徐氏几兄弟皆投官报国，以一筹匹夫之志。而徐乾学后来被康熙宣召入官，这事情，变了。

"卿与明珠交谊笃深？"康熙坐在南书房的书案后，语调缓慢而清晰地说着。阳光透过窗户照进来，却让康熙的面孔隐在黑暗之中，看不清表情。

"……"徐乾学不敢轻易回答，他暗自揣摩皇帝的用意，究竟是想通过他探听明珠的事情，还是因为他做错了什么？

康熙亦不需要他的回答。只是淡淡地给他讲述了朝廷上势力的割据，党派的划分……听得徐乾学一身冷汗。皇帝虽然不在庙堂之下，却对朝中勾心斗角一目了然，实在是不能欺瞒的。

康熙的意思很简单，为了势力的平衡、江山的稳固，且明珠又有诸多错处，令皇帝渐生贬黜的想法。皇帝又说，他对徐乾学的文才是非常欣赏的，也担心因为他与明珠交好而误了前程，恐怕树倒之时，猢狲不散也得散了。倒不如现在就明确立场，远离明珠党。

最后，康熙对他说，三思。

徐乾学确实需要"三思"。但凡曾为主考的文官，一般都有一些取仕的举子附和，一方面感恩主考青眼相加，一方面则也为了攀附权势，有个靠山。徐乾学也是，他与明珠交好，与纳兰交好，自然他的学生也都得到了明珠的帮助，有不少已经为官，成为明珠的党羽。

若明珠树倒，一时多少人受累？且皇帝虽未言明，倒也算是表明了立场，指出了出路。而徐乾学也知道，明珠做的很多事，或者明珠的党羽做的很多事，是拿不上台面的。

于是，徐乾学在一夜未眠后，呈上了弹劾明珠的奏章。

他的内心其实非常挣扎，一方面想要忠君，一方面又被义气所累，尝发"做人做鬼"之叹。所幸此时纳兰早已仙去，不然该是怎样的难过！

然而天意难测，康熙当时却未实践自己的诺言，这下，徐乾学的处境尴尬了。明珠怎能不恨？于是在过了一段时间后，寻了个借口，命党羽参了徐乾学一本，徐乾学被罪遭黜，一时间被众多人诋毁，有《三吴公讨徐氏檄》之类，注云："徐府造北园，强占百余年之普同塔，掘弃骨殖千万。"这些落井下石的行为，难说无明珠之意。

实际上，这纯属黑白颠倒、是非不分。昆山普同塔一事，纳兰曾作《募建普同塔引》云："伯有普同塔者，屡经缔构，多历岁年，敛万骨以同埋，聚千骸而并坎。……然而运逢历劫，积蜕何多……睿睿穷尘，忍听黎丘之夜哭。但获少施涓滴，千秋郁原氏之阡；第令共捐锱铢，万鬼安滕公之室。"所以说，建塔乃是徐乾学掩敛枯骨的行善之事，幸好徐乾学为人文士皆知，所以这些可笑的诋毁并未让他的朋友远离他。

姜宸英则不同了。他的行为被文士们所不齿，不仅因为明珠的势力，也因为纳兰的品性，一个对好友生馆死殡的人，一个在潦倒时能够雪中送炭的好友，竟然被这样诋辱！因此，姜宸英一直不能功成名就，等到明珠势倾，方才取进士，而此时，他已经七十岁了。

纳兰已去，而天地悠悠千古。古今同忌，可悲可叹，既有如斯之人，却也难得真心相待。纳兰泉下有知，抑或复叹：

"知己终难觅。"（清·纳兰性德《潇湘雨》）

沧海遗泪珠如月

　　光阴如许，匆匆一年又去。如纳兰所言，他续娶了一位妻子。此女子正是官氏。

　　丧妻多年的纳兰因为已有子嗣，便不觉没有正妻是令他痛苦的事情，何况他珍爱的妻子死去后，也带走了他半个魂魄。而他的父亲明珠并不以为然。何况这是一条非常好的结交权贵、巩固势力的途径，于是，这一年为他娶了一等公颇尔喷（一作朴尔普）之女官氏入门。

　　这段非他所愿的姻缘并没有给他的感情生活带来生机，反而令他对政途更生厌恶，同时愈加怀念死去的妻子，亦将更多时间用在与至交好友吟诗作对上。

　　又有人说，纳兰虽然厌弃官场，却对这场"政治婚姻"下的另一个牺牲品官氏颇为喜爱。这位瓜尔佳颇尔喷属满洲正黄旗，曾任内大臣和领侍卫内大臣，后升任光禄大夫、少保、一等公，曾经是身为侍卫的纳兰的直属上司。可想而知，纳兰的风采与神貌吸引了多少京华少女！

　　颇尔喷或许早早就看中纳兰为婿，只是女儿年幼，且究其地位，女儿做小未免委屈。待卢氏驾鹤，他便主动找到明珠，而明珠又好钻营，有如此靠山何乐而不为之？且此女子出身高贵，想必也是大家闺秀，自然满口允诺。

于是，纳兰的情事，再次被其强势的父亲左右。

基于此事，且纳兰尤厌权贵，甚至纳沈宛为妾，可见他对这门婚事是有些不满的。不过，多情如纳兰，善良如纳兰，无论多么厌恶这样的婚姻关系，对那个无辜的少女，他还是疼惜的。

清泪尽·此恨何时已

顾贞观《弹指词》中有《南乡子·捣衣》："一派西风吹不断，秋声。中有深闺万里情。"

旨在应和纳兰的词作《南乡子·柳沟晓发》：

灯影伴鸣梭，织女依然怨隔河。

曙色远连山色起，青螺。

回首微茫忆翠娥。

凄切客中过，未抵秋闺一半多。

一世疏狂应为着，横波。

作个鸳鸯消得么。

　　纳兰在此词作中，表达的是出塞远行对家园和妻子的思念，贞观得见后，便以戏谑的心情、深挚的口吻描述了妻子在闺中思念丈夫的情态。二词相互应和，别有一番情趣。

　　行军之人远行塞北，夜晚百无聊赖地观星，在望见牵牛织女的时候，感念自己与家中的妻子这不正是天南海北般分隔吗？在连绵起伏的群山中穿行，回首再望那巍峨群山，却好似妻子的黛色的眉毛。原本想飘零一生，总该找到一个港湾停泊，到现下仍旧他乡为客，他朝回乡之时，做对戏水鸳鸯，好不好？

　　丈夫远赴塞北，妻子在家中闲坐，无限相思之情，随秋风来去，似乎能够吹去万里之外，让那漂泊旅人感受到。夜晚更是寂寞，回廊上月光清冷，回廊下霜花凝结，无处不凄寒！原本应该在塞外戍卫的那人，分明出现在回廊拐角，难道这就是日有所思之甚，才能夜有所梦么！

　　除此之外，更有"过尽遥山如画，短衣匹马。萧萧落木不胜秋，莫回首，斜阳下。别是柔肠萦挂，待归才罢。却愁拥髻向灯前，说不尽、离人话。"（清·纳兰性德《一络索》）等诸多词作记叙远征途中的相思心境。

　　这相思，却是为谁？

　　因卢氏去世后，纳兰纳沈宛前的时间内有多次出塞经历，且此时纳兰有官氏妻、颜氏妾，若有出塞相思之情，定然有官氏几分。

　　而纳兰有子女七人，有子三人、女四人，长子富格出于颜氏，次子富尔敦生母不详，三子富森生平不详，官氏无子。因卢氏生子后即死去，沈宛生的是"遗腹子"，故此四女中必有官氏所生，可见纳兰与官氏还是有亲密的夫妻生活的，并且对这位温婉女子有着不浅的感情。

纵然如此，纳兰心中挚爱的位置是属于卢氏的，任何人都无法替代。

金缕曲·亡妇忌日有感

此恨何时已。滴空阶、寒更雨歇，葬花天气。

三载悠悠魂梦杳，是梦久应醒矣。料也觉、人间无味。

不及夜台尘土隔，冷清清、一片埋愁地。

钗钿约，竟抛弃。

重泉若有双鱼寄。好知他、年来苦乐，与谁相倚。

我自终宵成转侧，忍听湘弦重理？待结个、他生知己。

还怕两人都薄命，再缘悭、剩月零风里。

清泪尽，纸灰起。

康熙十九年（1680年）农历五月三十日，是卢氏故去三周年忌日。

严迪昌于《清词史》中道："此词纯是一段痴情裹缠、血泪交溢的超越时空的内心独白语。时隔三载，存亡各方，但纳兰痛苦难泯。结篇处尤为伤心动魄，为'结个他生知己'的愿望也难有可能而惊悚。顾贞观曾评纳兰词'容若词一种凄惋处，令人不能卒读'，当指这一类词。"

所谓"春花秋月何时了"，却是"此恨绵绵无绝期"。若得白首一人相偕，千般荣华宁尽弃。叹只叹，当时只道是寻常，人生若只如初见！

尽管已经续弦，可曾经沧海，公子此间仍在悼念卢氏，在这秋月凄冷的特别日子，此间境界便如同"梧桐更兼细雨，点滴到天明"的情境。

他年青灯古佛前，含泪诉说的是"若得一心人，白首不相离"。少年情事总归青涩而天真，若世间真得天长地久，又何须上穷碧落下黄泉，而终落得两处茫茫皆不见。

秋雨一阵更寒似一阵，点滴落在空空的台阶上，格外清冷寂寞，夜半雨息，寒意更甚，真是所谓花谢花飞花满天，红消香断谁堪怜。

掬一把落花，满地凄凉红艳而惨烈，柔弱得令人心惊。如此看来，尽管时过境迁，尽管三年算不得长久，若是一梦也该清醒了吧！

忽然看穿红尘，顿觉俗世索然无味。不敢鸳鸯交颈，人间真正无趣。红尘万丈埋的是你，还是我的爱情？结发情分，盼的是相守至双鬓着霜的约誓，当下情境，倒不若一无从前，统统与你一并埋了这愁绪。

青烟腾空，我的相思，你可曾收到？若有尺素相寄，也还我一个痴狂心思好是不好？碧落之上，黄泉以下，可有人与你相倚？毕生重情，要的不多，只消让我知道你可安好。或许爱至深处，所求的只是比我幸福。

夜越深，越无眠。辗转反侧，一曲相思重奏，想听、怕听、不忍听又偏听。一弦一柱思华年，今生无望，他生可否许一个天长地久？

纵然命如纸薄，也做一双蝶飞去，天地无垠，做一对漂泊浪迹的伴侣，也好过剩一个千年万世的空诺，活在煎熬里。满心情思，倒落得两行清泪流难尽，一襟纸灰风吹去。

看纳兰的相思，读容若的寂寞。一个人的爱情，无论是坚守还是放弃，都会比两人相对来得不容易。执手相对，明眸映照对方身影，纵然千般不如意，瞧那痴人儿，也是心尖儿上疼得紧紧的你。

一个人的守候里，已经渐渐分不清，等待的，是你还是来不及说出的不愿意。

独守孤灯的清醒的自己，想念的时候，就从镜中窥去，仿佛望进你的眼里，看见你的心里留驻的"你"。

纳兰公子，你是在享受这种寂寞，还是在诅咒那份孤独？

康熙二十年（1681年），纳兰已经二十七岁。这个时候他完成了自己对好友的承诺，顾贞观曾经生死营救的那位吴兆骞，终于回京了，纳兰也开始了他对朋友"生馆死殡"的承诺。

经过纳兰等人的大力斡旋，康熙特赦，吴兆骞终于离开了那处苦寒之地。

其实纳兰并未见过吴兆骞。当初吴兆骞被问罪的时候，纳兰还小，明珠也未发迹，所以，纳兰从未与吴兆骞见过面，也毫无交情可言。他们之间唯一的联系就是有一个共同的朋友——顾贞观。

纳兰的侠骨仁心，在此时体现得淋漓尽致。即使素不相识，只因顾贞观是自己的朋友，便可以为朋友的朋友赴汤蹈火。只是，在宁古塔二十多年的艰苦日子，吴兆骞也早已不是当年那个轻狂的青年，白山黑水的苦寒早已让他两鬓苍苍，形容憔悴，完全不见当年在复试上公然负气交白卷的狂放模样。

对于获释一事，吴振臣在《宁古塔记略》中提到："赐还之事，固同社诸公，如宋石之相国、徐健庵司寇、徐立斋相国、顾梁汾舍人、成容若侍卫不忘故旧之德，而其中足趼舌敝，以成兹举者，则大冯三兄之力居多。"这里面说的大冯，是吴树臣。

吴树臣，号大冯，吴兆宽之子，兆骞之侄。康熙十一年（1672年）壬子拔贡，选知广东、四川，后擢刑部员外郎，升刑部郎中，以劳瘁于官。由记叙可知，在营救自己叔父的这一行动中，吴树臣也是出了力的。若此事只有纳兰与贞观一己之力，但凭明珠斡旋，朝堂之上无有唱和，也难以成事。

第二年的上元夜，纳兰便邀请了一干好友集会，饮酒赋诗，为吴兆骞接风洗尘。席间有感于别离常在，聚难得，写下无数佳作。

金菊对芙蓉·上元

金鸭消香，银虬泻水，谁家玉笛飞声。

正上林雪霁，鸳鸯晶莹。

鱼龙舞罢香车杳，剩尊前、袖掩吴绫。

狂游似梦，而今空记，密约烧灯。

追念往事难凭。叹火树星桥，回首飘零。

但九逵烟月，依旧胧明。

楚天一带惊烽火，问今宵、可照江城。

小窗残酒，阑珊灯炧，别自关情。

古代以农历正月十五日为祭日，祀太一之神，唐宋时期以当天为上元节，其夜晚称元宵，又称元夕。《梦梁录·元宵》云：上元之夜，京城扎灯山，豪门贵族也"装点亭台，悬挂玉栅，异巧华灯，珠帘低下，笙歌并作"。

表面上看是咏节日，实际上是发怀人之想，其对节日种种情景的描绘，都是为抒写念怀做的铺垫。追念往事难凭。往事难凭，还能剩下什么？今古柳桥多送别，见人分袂亦愁生，何况自关情。年复一年，但求忘情。

他乡人·几曾泪如雨

前来赴宴的一位朋友，特地带了一幅文姬图。文姬，正好适合来比喻吴兆骞！

曹操的挚友和老师、东汉大文学家蔡邕有女名琰，原字昭姬，晋时避司马昭讳，改字文姬。蔡文姬既博学能文，又善诗赋，兼长辩才与音律，是中国历史上著名的才女和文学家。

可惜东汉末年，社会动荡，蔡文姬先是嫁给了卫仲道，夫妻恩爱，不到一年，丈夫就病故了，蔡文姬回到娘家，父亲又被陷害入狱冤死，她被掳到了南匈奴，嫁给了虎背熊腰的匈奴左贤王，并且生儿育女，饱尝了异族异乡异俗生活的痛苦。

十二年后，曹操统一北方，想到恩师蔡邕对自己的教诲，用重金赎回了蔡文姬。文姬归汉后，嫁给了董祀，并留下了动人心魄的《胡笳十八拍》和《悲愤诗》。蔡文姬的一生，纵有才华却是悲愤莫名。唐朝诗人李颀这样写道："蔡女昔造胡笳声，一弹一十有八拍。胡人落泪沾边草，汉使断肠对归客。"此时的吴兆骞，与之多么相似？

一样的满腹才华，一样的命途多舛，一样的被重金赎回，一样的坎坷，一样的憔悴。

纳兰有感于此，写下这首《水龙吟》：

须知名士倾城，一般易到伤心处。

柯亭响绝，四弦才断，恶风吹去。

万里他乡，非生非死，此身良苦。

对黄沙白草，呜呜卷叶，平生恨，从头谱。

应是瑶台伴侣，只多了、氍裘夫妇。

严寒觱篥，几行乡泪，应声如雨。

尺幅重披，玉颜千载，依然无主。

怪人间厚福，天公尽付，痴儿騃女。

在这首词中，纳兰以蔡文姬来比吴兆骞，一切都是那么顺理成章。能够倾城的又岂止是美人？回想战国四公子，无不为才子名士倾囊而出，可见名士一样也能倾城。

当年文人蔡邕曾用柯亭的竹子来制作笛子，吹奏出的笛声清绝，之后蔡邕一死，柯亭声绝，那精通音律的蔡氏文姬浪迹他乡。

《后汉书·列女传》引《幼童传》中记载，一天夜里，蔡邕弹琴的时候，一根琴弦断了，年幼的蔡文姬说，断掉的是第二根琴弦。蔡邕觉得诧异，以为是女儿偶然猜中，于是又故意弄断了一根，蔡文姬又说，断掉的是第四根。所言分毫不差。蔡邕感到十分惊奇，不禁感慨女儿的音乐才华已经远远超越了自己，而蔡文姬也得了"四弦才"的雅号。

蔡文姬空有才女美名，天仙一般人物，却要终日对着那黄沙白草，寒风呼啸，无有知音。身在万里之外的匈奴，蔡文姬何尝不是思念着家乡？然而身不由己，痛不欲生，却也只能落下两行清泪，兀自凄楚。

纳兰的这番慨叹，叹的是蔡文姬，也是吴兆骞。

但从画作上讲，大约只画出了蔡文姬一人远在黄沙的形象。纳兰对她"万里他乡，非生非死，此身良苦""玉颜千载，依然无主"的命运深深的哀叹。到后来，更对天公使天下"痴儿騃女"偏得"人间厚福"发出了不平之鸣。

上元夜会，顾贞观、吴兆骞、朱彝尊、陈维崧、严绳孙、陈其年、姜宸英、曹寅等俱在。当时有多盏纱灯置于堂上，纱灯上绘着精美典故，纳兰这首《水龙吟》便是题于文姬之图，他还作了《赋得柳毅传书图次陈其年韵》诗，曹寅作《貂裘换酒》词，其他人亦有佳作。关于这次夜会，纳兰还有一首《上元月蚀》，曰："夹道香尘拥狭斜，金波无影暗千家。姮娥应是羞分镜，故倩轻云掩素华。"

这首诗，有两处值得玩味。其一是纳兰一生虽短，却也曾多次见得月食，临终前几年（康熙二十年、二十一年、二十二年）甚至每年都发生了月食，有月偏食、月全食之别，纳兰这里记述的应为康熙二十一年（1682年）的这次全食。除上诗外，存世有两首词作为凭：

清平乐·上元月蚀

瑶华映阙，烘散蓂墀雪。比似寻常清景别，第一团栾时节。

影娥忽泛初弦，分辉借与宫莲。七宝修成合璧，重轮岁岁中天。

一斛珠 · 元夜月蚀

星毯映彻，一痕微褪梅梢雪。

紫姑待话经年别，窃药心灰，慵把菱花揭。

踏歌才起清钲歇，扇纨仍似秋期洁。

天公毕竟风流绝，教看蛾眉，特放些时缺。

有人认为，这三首作品中有一首乃是纳兰十岁所作，但无确切论据，故此存疑。此为有所思之一，另一疑处，便是诗中"狭斜"二字。

"狭斜"意为窄斜小路，如清朝文学家袁枚《随园诗话 · 卷九》："小市长陵路狭斜，当檐一树碧桃花。"因古乐府有《长安有狭斜行》，引申为娼妓居处。此诗被认为是纳兰与友流连烟花之地的佐证，但又无法提供更多考据，因而搁置。

不过，无论纳兰此时身边有多少人，他的内心始终是寂寞的。

三生许 · 孤鸿从君去

这一年，纳兰还有一件恨事，那便是梁佩兰的返乡。

梁佩兰字芝五，号药亭，晚更号郁洲，广东南海人。与屈大均、陈恭尹并称为"岭南三大家"。康熙二十七年（1688年）进士，官翰林院庶吉士。

他与中原的名诗人交往唱和甚多，诗作颇受好评，被公认为诗坛宗匠，名士王公多与其交往。他考取进士后因年事渐高而无意仕途，未久因故离开翰林院，南归隐居广州以诗酒自酬，并与友人结成诗社，以再振岭南诗风为己任，致力培养诗坛新秀。他的诗歌创作为诗坛各方瞩目，所作诗歌意境开阔，功力雄健俊逸，为各大诗派一致推崇，被时人尊为“岭南三大家”与“岭南七子”之一。

康熙二十三年（1684年），纳兰曾寄信给他，这封《与梁药亭书》挥笔而就，随后遣人千里迢迢送去广州。这封信，就如纳兰性德的其他作品一样，情真意切：

仆少知操觚，即爱《花间》致语，以其言情入微，且音调铿锵，自然协律。唐诗非不整齐工丽，然置之红牙银拨间，未免病其版槢矣。

从来苦无善选，惟《花间》与《中兴绝妙词》差能蕴藉。自《草堂》《词统》诸选出，为世脍炙，便陈陈相因，不意铜仙金掌中，竟有尘羹涂饭，而俗人动以当行本色诩之，能不齿冷哉！

近得朱锡鬯《词综》一选，可称善本。闻锡鬯所收词集凡百六十余种。网罗之博，鉴别之精，真不易及。然愚意以为，吾人选书，不必务博，专取精诣杰出之彦，尽其所长，使其精神风致涌现于楮墨之间。每选一家，虽多取至什、至佰无厌。其余诸家，不妨竟以黄茅、白苇概从芟薙。青琐绿疏间，粉黛三千，然得飞燕、玉环，其余颜色如土矣。

天下惟物之尤者断不可放过耳。江瑶柱入口，而复咀嚼鲍鱼、马肝，有何味哉！仆意欲有选如北宋之周清真、苏子瞻、晏叔原、张子野、柳耆卿、秦少游、贺方回，南宋之姜尧章、辛幼安、史邦卿、高宾王、程钜夫、陆务观、吴君特、王圣与、张叔夏诸人，多取其词汇为一集，余则取其词之至妙者附之，不必人人有见也。

不知足下乐与我同事否？有暇及此否？处雀喧鸠闹之场，而肯为此冷澹生活，亦韵事也。望之望之！

在这封信中，纳兰先是表达了对《花间词》的喜爱。接下来便表达了对没有好词选的遗憾之情，在纳兰的眼中，现在的世间并没有一本真正合格的词集。世人大多数将鱼目混珠，有眼不识金镶玉。因此，纳兰想要选编一本令自己满意的词集。纳兰主张，选词只从作品的优劣出发，重点应在质量，而不是作者的名气，"粉黛三千，然得飞燕、玉环，其余颜色如土"。这样的气度和专业，的确令真正的文人拊掌赞叹。

果然，收到了信，梁佩兰来到了京城，与纳兰见面后，二人相谈甚欢。但是谁也没有想到，词集尚未编纂，纳兰便匆匆离世。好一番理想，终究成为了镜花水月，一场空罢了。

点绛唇·寄南海梁药亭

一帽征尘，留君不住从君去。

片帆何处，南浦沉香雨。

回首风流，紫竹村边住。

孤鸿语，三生定许，可是梁鸿侣？

康熙二十年（1681年），药亭离京返粤，纳兰填此寄赠，聊表怀念。药亭意欲南归，纳兰千般挽留，却留也留不住。只好惜别旧友，通篇是一片眷恋之情。

从前隐居紫竹村边，那潇洒风流的生活实在令人怀恋。如今药亭你要回到那香雨温情的家乡，有相敬如宾的妻子，有膝下承欢的儿女，多么快意！

而纳兰我，只有在遥遥千里之外的京城，祈祝安好！

唐代元稹《古决绝词》有："一去又一年，一年何可彻。有此迢递期，不如死生别！"纳兰慨叹"不道当时肠断事，还较而今得意"。"正是冷雨秋槐，鬓丝憔悴。密约重逢知甚日，看取青衫和泪。"（清·纳兰性德《剪湘云·送友》）

别时容易见时难。今日不知明日事，谁知明日能否相见？

若知别后难相见，怎还忍别离？

雪后山·伤心欲画难

鹧鸪天

（送梁汾南还，时方为题小影）

握手西风泪不干，年来多在别离间。

遥知独听灯前雨，转忆同看雪后山。

凭寄语，劝加餐。桂花时节约重还。

分明小像沉香缕，一片伤心欲画难。

康熙二十年（1681年），顾贞观以母丧，南归吴锡。时值秋雨，纳兰为好友写了诗词相赠，除本篇外，还有诗《送梁汾》、词《木兰花慢》等，皆极尽深情地表达了诚挚的友情和一往情深的伤别之意。

木兰花慢

（立秋夜雨，送梁汾南行）

盼银河迢递，惊入夜，转清商。

乍西园蝴蝶，轻翻麝粉，暗惹蜂黄。

炎凉。等闲瞥眼，甚丝丝、点点搅柔肠。

应是登临送客，别离滋味重尝。

疑将。水墨卷疏窗，孤影淡潇湘。

倩一叶高梧，半条残烛，做尽商量。

荷裳。被风暗剪，问今宵、谁与盖鸳鸯。

从此羁愁万叠，梦回分付啼螀。

纳兰为侍卫之臣，扈驾出巡是经常的事，仅康熙十九年（1680年）至二十年（1681年），纳兰即先后随从皇帝巡幸巩华城、遵化、雄县等地，与好友"多在别离间"。如今贞观要回乡去了，纳兰对这位知己好友的离开，心痛至极却无以名状。

分别的日子遥想好友正独自对着孤灯，听着秋雨，定然寂寞无聊。但转念一想，昔日曾经雪后看山，把酒吟诗，亦可谓一大安慰了。

忆江南

新来好，唱得虎头词。

一片冷香惟有梦，十分清瘦更无诗。标格早梅知。

东晋画家顾恺之小字虎头。顾贞观与之同里同姓，故纳兰以虎头借指顾贞观。顾贞观客居苏州时有《浣溪沙·梅》，其词云："物外幽情世外姿，冻云深护最高枝。小楼风月独醒时。一片冷香惟有梦，十分清瘦更无诗。待他移影说相思。"

这首《忆江南》五句中有两句是顾贞观的词句，写法别致。况周颐在《蕙风词话》续编里说："以梁汾《咏梅》句喻梁汾词。赏会若斯，岂易得之并世。"

江南是什么样子？顾贞观如今过着怎样的生活？

天涯海角共此时，梁汾，你好吗？

第七章
别是风光另根芽

本是人间惆怅客，红叶唱秋回廊卧。

花前事了卜来生，关城早旧远干戈。

——愁向天涯何处诉·铁马从此别关山

这世上的事，大多数是庄生晓梦迷蝴蝶罢了。谁又知道自己是在梦里还是梦外呢？对待情分，纳兰始终是置身情外而深陷其中的。以纳兰的深情与淡泊，这旁人看来复杂的情感，于他确实理所当然。

纳兰其实早就看透了。他想得多，想得透彻，因而内心明净剔透，因而那样寂寞。人生啊，生而无聊，活而无趣，有来来往往一段关系，过后又归于尘埃，了无痕迹。却比寂寞更寂寞，更无趣。

他感觉，自己是与众不同的。他与身边那些腐朽污浊的官宦不同，与金玉其外的贵族不同，他以当时笔写当时景，他的当时泪因当时情。不要说男儿无情，要知多情自古伤离别，多情不似无情苦，多情有罪。

穿过北疆风雪，身披江南星月，在光阴的掩映下，纳兰来了。

感时伤怀孤心去

　　康熙二十一年（1682年），纳兰二十八岁。这一年，明珠由太子太傅晋为太子太师，一时风光无两。

　　少年壮志的康熙皇帝素来喜欢天南海北的巡视、狩猎。作为御前侍卫，纳兰随扈左右，片刻不离。在一望无际的松花江畔，在绵延起伏的长白山脉，在弯弓搭箭的围猎场上，纳兰一直都在。

　　纳兰曾经评价自己："性喜作诗余，禁之难止。"可知有妙笔生花之才，岂人力能掩饰？如同光环一般笼罩在纳兰身上的文采，恰如夏仁虎在《袁寒云词序》中所评述的："凡学可以人力致，惟词则得于天事者为多。好鸟鸣春，幽虫响夕，微风振松篁，寒泉咽危石，孰为之节奏？自赴其欢娱哀戚之旨，皆天也。词人之词亦犹是而已。是故古来作者，太白、飞卿为之，有其天也；杜陵、昌黎无其天，弗强作也。惟天故真，惟真故不为境所限，若南唐二主、若张功父、若纳兰容若，或偏霸江左，或贵公子，宜无弗得于志矣，然其为词郁伊善感，含情绵漠，有过于劳人思妇者，岂人力所能致耶？"

　　纳兰和顾贞观仍旧不遗余力地搭救被流放的吴兆骞，明珠官阶日高，也为此做出努力。而康熙皇帝经过亲临苦寒塞北，有感地处偏远凄寒，允了他们的请求。并且昭告天下，因宁古塔地方苦寒，之后流放皆改发往辽阳。

　　纳兰有诗《喜吴汉槎归自关外，次座主徐先生韵》记述此事，亦再次提及顾贞观（虎头）慨然落泪，诗云：

> 才人今喜入榆关，回首秋茄冰雪间。
>
> 玄菟漫闻多白雁，黄尘空自老朱颜。
>
> 星沉渤海无人见，枫落吴江有梦还。
>
> 不信归来真半百，虎头每语泪潺湲。

　　数经祖先的发源地，纳兰有感而发，了悟王朝更迭不过过眼云烟，万般皆为空，大浪淘去千古情仇，唯有明月不朽，依然照人离合悲欢。

恨未消 · 能几团圆月

菩萨蛮

问君何事轻离别，一年能几团栾月。

杨柳乍如丝，故园春尽时。

春归归不得，两桨松花隔。

旧事逐寒潮，啼鹃恨未消。

　　康熙二十一年（1682年）二月十一日，康熙皇帝由北京出发再到盛京告祭祖陵，并巡视吉林乌喇（今吉林市）等地，纳兰和曹寅、高士奇等随驾。是年三月二十五日抵达吉林乌喇，在松花江岸举行了望祭长白山等仪式（史载长白山为满族兴起地）。

　　这一行给了纳兰无限的追思情怀。高士奇与皇帝也在写，他们谈的是政治，是国事；曹寅也在写，他写的是抱负，是壮怀。纳兰呢？

　　天气尚寒。妻子早亡，新婚非所愿，好友回乡。身边还有知心人吗？他写的是心伤。

　　问君何事轻离别？珍惜，莫要白了少年头，才晓得空悲切。一年能几团圆月？虽已春尽，杨柳低垂，却飘零在外。

　　归不得，归不得，无奈身不由己。虽然好似渡过松花江便能回到故居，却不知为何，双桨竟然阻隔着这条江。

　　"昔有人姓杜，名宇，王蜀，号曰望帝。宇死，俗说云，宇化为子规。子规，鸟名也。"此鸟"规"字与"归"谐音，故后人以此鸟鸣作为思归之声，表达思归之意。

　　如今子规啼血，恨分别。却也归不得。

长相思

山一程，水一程。

身向榆关那畔行，夜深千帐灯。

风一更，雪一更。

聒碎乡心梦不成，故园无此声。

　　纳兰随康熙诣永陵、福陵、昭陵告祭，二十三日出山海关，此篇即作于出关前后之途中。

　　这篇佳作，可谓千古闻名。蔡篙云在《柯亭词论》中曾云，"纳兰小令，丰神迥绝"，"尤工写塞外荒寒之景，殆扈从时所身历，故言之亲切如此"。而国学大师王国维亦云："'明月照积雪''大江流日夜''中天悬明月''长河落日圆'，此种境界，可谓千古壮观，求之于词，唯纳兰容若塞上之作，如《长相思》之'夜深千帐灯'，《如梦令》之'万帐弯庐人醉，星影摇摇欲坠'差近之。"

　　严迪昌于《清词史》云："'夜深千帐灯'是壮丽的，但千帐灯下照着无眠的万颗乡心，又是怎样情味？一暖一寒，两相对照，写尽了一己厌于扈从的情怀。"

　　一向给人以文弱印象的纳兰，竟然有着丝毫不亚于稼轩的胸怀，且不说醉里挑灯看剑，梦回吹角连营，纳兰的"夜深千帐灯"何其壮丽！

　　在这壮阔之外，他还时时不忘缠绵优雅的风雪兼程，一更一更，一程一程，缓慢而有秩序，苍凉的壮阔画面慢慢铺张开来，似乎是一幅展不完的图景。

浪淘沙·望海

蜃阙半模糊，踏浪惊呼。任将蠡测笑江湖。

沐日光华还浴月，我欲乘桴。

钓得六鳌无？竿拂珊瑚。桑田清浅问麻姑。

水气浮天天接水，那是蓬壶？

东巡至此，纳兰一扫往日的忧愤，似乎有了欣悦之情。驻跸山海关，远望那茫茫大海，那迷迷蒙蒙梦幻一般的境界，直令人不由得惊呼了。

《庄子·秋水》中有："秋水时至，百川灌河……河伯欣然自喜，以天下之美为尽在己"，后见到大海，则望洋兴叹云，"吾长见笑于大方之家。"东方朔答客难云"以蠡测海"，即用瓢瓢测海水。且笑他江湖之大，莫问何处高深，须知海水不可斗量。

古代神话云，渤海之东有五座仙山：岱舆、员峤、方壶、瀛洲、蓬莱，由十五只大鳌支撑着。后有龙伯国的巨人下钓，将其六只钓去，岱舆、员峤又漂到了北极，只剩有方壶、瀛洲、蓬莱三山。若能乘桴于海上垂钓，可能钓得上大鳌？其实那钓竿也只是轻拂到珊瑚而已。凡人怎与自然一较高下，蚍蜉撼大树，盖因不自量！

古有沧海桑田，麻姑自谓成仙以来，三见沧海桑田，如今蓬莱山海水又清浅，难道沧海又要变为桑田吗？

人类何其微小，历史如斯浩渺！想来面对广阔的大海，纳兰的心胸也开阔了不少吧！

柳条边

是处垣篱防绝塞，角端西来画疆界。

汉使今行虎落中，秦城合筑龙荒外。

龙荒虎落两依然，护得当时饮马泉。

若使春风知别苦，不应吹到柳条边。

　　到了东北，皇帝视察了用柳条篱笆修筑的边界线，这种边界线又称盛京边墙，是满族贵族为圈住肥沃土地，禁止其他民族百姓开垦而设置，康熙二十年（1681年）基本完成修筑。

　　纳兰作了这首诗，曹寅则作了一首词《疏影·柳条边望月》：

　　　　中天岑寂，直塞门西下，万里春色。

　　　　羌笛休吹，马上儿郎，刬地又分南北。

　　　　长条竞挽冰轮驻，三十万一时沾臆。

　　　　闻玉关更远，陌头人老，刀头还缺。

　　　　杳杳中华梦断，野山浮一线，海光萧瑟。

　　　　漫说人间事业，凭谁觅得，雁奴消息？

　　　　戈鋋卷起燕支雪，是姮娥，也应愁绝。

　　　　待何时，跃马归来，重绾柔丝千尺！

　　柳条边作为保护阶级利益的藩篱，在不同人眼中有着不一样的色彩。曹寅看到的是战事，作品中尽显男儿慷慨。纳兰看到的是兴亡，悲叹春风不度。康熙皇帝也有诗曰《柳条边望月》，却是上位者眼中稀松平常之景："雨过高天霁晚虹，关山迢递月明中。春风寂寂吹杨柳，摇曳寒光度远空。"

　　其实，刚出古北口（长城的重要关口，位于今北京密云县境内，为北京至东北必经之地），纳兰就表现出不愿离家的心情：

浣溪沙 · 古北口

杨柳千条送马蹄，北来征雁旧南飞，客中谁与换春衣？

终古闲情归落照，一春幽梦逐游丝。信回刚道别多时。

但在曹寅眼中，古北口承载的更多是历史的厚重：

山苍水白卧牛城，三尺黄旗万马鸣。

半夜檀州看秋月，河山表里更分明。

或许曹寅更懂康熙，因为在皇帝的眼中，古北口也是历史在告诉他"固国不以山溪之险"，他写道："形胜固难凭，在德不在险。"

出关后，纳兰一路心碎，曹寅一路新奇，皇帝则亦将此行作为难得的休闲时光。高士奇的《扈从东巡日录》记载了一行人因雨驻扎在"大乌拉虞村"，而后"泛舟江中"，"草舍渔庄，映带冈阜，岸花初放，错落柔烟，似江南杏花春雨时，不知身在绝塞"，三人再度落笔成词。

纳兰雨中想念家人，渴望"共剪西窗烛"：

青玉案 · 宿乌龙江

东风卷地飘榆荚，才过了、连天雪。

料得香闺香正彻。

那知此夜，乌龙江上，独对初三月。

多情不是偏多别，别离只为多情设。

蝶梦百花花梦蝶。

几时相见，西窗翦烛，细把而今说。

曹寅的《满江红·乌喇江看雨》还是豪情万丈，期待大有一番作为：

鹳井盘空，遮不住、断崖千尺。

偏惹得、北风动地，呼号喷吸。

大野作声牛马走，荒江倒立鱼龙泣。

看层层，春树女墙边，藏旗帜。

蕨粉溢，鳇糟滴；蛮翠破，猩红湿。

好一场荼雨，洗开沙碛。

七百黄龙云角矗，一千鸭绿潮头直。

怕凝眸、山错剑芒新，斜阳赤。

而康熙仍旧慨叹大自然之壮阔，写了《江中雨望》："烟雨连江势最奇，漫天雾黑影迷离。掀翻波浪三千尺，疑是蛟龙出没时。"

一样的景致，不同的心境。

纳兰公子心事重重，寝食难安。

风雪兼程北国行

康熙二十年（1681年）初，荡平三藩之乱的皇帝踌躇满志，他要缔造一个河清海晏的盛世。通过北上黑龙江，他发现，边境并不太平，为百姓也好，为江山永固也罢，解决沙俄的骚扰，势在必行。

康熙二十一年（1682年），郎坦率兵前往雅克萨侦察俄罗斯侵略军情况，并与内大臣索额图共同参加中俄谈判，立约定界。这位瓜尔佳氏郎坦是满洲正白旗人，内大臣吴拜之子，是骁勇善战的猛将，历官前锋统领、正白旗蒙古都统、领侍卫内大臣兼火器营总管、列议政大臣。

史书记载，这一年的八月十五日，康熙皇帝遣副都统郎坦、公彭春率兵往打虎儿、索伦。将行，圣祖口谕郎坦等："罗刹犯我黑龙江一带……尔等此行，除自京遣往参领、侍卫、护军外……朕别有区划。尔等还时，须详视自黑龙江至额苏里（往瑷珲之正北方，黑龙江之东）舟行水路；及已至额苏里，其路直通宁古塔者，更择随行之参领、侍卫，同萨布素往视之。""打虎儿、索伦"即达呼儿、梭龙。此行，纳兰作为类似"监军"的身份，与朗坦、公彭春同往。

在封建王朝，皇帝凡是有军事行动，一般都会派遣监军。清朝虽无监军，但皇帝一般都会派亲信侍卫随从前往，了解将军日常行事，整理后直接报告皇帝，但不能干涉将军的作战指挥。其中纳兰便是康熙皇帝派去的起到"监视"作用的亲信侍卫。一去就是四个月，年底方才回京。这一行，公子有着良多感慨。

不过，这趟出行，他们却是打着"狩猎"的名义出发的，沿着黑龙江一路向北，最后到达了雅克萨。当时雅克萨在沙俄的占领之下，于是，郎坦等人就装成寻常猎户的样子，深入敌后，探听虚实，进行"战略侦察"，摸清了雅克萨的水陆通道。

有了这次侦查的情报，三年之后，康熙御驾亲征，与沙俄进行了一场反击战，史称"雅克萨之战"。这场战役取得了成功，与沙俄签订了《中俄尼布楚条约》，成功地阻止了沙俄的南侵与扩张。显然，当时参加了这项隐秘侦查任务的人中，就有纳兰。

南乡子

何处淬吴钩？一片城荒枕碧流。

曾是当年龙战地，飕飕。

塞草霜风满地秋。

霸业等闲休，跃马横戈总白头。

莫把韶华轻换了，封侯。

多少英雄只废丘。

虽然文采风流，他也志不在沙场，更不愿将大好光阴轻付封侯之事。但是纳兰并不是手无缚鸡之力的迂腐秀才，徐乾学曾经赞他"有文武才，每从猎射，鸟兽必命中"，从中可见，练武场上的纳兰也是英姿勃发的。作为蒙古人和满人的后裔，那种善长骑射的传统，还是根深蒂固地镌刻在他的骨髓里。

另外，在姜宸英的《通议大夫一等侍卫进士纳兰君墓表》中曾经这样记述道：

话说纳兰被康熙皇帝命令参与这项任务，由于目的地距离京城非常遥远，且任务极为秘密，所以途中多为荒野之地，经常很多天没有粮食，就只能吃预先准备好的干粮。

一行人取道松花江，此时天气寒冷，江面上早已结了冰，却也有断裂的冰面。他们在冰面上走了几天，万分凶险的状况下才勉强渡过了江。

尽管前途凶险未卜，但是这些参与任务的将士并未因为路途的艰险而放弃，他们一到目的地，就分头行动，把敌人的情况调查得一清二楚。皇帝接到汇报十分高兴。

这次执行任务虽然跋涉艰险，困难重重，但纳兰回来的时候，还是从随身的皮囊内掏出了数十张只有方寸大小的纸，上面密密麻麻写满了细小的字迹，原来这都是纳兰在路途中的所见所闻，且都作成了诗词。

经过这一次危险的任务，他整个人都消瘦不少，但并不在意，反倒是和以前一样与朋友来往，而且还拿自己这一副消瘦的模样来玩笑。

可见纳兰不仅仅善感有才，更勤奋。他在这一路上记述的故事，令人惊叹不已。

几时平·云山那畔行

浣溪沙

身向云山那畔行。北风吹断马嘶声。深秋远塞若为情。

一抹晚烟荒戍垒，半竿斜日旧关城。古今幽恨几时平。

　　纳兰尽管满怀壮志，奉诏出塞，却也难掩凄惘之情。"江山雄胜为公倾，公惜醉，风月若为情。"（宋·毛滂《小重山》）深秋边塞远寒之地，荒烟落照笼罩旧城郭，天涯羁旅、游子落拓，无限的凄凉悲伤，景象与情绪相融合。

沁园春

试望阴山，黯然销魂，无言徘徊。

见青峰几簇，去天才尺；黄沙一片，匝地无埃。

碎叶城荒，拂云堆远，雕外寒烟惨不开。

踟蹰久，忽冰崖转石，万壑惊雷。

穷边自足愁怀。又何必、平生多恨哉。

只凄凉绝塞，蛾眉遗冢；销沉腐草，骏骨空台。

北转河流，南横斗柄，略点微霜鬓早衰。

君不信，向西风回首，百事堪哀。

　　此次出行，纳兰开阔了心胸，在一定程度上，没有君主在旁的纳兰算是自由的。因而在这次的作品中，大多带有宏大的历史景观，渲染了凄凉的氛围，沁着或浓郁或悲戚的伤感情绪。

　　阴山望去，苍凉凄婉，沉郁幽伤。开篇对阴山一带的独特风光进行了淋漓尽致的描绘。又借典铺陈，寓意深远，表达了"百事堪哀"的兴亡隐衷。

　　《战国策·燕策》有："燕昭王欲得天下贤者，遂筑黄金台以求之。"讲的是燕昭王新君继位，国内一派凄凉景象，断臂残桓，民不聊生。昭王决心复兴燕国，他深知最要紧的是招揽人才，可是如何觅求贤才，却苦苦寻思而不得法。

　　郭隗给他讲了一个故事："古时有个国君，打算用千金去求千里马，但三年也没买到一匹。一名内侍毛遂自荐为国君去购买。三个月以后，辗转打听到千里马的消息，可惜刚一赶到，那匹马已死了。内侍就用500金把死马的骨头买了回来。国君大怒，说：'我要的是活的千里马，死马骨头有什么用？'内侍答道：'死马骨头您都愿意花500金，更何况活马呢？天下人知道这消息，就会把千里马送来的。'果然，很快就有人送来了三匹千里马。"

　　讲完故事，郭隗建议道："同理，大王如果真想招贤，不妨就从我开始，让天下人都看到，像我这样不才的人都能得到礼遇，何况是那些德才大大超过我的人呢？"

　　于是，燕昭王按照郭隗的建议，选择良辰吉日，举行了一场盛大而隆重的仪式，恭恭敬敬地请郭隗为国效力。昭王还在易水之滨，修筑了一座高台，用以招徕天下贤士。台上放置了几千两黄金，作为赠送给贤士的见面礼。这座高台便是著名的"黄金台"。

　　如此这般，燕昭王爱贤敬贤的名声不胫而走，各国才士慕名而来。

其中不乏名士，如剧辛、邹衍、屈庸、乐毅……真可谓人才济济。

纳兰在这里引用这个典故，目的在于怀古。由昭君凄凉出塞，人去，但遗冢犹存，到荒漠中早已衰败的招贤台……自古兴亡多少事，匆匆。唯有明月一轮，千年不变，圆缺自得。

另根芽·人间富贵花

公子一向不爱功名。或许，这也正是因为他出身富贵，坐享钟鸣鼎食却已厌倦。人生几何？难道就淹没在这繁华背后的污秽乏味中吗？

下面这首词便是纳兰托雪言志，在漂泊中孤高凄冷地融化在光阴里。

出身于富贵之家，文武全才，少年得志，而又迅速成为皇帝身边的近臣，能承担皇帝的信任，执行机密任务。对一般人来说，应该是非常自豪的。可对纳兰来说，令他骄傲的，从来不是这些。

采桑子·塞上咏雪花

非关癖爱轻模样，冷处偏佳。

别有根芽，不是人间富贵花。

谢娘别后谁能惜？飘泊天涯。

寒月悲笳，万里西风瀚海沙。

别有根芽，纳兰公子也并非人间富贵花。正如这塞北雪花一样，有些高洁，有些脆弱，有些冷清。只是，正因为此花天涯飘泊，很少有人怜惜，多数被践踏，有谁知道知音难觅的孤寂之感呢？

或许纳兰内心深处，是有些自卑的。自由，他没有；娇妻美眷，他已经失去；荣华富贵，却如粪土……若能够得到张纯修那般逍遥隐逸的生活，该是多么幸福！他内心总是不曾正视自己的才华，常常以为自己的能力并没有父亲的势力作用大。甚至他会想，会否因为他的身份和家世，才会得到这些朋友，才能被人青眼相待。

纳兰，其实又是多么可怜！

即便是在交友的时候，也是战战兢兢。他担心的，并不是别人对自己的心是不是如自己一般全然诚恳，他不在意对方是否一样付出，只要他认为值得，他就会生馆死殡般对待，他怕的是，即便如此，还是孤单，还是寂寞。他害怕失去，因为他太寂寞。

知我者·非琼楼寂寞

金缕曲

（简梁汾，时方为吴汉槎作归计。）

洒尽无端泪，莫因他、琼楼寂寞，误来人世。

信道痴儿多厚福，谁遣偏生明慧。就更着、浮名相累。

仕宦何妨如断梗，只那将、声影供群吠。

天欲问，且休矣。

情深我自拚憔悴。转丁宁、香怜易爇，玉怜轻碎。

羡煞软红尘里客，一味醉生梦死。

歌与哭、任猜何意。

绝塞生还吴季子，算眼前、此外皆闲事。

知我者，梁汾耳。

寂寞。寂寞。

这一年，吴兆骞回来了，顾贞观却因母丧南归。

《战国策·齐策》中有这样的记载——苏代对孟尝君说："今臣来过于淄上，有土偶人与桃梗相与语。桃梗谓土偶人曰：'子西岸之土也，挺子以为人，至岁八月降雨下，淄水至则汝残矣。'土偶曰：'不然，吾，西岸之土也，土则复西岸耳。今子东国之桃梗也，刻削子以为人，降雨下，淄水至，流子而去，则子漂漂者将如何耳？'"这里是指仕途为官如同断梗，微不足道。石孝友《清平乐》："自怜俗状尘容，几年断梗飞蓬。"

梁汾，我终于实现了对你的承诺。你可知这些年，我是分分秒秒活在惴惴不安中，君子一诺何其重也！如今吴兄得以平安归来，且莫再因此积愤难平。要知道浮名不过累人憔悴，达观方能超脱红尘。

只是梁汾，我知你若我，你知我若你。我能劝君却不能劝慰自己，想必你劝慰我的时候，也是一样吧！

金缕曲·寄梁汾

木落吴江矣，正萧条、西风南雁，碧云千里。

落魄江湖还载酒，一种悲凉滋味。

重回首、莫弹酸泪。

不是天公教弃置，是才华、误却方城尉。

飘泊处，谁相慰。

别来我亦伤孤寄。

更那堪、冰霜摧折，壮怀都废。

天远难穷劳望眼，欲上高楼还已。

君莫恨、埋愁无地。

秋雨秋花关塞冷，且殷勤、好作加餐计。

人岂得，长无谓。

天涯孤旅。梁汾，此一别不知何时重聚，弟而今身在塞北，抬头望西风吹送南雁，低头看落拓行囊载酒。过废都，无限感怀。天也茫茫，却埋愁无际。

独自莫凭栏，愁苦夕阳，只恐别时容易见时难。

望珍重！勤珍重！

第八章

浮生不过秋心事

从今心期来世缘，君前但坐念流年。
明朝行未忍残泪，何必妄语惹诽言。
——莫愁来日知己少·忍看冷雨数归鸦

康熙二十三年（1684年），纳兰扈从圣驾第一次巡幸江南，他们先后到达南京、苏州、无锡、扬州、镇江等地。

纳兰创作了《梦江南》组词十首，皆以"江南好"句发端，一边记叙当时游历场景，一边抒发心怀，可谓词小而意深。此联章之作仿效欧阳修歌咏颍州西湖十首《采桑子》的写法，或慨叹高处不胜寒，或抒发兴亡之感，或暗透伤今之意，或赞叹如画风光，或徒增寂寞心绪。

在纳兰眼中，江南风光秀丽，纵残红败绿亦美哉，这里没有北方那令人生厌的风沙，多的是温婉娇柔。纳兰一直是向往江南、喜爱江南的，毕竟他的好友大多来自江南，对于这次南巡，他怀着踏遍好友旧日足迹的心情，有着少年得意、足踏春风般的雀跃。

千金纵难酬知已

顾贞观在纳兰死后，曾有一篇《桃源忆故人·容若构一曲房，属藕渔书其额曰鸳鸯社》："千金一刻三春夜，转眼水流花谢。已觉都成梦话，只是伤心也。分明有恨如何写，判得今生暂舍。还拟他生重借，领袖鸳鸯社。"此词有副题"曲房鸳鸯社"云云，则述容若生前事，并与沈宛相关。曲房也就是内室、鸳鸯社，书此匾额虽出自严绳孙之手，其取意实由纳兰而来，观"属"（有"嘱"之意）字可知。

想必纳兰之意取自唐朝张泌的《妆楼记》："朱子春未婚，先开房室，帏帐甚丽，以待其事，旁人谓之待阙鸳鸯社。"

"鸳鸯社"暗示着一段金屋藏娇、浪漫而无奈的情事。对于此事，陈见龙为之作《风入松》贺之："应是洛川瑶璧，移来海上琼枝。"然而，自古春梦容易醒。时未半年，鸳鸯两分，此段姻缘终为悲剧收场。这里梁汾所谓的"梦话""伤心"等语，皆是因此而生出的慨叹。

如果不了解纳兰的生命是怎样昙花一现的灿烂而短暂，便不能懂得沈宛在纳兰最后的岁月里起到了怎样的作用。

　　沈宛，字御蝉，浙江乌程人，康熙二十三年（1684年）嫁纳兰，著有《选梦词》。有书中记述沈宛是名伎、艺伎、才女等，可谓是当时的"苏小小"。从纳兰诸多词中可知，纳兰本就对苏小小这样有才情又深情的女子有着倾慕之意，此时，经过顾贞观的介绍结识了沈宛，顿生红颜知己之感。

淡黄柳·咏柳

三眠未歇，乍到秋时节。

一树斜阳蝉更咽，曾绾灞陵离别。

絮已为萍风卷叶，空凄切。

长条莫轻折，苏小恨、倩他说。

尽飘零、游冶章台客。

红板桥空，湔裙人去，依旧晓风残月。

　　纳兰此词有思念情人之意，其中用典如"三眠柳"（清·张澍《三辅故事》："汉苑中有柳状如人形，号曰人柳。一日三眠三起。"）、"灞陵"（唐·李白《忆秦娥》有："秦楼月，年年柳色，灞陵伤别。"）、"红板桥"（代指情人分别之地，唐·白居易《杨柳枝词》有："红板江桥青酒旗，馆娃宫暖日斜时。"）、"湔裙人"（即"溅裙人"，代指情人，《北齐书·窦泰传》，古代女子有孕，河边洗裙易分娩。），而"苏小恨""章台"亦见于纳兰其他词作中，均有情伤离别之痛。

　　苏小小是南朝齐时期艺伎，被称为"钱塘第一名伎"，今人评价她是"中国茶花女"。苏小小自小善诗文，但不幸幼年丧亲，只得寄身钱塘（今杭州）西泠桥畔。因喜爱钱塘景色，自制油壁车畅游西湖，因诗名在外，苏小小的小楼常有文人往来。其间与阮郁邂逅，两厢缱绻，阮郁却在回京后杳无音信。苏小小苦苦相思，终不得见。后遇穷书生鲍仁，苦无盘缠赶考，便慷慨解囊，资助其进京赴试。

但红颜命薄，苏小小不久病逝。金榜题名的鲍仁赴任时途经苏小小家，却只看到佳人的棺椁。鲍仁大恸，在苏小小墓前立碑：钱塘苏小小之墓。上覆六角攒尖顶亭，称"慕才亭"。至今此墓、此亭仍在钱塘，成为西湖边一道独特的风景。

沈宛才貌双全，对纳兰的才华和人品也是非常仰慕的。明末清初的女性词选《众香词》中收录其五首词作，其中亦有悼念纳兰的文字。

纳兰有过数位妻妾。卢氏早亡，侧室颜氏过门虽早，史书却少有记载。续弦的官氏虽为大家出身，却也未曾有片字留下，甚至疑似改嫁。所以，从红粉中窥见纳兰，也只能从沈宛的词中得知一二。

卢氏去世后，纳兰只剩下侧室颜氏，后又经父母之命续了官氏，却再难续鸳鸯蝴蝶之梦。多年后，他的好友顾贞观见他实在心怀孤苦，便为他介绍了名伎沈宛。

当时沈宛已有词作《选梦词》刊行于世，纳兰又素来对有才华的人心存敬慕，于是对结识这位佳人多了几分渴望。两人郎情妾意，在顾贞观的撮合下结为秦晋之好。清代谢章铤的《赌棋山庄词话》中描述沈宛道："容若妇沈宛，字御蝉，浙江乌程人，著有《选梦词》。述庵《词综》不及选。《菩萨蛮》云：'雁书蝶梦皆成杳。月户云窗人悄悄。记得画楼东。归骢系月中。醒来灯未灭。心事和谁说。只有旧罗裳。偷沾泪两行。’丰神不减夫婿，奉倩神伤，亦固其所。”

当时明月，当时郎君。恍如一梦，谁知匆匆，竟然醒来灯火还明，只是从此心事有谁倾诉？枕边还叠放着纳兰旧时穿过的衣物，忍不住泪落两行，沾湿衣襟。杜鹃啼血，梦魂不在，徒然萧索，姻缘绝尘而去，明月圆缺有时，郎君归来无望。文辞间可见沈宛在纳兰辞世后的哀戚之情。

夜半时分，纳兰回忆初见沈宛，贞观带着这位神交已久的女子出现在自己面前，刹那间，四目相对，相见恨晚。

共一枝·相思浑不解

减字木兰花

花丛冷眼，自惜寻春来较晚。

知道今生，知道今生那见卿。

天然绝代，不信相思浑不解。

若解相思，定与韩凭共一枝。

晋代干宝《搜神记》卷十一载：战国时宋康王舍人韩凭的妻子何氏，姿容甚美，康王见色起意，强夺之，韩凭也沦为阶下囚，死于非命。何氏得知后殉情自杀，留下遗书，恳求合葬。宋康王大怒，并未允许。谁知一夜之间，"便有大梓木生于二冢之端，旬日而大盈抱，屈体相就，根交于下，枝错于上。又有鸳鸯，雌雄各一，恒栖树上，晨夕不去，交颈悲鸣，音声感人"。后人感动不已，称此树为"相思树"。

纳兰慨叹春来晚，知音迟来。料知他与沈宛之间，是朋友之谊多于红粉之情的。只是凑巧，沈宛是女子，他们可以以夫妻的形式厮守。自妻子亡故后，纳兰这才感觉到爱情这棵枯木有了活水相救。

只可惜，沈宛身为汉人，又出身娼门，此时已一人之下万人之上的明珠无论如何不允许这样一个女子成为自己的儿媳，甚至不可能允许她住进府中。纳兰将沈宛接到京城，却无法迎娶，只得在德胜门内置房安顿。

此后，纳兰便与这位红粉知己保持着没有名分的关系，情人般生活着。这天，纳兰来到安置沈宛的宅子，却见沈宛正在花下读书。

浣溪沙

欲问江梅瘦几分，只看愁损翠罗裙。

麝篝衾冷惜馀熏。

可奈暮寒长倚竹，便教春好不开门。

枇杷花下校书人。

与纳兰以往作词引据的习惯不同，这里"校书人"的典故倒是用得有点生僻。考据来看，在唐代诗人王建的《寄蜀中薛涛校书》一诗中，有"万里桥边女校书，枇杷花里闭门居。扫眉才子知多少，管领春风总不如"。

薛涛幼年随父流寓成都，八九岁能诗，父死家贫，十六岁便堕入乐籍，脱离乐籍后终身未嫁。洞晓音律，才貌双全，声名倾动一时。韦皋曾拟奏请朝廷授以秘书省校书郎的官衔，因旧例限制，未能实现，但人们往往称之为"女校书"。

薛涛和当时著名诗人元稹、白居易、张籍、王建、刘禹锡、杜牧、张祜等人都有唱酬交往。后居浣花溪上，自造桃红色的彩笺，用以写诗。后人纷纷仿制，称之为"薛涛笺"。

纳兰在此用"校书人"的典故，倒并不是专门为了指出沈宛出自风尘的身份，只不过是见到沈宛在花下看书，才有感而发，借指花下读书人而已。

纳兰是喜欢沈宛的，他在这里写道：若要知江边的梅树瘦几分，只要看看沈宛的腰肢如何盈盈一握便知晓。此处互喻，以梅喻人，又以人喻梅，女儿家的春愁姿态栩栩如生。

相见欢

落花如梦凄迷。

麝烟微，又是夕阳潜下小楼西。

愁无限，消瘦尽，有谁知。

闲教玉笼鹦鹉念郎诗。

沈宛在京城的日子，却是寂寞的。闲暇时候，除了看看书，写写诗词，便只有逗弄鹦鹉了。"却傍金笼共鹦鹉，念粉郎言语。"（宋·柳永《甘草子》）

有人说，沈宛是怨恨纳兰的。因为纳兰即使与她相亲，但他心中唯一的女子，仍旧是亡妻卢氏。敏感如沈宛，聪慧如沈宛，分外地不甘心。所以半年后便离开了京城，只是大概当时已有身孕。纳兰也可能是因为沈宛的离开更觉寂寞，这才病重。

不过，从沈宛的诗词中，也可以看出她与纳兰有一种相知互怜的情愫，可见是情欲之外的吸引。很快，沈宛怀有身孕，但天公不作美，有情人终难成眷属，纳兰的匆匆离世让沈宛痛不欲生。

日后纳兰的这个遗腹子富森出世，为这一段情缘留下见证。

西窗烛·迟日杏花天

满江红

（茅屋新成，却赋）

问我何心，却构此、三楹茅屋。

可学得、海鸥无事，闲飞闲宿。

百感都随流水去，一身还被浮名束。

误东风迟日杏花天，红牙曲。

尘土梦，蕉中鹿。翻覆手，看棋局。

且耽闲殢酒，消他薄福。

雪后谁遮檐角翠，雨馀好种墙阴绿。

有些些欲说向寒宵，西窗烛。

康熙二十三年（1684年），顾梁汾南归三年整，纳兰思念好友，于是特地修建茅屋三楹唤他回京。除这首词，纳兰还写了《寄梁汾并葺茅屋以招之》，诗云："三年此离别，作客滞何方？随意一尊酒，殷勤看夕阳。世谁容皎洁，天特任疏狂。聚首羡麋鹿，为君构草堂。"

经年以来，纳兰淡泊功名，欲效陶渊明等先贤隐逸的愿望更觉强烈，诗云："吾本落拓人，无为自拘束。倜傥寄天地，樊笼非所欲。"

身外浮名，南柯一梦耳。

梁汾，守孝三载，你也该回来了吧！如今我在这里建造了茅屋几所，就是为了等你回来，知交好友把酒言欢，效仿隐逸之士，闲来无事唱个红牙小曲，博弈棋局，春来看雨，秋去赏雪，且把功名利禄尽抛。得失无常，什么才算有常呢？或许看淡才能看远，无谓便是清静吧！

其时，纳兰还有个小心思，那就是建造这茅屋的目的，并不仅仅是为了效仿陶渊明，更为了抹去梁汾心里的忧虑和寄人篱下之感。

《世说新语》里面有这样的记述：竺法深成为简文帝的贵宾，经常出入豪门朱户，丹阳尹刘惔便问："道人何以游朱门？"高僧答曰："君自见朱门，贫道如游蓬户。"

竺法深意思是说：在您的眼中的豪门朱户，在贫道的眼中，却和平民百姓的草舍茅屋没有什么两样。

顾贞观与纳兰交好，经常出入明珠府与渌水亭，定然惹来很多非议。

显然，纳兰乃当朝权贵明珠的长子，前途无量，而顾贞观不过是布衣草民，虽有文采，苦无地位。于是很多人都议论顾贞观与纳兰的结识，乃是攀附权贵，再加上营救吴兆骞一事，更加藐视顾贞观的人品。

世人这样议论纷纷，本来毫不在意外人眼光的顾贞观也有些不自在起来。于是，纳兰便想方设法让他放下顾虑。因为，纳兰是多么担心好不容易得来的知己，就这样离去。

在贞观南归的日子，纳兰便在自己的渌水亭边修建了几间茅屋。

除了门第之事外，纳兰也是想告诉顾贞观，这乡野茅屋才是自己和他真正的归宿，既然茅屋已经修好，梁汾也该回来了吧？

水龙吟·再送荪友南还

人生南北真如梦，但卧金山高处。

白波东逝，鸟啼花落，任他日暮。

别酒盈觞，一声将息，送君归去。

便烟波万顷，半帆残月，几回首，相思否。

可忆柴门深闭，玉绳低、剪灯夜语。

浮生如此。别多会少，不如莫遇。

愁对西轩，荔墙叶暗，黄昏风雨。

更那堪几处，金戈铁马，把凄凉助。

"无为在歧路，儿女共沾巾。"（唐·王勃《送杜少府之任蜀州》）

纳兰是至情之人，无论是爱情、亲情还是友情，他都很"痴"。康熙二十四年（1685年）四月，严绳孙请假南归，临去"入辞容若时，坐无余人，相与叙平生之聚散，究人事之终始，语有所及，怆然伤怀"。（《致纳兰哀词》）怆然伤别，纳兰对严绳孙深挚的友情可见一斑。

纳兰填此词时"三藩"已经平定，但收复台湾、雅克萨，平定噶尔丹等战事仍在进行中，国家动荡，好友别离，纳兰感触甚多，于是才有金戈铁马凄凉之叹。

或许，纳兰心中也在想，这场战事或许也会波及回乡的好友和自己吧！更有一种别离伤感的心境，料也难知兴亡事。

近迷楼·清瘦至今愁

浣溪沙

（红桥怀古，和王阮亭韵）

无恙年年汴水流。一声《水调》短亭秋。旧时明月照扬州。

惆怅绛河何处去，绿杨清瘦绾离愁。至今鼓吹竹西楼。

王阮亭即王士祯，原名士禛，清初杰出诗人。此人博学好古，能鉴别书、画、鼎彝之属，精金石篆刻，诗为一代宗匠，与朱彝尊并称。康熙时继钱谦益而主盟诗坛，论诗奉行"神韵说"。

王士祯与纳兰也是有过交往的，此时的王士祯身为康熙面前的红人，清初诗坛的盟主，备受文人尊敬。

康熙二十三年（1684年）十月，纳兰扈驾巡幸江南抵达扬州之时，王士祯在其《浣溪沙》词序中云："红桥同籜庵、茶村、伯玑、其年、秋崖赋。"词共二首，其一系与纳兰合作之本，词云："北郭青溪一带流，红桥风物眼中秋。绿杨城郭是扬州。西望雷塘何处是？香魂零落使人愁。淡烟芳草旧迷楼。"

世人都道隋炀帝骄奢淫逸，空耗尽这大好江山。于纳兰看来，自隋炀帝以来，一切也都没有变。变的，恐怕是人的心境吧！

纳兰公子，难道是因为你看得太透彻，以至于如此薄命吗？！

余生但求梦魂伴

三十一岁生日后不久，纳兰便去世了。

春天的时候，严绳孙南归，纳兰感时伤怀，想起贞观也未在，而妻子早亡，"零落鸳鸯，十一年前梦一场"，纵有沈宛相惜，却总有些生活习惯和见地上的不同。

纵然出身钟鸣鼎食之家，行走金阶玉堂，前程无量，却与他天生超逸脱俗的性格相悖，构成了一种常人难以体察的压抑和矛盾。凡尘之物已经不能成为他留恋的理由，这一年的暮春，他感时伤怀，悲从心头起。

数月病中仍旧与三五好友一醉，吟咏之时叹息不止，而后便一病不起。康熙皇帝十分挂怀，派遣多名御医前往医治却药石罔效。

就这样，一代才子纳兰性德，于五月三十日溘然而逝。

他死后，恩师徐乾学撰写纳兰的墓志铭时，谈到："……君之丧，哭之者皆出涕。为哀挽之词者数十百人，有生平未识面者。"

光阴太仓促，不足以挽留一个才华横溢、文武双全的纳兰。

上天太吝啬，只将一个仙姿道骨的纳兰放逐世间三十载便匆匆收回，岂知多少人在那一刹那同悲？

好花月 · 把来生祝取

大酺 · 寄梁汾

怎一炉烟，一窗月，断送朱颜如许。

韶光犹在眼，怪无端吹上，几分尘土。

手捻残枝，沉吟往事，浑似前生无据。

鳞鸿凭谁寄，想天涯只影，凄风苦雨。

便砑损吴绫，啼沾蜀纸，有谁同赋。

当时不是错，好花月、合受天公妒。

只索倩、春归燕子，说与从头，争教他、会人言语。

万一离魂遇，偏梦被、冷香萦住。

刚听得、城头鼓。相思何益？

待把来生祝取，慧业相同一处。

梁汾以母丧南归后，纳兰思念甚切，遂几赋诗词寄赠，此为其一。词中一如既往地抒发了怀友之思。

纳兰与梁汾别后相思，梁汾离开后，纳兰便大有吟咏无伴的孤寂之感。只是这词，有了一种不祥的征兆。万一离魂遇，相思何益？待把来生祝取。

念奴娇

绿杨飞絮，叹沉沉院落，春归何许？

尽日缁尘吹绮陌，迷却梦游归路。

世事悠悠，生涯非是，醉眼斜阳暮。

伤心怕问，断魂何处金鼓？

夜来月色如银，和衣独拥，花影疏窗度。

脉脉此情谁得识？又道故人别去。

细数落花，更阑未睡，别是闲情绪。

闻余长叹，西廊唯有鹦鹉。

这首词是纳兰赠友之作，而反观之，也可概括纳兰死后，众好友的心情。

故人别去之后，只剩下一片寂寞。伤心怕问，只是无聊的愁绪吧！从今后，脉脉此情谁诉？再无呼应唱和，再无细数落花的闲情。人去楼空，只剩下西廊上的鹦鹉，似乎还会"念郎词"，却教人潸然泪下，更为痛楚。

君不在，纳兰如斯寂寞。

纳兰不在，君何如？

莫负当初我。

这是纳兰写给梁汾的词，二人不仅交契笃厚，且有着相同的词学主张，本来这篇词可以看作二人同怀同道的写照。但看这一句，便是纳兰遗言一般。细想令人心酸。

虞美人 · 为梁汾赋

凭君料理花间课，莫负当初我。

眼看鸡犬上天梯，黄九自招秦七共泥犁。

瘦狂那似痴肥好，判任痴肥笑。

笑他多病与长贫，不及诸公衮衮向风尘。

词中表达了作者对友人的一片赤诚和信赖，以及纳兰嫉俗愤懑的心情，于不平中更明确表示了甘愿为恪守志趣、主张，不怕堕为"泥犁"的坚持。

入仕朝堂，登上高位，一人得道，鸡犬升天。这又有何意义！"黄九"指北宋诗人黄庭坚，因其排行第九，故云黄九。"秦七"指北宋词人秦观，其排行第七，故云秦七。此处纳兰以"黄九""秦七"代指自己与顾贞观。"泥犁"为佛家语，乃地狱之意。

纳兰之意在你我二人志趣相投，任尔东西南北风，我自岿然不动。笑他贫病交加又如何，任他得意把权，我辈自得逍遥。

如果说这篇是纳兰"登仙而去"的遗作，亦无不可！

公子本就不是人间凡俗客，如明珠堕入红尘，现今便是羽化而去了吧？

羽化去 · 蓬莱莫问路

五月二十二日，受纳兰纂书之邀入京后的梁佩兰，也被纳兰请到了
渌水亭招待。纳兰此番设宴，顾贞观、朱彝尊、梁佩兰、姜宸英等尽数
到齐。这个时候，已经没有了吴兆骞与严绳孙。吴兆骞的逝世、严绳孙
的辞官归乡，纳兰心中是有缺口的。

开怀畅饮，据说纳兰于此时一吟三叹，作了一首五律：

夜合花

阶前双夜合，枝叶敷华荣。疏密共晴雨，卷舒因晦明。

影随筠箔乱，香杂水沉生。对此能销忿，旋移迎小楹。

隔日便病倒了，整整七天，终于"不汗"而死。而公子过世的那
天，也正好是卢氏的祭日——五月三十日。

对于纳兰性德的死因，官方记载语焉不详，只有一句"寒疾，不汗
而亡"一带而过。

而对历史来说，越是有些深埋的故事，越是轻描淡写。于是众多学
者开始研究纳兰的死因，且都历历举证，一时间众说纷纭，但大体可归
为以下几种：

一、"被害说"

这种说法，据说是出自《李朝实录》，康熙二十八年（1689年）
的时候，朝鲜使臣发回朝鲜国内的一份"别单"。

这位朝鲜使臣记录了自己在天朝大国的种种见闻，其中有这样的叙

述："又有成德者，满洲人，阁老明珠之子，自幼有文才出群，年才二十擢高第入翰苑为庶吉士。皇帝嫉其才，而杀之。明珠因此致仕而去矣。"意思就是说，因为纳兰性德才华出众，康熙皇帝心生嫉妒，于是命人暗中害死了他，明珠也因此渐渐在仕途上失利，最终被罢相。

倒不是说危言耸听，不过却也令人无奈。康熙皇帝会因为"嫉妒"杀害纳兰吗？

纳兰性德的确才华过人，文武双全，可如果单凭这一点就杀害了这位贤才，未免小题大做了吧！而且康熙也乐于将纳兰带在身边，大江南北巡游，甚至将秘密而艰巨的任务交给他完成。

康熙与纳兰年岁相仿，曹寅、纳兰亦是康熙身边从少年时期便作伴的好友，陪伴皇帝南巡北征的纳兰并没有惹得康熙不快，反而经常得到皇帝的恩赏，每当皇帝要求他应制赋诗，结能立就，深得康熙欢心。

在康熙二十四年（1685年），皇帝诞辰的时候，纳兰还得到了皇帝手书的唐朝诗人贾至的《早朝大明宫呈两省僚友》（简称《早朝》），诗云："银烛朝天紫陌长，禁城春色晓苍苍。千条弱柳垂青琐，百啭流莺满建章。剑佩声随玉墀步，衣冠身惹御炉香。共沐恩波凤池上，朝朝染翰侍君王。"

这首诗在创作当时有着浓厚的政治色彩，描绘的是豪华皇宫及百官上朝时隆重的场面，尾联表达的是报效皇恩的心情，属于典型的"褒颂功德"（宋·杨万里评价）之作。皇帝赏赐这首诗给纳兰，一方面诗中描述的场景与纳兰日常工作一致，另一方面也不乏鼓励和警醒之意。

明珠罢相，不仅并非纳兰所累，反而是纳兰经常劝谏父亲收敛的结果，而康熙为了牵制索额图党，维持朝廷势力的平衡，而默许、纵容明珠结党营私，这显然是一种政治手段。当明珠贪得无厌的时候，也就是康熙清理政治关系的时候了。

所以，被害一说似乎不能成立。

二、"天花说"

在当时医疗条件不发达的情况下，天花这种疾病是很致命的，据说顺治就是死在此病上，而康熙皇帝能够继承皇位，一个很大的原因是他幼年时也得过天花，并且顽强地活了下来。据史料记载，从顺治皇帝出痘疹到病亡，病期只有六天，而纳兰从生病开始，也只生存了七天的时间。

对于纳兰之死，纳兰同时代的人各有记载。韩菼在《神道碑铭》中这样提过一句："而不幸速病，病七日遂不起。"徐乾学提到纳兰："其葬盖未有日也。"翁叔元写："康熙二十四年五月晦，乙丑，我容若年世兄先生捐馆舍，叔元往哭于其第。既殡，往哭于其位次。越三日再往，阁人辞焉。又十日偕同馆之士五人旅拜于儿筵哭如初。又八日，以天子命出殡于郊外……于驷车之出也，姑为相挽之词以饯之。"

这样看来，说纳兰死于天花，倒有可能了。

首先，纳兰的死亡太过迅速，病期只有七天。

其次，根据记载，纳兰性德在生病之后，康熙皇帝十分关心："使中官侍卫及御医数辈至第诊治，于是上将出关避暑，命以疾增减报，日再三，疾疾亟，亲处方药赐之，未及进而段，上为震悼。"

因为当时天花传染性极强，又没有治疗的好办法，所以生天花而死的人都必须火葬，就连贵为皇帝的顺治也不能避免，而纳兰死后，要皇帝下令出殡，"数月未葬"，可能是火化尸体的托词。

有记载说纳兰刚死，康熙皇帝就带着皇子和诸位王爷、大臣急忙离开了京城。途中，四皇子生了场小病，康熙便十分紧张，命令他立刻返回京城，痊愈之后才能归队，这倒很像是躲避病疫。所以，天花之说，倒也有几分道理。

三、"寒疾说"

很多人怀疑，武艺超群的纳兰公子怎么会被感冒这类的小病击倒？

首先，寒疾与感冒不同，寒疾是中医所说的一类疾病，指因感受寒邪所致的疾病。表现为面色苍白，畏寒、发热、头痛、身痛、呕吐、脘腹疼痛等。按照《素问》一书的解释，就是："寒气客于脉外则脉寒，脉寒则缩蜷，缩蜷则脉细急，细急则外引小络，故卒然而痛。"意思是说，当寒气侵袭肌表则脉寒，而脉寒则会导致经络、血脉收引，从而导致肢体屈伸不力，浑身疼痛不堪。

纳兰怕冷，似乎在很多诗词中都有体现。康熙十二年（1673年），十九岁的纳兰性德正在准备参加殿试的时候，就因为一场突如其来的寒疾，在病榻之上躺了数月，错过了这场殿试，并且留下了一首七律《幸举礼闱以病未与廷试》，诗中提及，是一场寒疾导致他错失了这一次的殿试，而且在他今后的岁月中，也像幽魂一样不时地出现，让他深为所苦。这病起自外感风邪，如果没有根治，便会在季节更迭的时候复发。在纳兰的词作中，多次提到这可怕的病征，塞外之行中似乎更加厉害。

因为得不到很好的调理，也没有时间留在家中调理，每次寒疾发作，就会困扰纳兰很长时间，而且发作的时间越来越长，周期越来越短。渐渐地，不管是春去秋来，京城也好，随扈出行也罢，这可恶的寒疾总是悄然而来，迟迟不去。纳兰在《临江仙·永平道中》说自己：

　　曾记年年三月病。而今病向深秋。

　　卢龙风景白人头。药炉烟里，支枕听河流。

　　这寒疾是如何的频繁，几乎每年都会生病一次，而且最近的时候，还撑不到寒冬腊月，仅仅是在深秋，痛苦便再度来临。日积月累下，纳兰的身体越来越差。

　　《素问》又云："人有五脏化五气，以生喜怒悲忧恐。"人的心情与身体的健康有着很密切的关系。心胸宽广之人一般说来身体都会比较健康，而内心抑郁的人，很难身强体壮。所谓"喜伤心""怒伤肝""思伤脾""忧伤肺""恐伤肾"，就是这个道理。

　　纳兰是忧郁的，他也说自己"愁多成病"。因为他羸弱易感，加上累年的愁苦，郁结于内而致早亡，这个说法看起来也有一些道理。

　　四、"自杀说"

　　化蝶的意象，是纳兰曾经在诗词中怀念亡妻卢氏用过的，"不求同年同月同日生，但求同年同月同日死"的说法，常常令人感动。纳兰死于康熙二十四年（1685年）的五月三十日，而多年之前，他的妻子卢氏也正是死于五月三十日。

　　同月同日逝世，似乎这巧合，太过浪漫。而后世形容纳兰性德，经常用的词语便是"情深不寿"。如果这不是巧合，那么，很有可能纳兰性德是专门选择了这一天，也就是说，他的死亡，说不定是自杀。

　　长期的精神压抑并没有因为他得到知己而缓解，反而因为知己长别离而更加变本加厉。也许纳兰患有抑郁症，因为爱情的沉重打击，还有现实与理想越来越激烈的冲突，各方面搅合在一起，再加上他自身又深受寒疾所苦，多重压力之下，导致纳兰的抑郁症越来越严重，最终因为卢氏祭日的临近，而选择了自我了断。

究竟纳兰因何而去，似乎尚没有确切的定论。无论以何种理由离开这个令他烦闷的世界，所有疼惜纳兰、倾慕纳兰的人，都在感到悲伤的同时，祈愿他能够在另一个世界得到梦寐以求的幸福，与所爱相守，与挚友相伴，圆那个人生初见的梦。

碑题字·只洒悲秋泪

纳兰性德的去世是十分突然的，包括亲友在内，都认为只是和以前一样，是普通的寒疾。据《康熙起居注》的记载，康熙二十四年（1685年）乙丑五月三十日，明珠尚在朝，以折本请旨。谁也没有料到，一代词人纳兰性德就这样匆忙地离开了人世。且不要追究纳兰因何而去，只叹他的故去，带走了多少人的梦！

纳兰葬身何处？

世说葬于京郊皂荚村，亦已为近年发掘所证实。然而，这"皂荚"之名何来？皂荚不是北国所产，村名也不会以皂荚命名。有好事者询于村民，原来此处乃造甲村，或云赵家村，音类似皂荚村罢了。

杜诏在《云川阁诗》收录《同梁汾先生登贯华阁，观成侍中三十绘像》，其中诗云："只是伤心皂荚村。"因为杜诏是南方人，在听说之后，可能以音近误为"皂荚"。

也有可能是因为晁无咎有《扬州》："皂荚村南三四里，春江不隔一程遥。"而纳兰死后，对很多人来说，春风仍在，却仿佛隔了一层薄纱，吹也吹不透的郁愁，所以得来皂荚村之说。今人有钟情纳兰者，若有心前往纳兰殡所，亦可造甲村一游，在今京西。

据说纳兰在死前的那一场饮宴上，作了最后一首诗。这首诗一扫阴霾，竟有了那样平淡超然的意境。

夜合花，开放时间短，每朵仅开一两天，且往往清晨开放，晚上闭合，故名"夜合"。其香味幽馨，入夜更烈。这是不是说，我们的纳兰公子，也像这花一样，芬芳怡人，来去匆匆，"对此能销忿？"（清·纳兰性德《夜合花》）

别有幽情芳华生，"此时无声胜有声"。（唐·白居易《琵琶行》）公子并非人间富贵花，丝毫不沾染纤尘，他干干净净地来，干干净净地去。这肉身虽然堕入尘泥碾作土，却有香如故。

第九章

后身之事不可料

碧落千尺终难见，穹宇无极怎相逢？
数叶霜华非白首，几处鸿爪踏残红。
——飘渺孤影沧海寄·此地空余明月楼

纳兰一生都没能实现理想，过上自己向往的生活。这可能正是他最"痛"之伤。

　　人可能就是这样不容易满足，身在广厦豪门，心在碧海云天；身处江湖之远，心系苍生社稷。纳兰仿佛天地精华凝练，只不过来体验人间逆旅。风雨兼程，一路上他体味了生老病死，也感受到爱恨情仇，创造了传奇，也留下了千古之谜。

　　纳兰活着的时候，心心念念是广阔天地、八荒四海，他不愿做笼中金雀，也不愿安身于王谢堂前。但他无法左右自己的命运，始终没能得到真正的自由。或许在他魂归天际之后，能够缥缈于俗世的大江南北，饱览红尘的风月无涯。

　　哀哉尚飨，公子纳兰！

金兰此去无青鸟

　　纳兰所结交之人，年龄大多比他大许多。而且当时乃清朝初期，满汉之间成见仍旧很深，很多明朝遗民都不屑与旗人结交。但他们独对容若青眼相待，最主要的原因，就在于纳兰的怜才好客、重情重义。所以，在纳兰死后，他的这些朋友纷纷作悼词怀念他，并且留下了很多对纳兰的品评。

　　好友顾贞观认为："容若词，一种凄惋处，令人不能卒读，人言愁我始欲愁。"怀念纳兰时，忆及当年营救吴兆骞之事："余寄吴汉槎宁古塔以词代书云：'季子平安否？便归来，平生万事，那堪回首？行路悠悠谁慰藉，母老家贫子幼；记不起，从前杯酒。魑魅搏人应见惯，总输他，覆雨翻云手，冰与雪，周旋久。泪痕莫滴牛衣透，数天涯，依然骨肉，几家能够。此似红颜多薄命，更不如今还有，只绝塞，苦寒难受。廿载包胥承一诺，盼乌头马角终相救。置此札，君怀袖。'

　　"我亦飘零久。十年来，深恩负尽，死生师友。宿昔齐名非忝窃，只看杜陵消瘦。曾不减、夜郎僝僽。薄命长辞知己别，问人生、到此凄凉否。千万恨，为兄剖。兄生辛未吾丁丑。共些时、冰霜摧折，早衰蒲柳。词赋从今须少作，留取心魂相守。但愿得、河清人寿，归日急翻行成稿，把空名料理传身后。言不尽，观顿首。'

"二词成容若见之为泣下数行曰：'河阳生别之诗，山阳死友之传，得此而三。此事三千六百日中，弟当以身任之，不俟兄再嘱也。'余曰：'人寿几何，请以五载为期。'恳之太傅，亦蒙见许。而汉槎果以辛酉入关矣。附书志感，兼志痛云。"

又有"纳兰性德《金缕曲》……岁丙辰，容若年二十有二，乃一见即恨识予之晚。阅数日，填此曲，为予题照，极感其意，而私讶他生再结语殊不祥，何意竟为乙丑五月之谶也。伤哉"。

姜西溟性格孤傲，素来不与人相亲，就是这样一个独来独往的人，却在祭容若文中，自言与纳兰深切的交谊："兄一见我，怪我落落，转亦以此，赏我标格……数兄知我，其端非一；我常箕踞，对客欠伸，兄不余傲，知我任真。我时嫚骂，无问高爵，兄不余狂，知余疾恶。激昂论事，眼睁舌抉，兄为抵掌，助之叫号。有时对酒，雪涕悲歌，谓余失志，孤愤则那？彼何人斯，实应且憎，余色拒之，兄门固扃……"

清初著名词人陈维嵩（陈其年）评《饮水词》："哀感顽艳，得南唐后主之遗。"又及："《侧帽词》，有西郊冯氏园看海棠《浣溪沙》……盖忆一香严词有感作也。长俨斋以为柔情一缕，能令九转肠回，虽山抹微云君，不能道也。"

清代学者韩菼赞纳兰："容若读书机速过人，辄能举其要。诗有开元丰格。作长短句，跌宕流连以写其所难言。"

徐乾学回忆纳兰："容若自幼聪敏，读书过目不忘，善为诗，尤工于词。好观北宋之作，不喜南渡诸家，而清新秀隽，自然超逸。海内名人为词者，皆归之。"

昔日好友兼同袍曹寅尝忆纳兰："忆昔宿卫明光宫，楞伽山人貌姣好；马曹狗监共嘲难，而今触痛伤枯槁……家家争唱《饮水词》，纳兰小字几曾知（亦传为"纳兰心事有谁知"／"纳兰心事几人知"）？斑丝廓落谁同在？岑寂名场尔许时。"又有："太虚游刃不见纸，万首自跋纳兰词。交渝金石真能久，岁寒何必求三友。"

纳兰故去后，曹寅还曾感慨"交情独剩张公子"。张纯修也是一样，他喜画兰花，自纳兰去后，每画一幅就在上面题写一阕纳兰的词。曹寅看了，唏嘘不已，于是在为张纯修《墨兰图》题写的《墨兰歌》中特意点破深情："（他）每画兰，必书容若词。"

张纯修对纳兰的感思除发诸绘画诗文之中，还含痛整理了纳兰的遗作，刊刻了《饮水诗词集》使之流传于世。

旧梦断·琵琶谁别抱

纳兰匆匆离世，身后无数揣测的目光。

且不说生死之谜、情爱之谜，他的家人和后人也都是今人探求的对象。

或许人们并不愿相信，纳兰的人生如此璀璨却这样短暂。烟花照亮夜空，灿烂了整个宇宙，美得让人舍不得眨眼，却多留不住他哪怕一瞬。

纳兰故去多年后，有好事者探访明珠家坟茔，得出官氏亡夫后另嫁他人的结论。

造甲村坟园似乎早年的时候还是有的，只如今不存罢了。见之者称，园中分列九墓：有明珠夫妇，纳兰与卢氏，明珠次子揆叙夫妇，三子揆方夫妇及永寿。无官氏之墓。颜氏以妾居，必不得入家族墓园，而沈宛之出身与民族是为其不能成为明珠家一员的恨事，因此当时虽有子而不入墓园。

可是，身为续弦正妻，缘何官氏之墓不见于夫墓之侧？

在徐乾学所作的纳兰的《成德墓志铭》刻石云："继室官氏，光禄大夫少保一等公朴尔普（颜尔喷）女。"石上的"朴尔普"三字被人凿去，仅隐约可见字痕。《通志堂集》刊出该段铭文的时候，仅有"继室官氏，某官某之女"数语，皆忌存"朴尔普"之名。赵秀亭在撰写《纳兰丛话》的时候，揣测乃官氏改嫁之故，而当代文学大师、书法大师启功认为，官氏父或曾获罪朝廷，故而墓铭遂剜去其名姓。

而后有赵殿最撰写富格的墓志铭，列出成德有二夫人，一卢氏，一颜氏，无官氏，亦由此。

也许有人会嗤之以鼻，一介小妾颜氏尚且守节持家以终，官氏身为正室却改嫁他人！可笑之至。却不能不替官氏鸣冤：纳兰三子，一为颜氏所出，一为卢氏所出，一为沈宛所出，官氏无子，留无可待，他年无所依傍，只得拂衣再嫁。料想官氏内心亦凄楚非常，无奈年纪尚轻，或为家翁安排也有可能。

叹只叹，琵琶别抱非所愿，无奈天涯零落人。

纳兰此一去，有多少人伤心欲绝？既有痛失好友的顾贞观等人，还有妻妾二人，更有那未能有名分的沈宛，以及如今千千万万的仰慕者。

托东风·过尽千帆事

明珠为康熙执政早期首辅大臣，多次参与编纂图书，而长子纳兰性德，文采斐然。不过，明珠的儿孙却都于文坛寂寂无名，除长子外仅有次子纳兰揆叙、一女纳兰氏有著作专集传世。孙纳兰永寿（揆方子，揆叙嗣子）、曾孙纳兰瞻岱，此二人皆有零篇遗存，于文献中零星有载。

纳兰次弟揆叙，字凯功（一作恺功），号惟实居士。初为佐领、侍卫，后任翰林院侍读，颇得康熙赏识，后侍讲学士擢掌院学士，兼礼部侍郎，又迁工部右侍郎，转工部左侍郎，迁都察院左都御史，其间仍掌翰林院事。著有《益戒堂集》《鸡肋集》《隙光亭杂织》《后识》等。

明珠的这个儿子和他仁厚的不恋官场的兄长完全不同，更加像他的父亲。在明珠声势较大的时候，可谓客满门下。父亲的所作所为，他都看在眼里，所以他在笼络人心、结交权势上，有着很强的能力。在他死后，这个善于结党的能力为他的身后之名带来了不小的麻烦。

因参与"九子夺嫡"，揆叙死后被追夺官职，削谥，墓碑改镌为"不忠不孝柔奸阴险揆叙之墓"。

揆叙之妻耿氏，宫内以"格格"相称，为耿精忠三弟耿聚忠之女，聚忠未参与"三藩之乱"，被加太子太保衔得善终。

　　揆叙也是颇有文采的，虽与其兄不是同一风格，却有另一番情趣。在担任康熙的侍卫的时候，有词：

桂枝香·塞外中秋夜雨

冰轮正满，被几片浮云，匿影成魄。

急雨催寒，洒遍万株黄叶。

寻常客里光阴度，到今宵、却伤离别。

暗莎蛩语，荒芜雁叫，一般凄切。

记胜赏、南楼未缺。

见柳岸笼烟，沙路堆雪。倦枕残灯，此景不堪重说。

蟾高兔远何堪问，叹清游、渐成消歇。

寄声屏翳，天衣漫卷。怕看明月。

　　揆叙与顾贞观似乎也是有着情谊的，或从兄长那里认识了他，或者是从兄长的诗文中了解了他，于是在经过无锡的时候，有词曰：

生查子·过无锡怀顾梁汾

一曲伯鸾溪，鸦轧鸣柔橹，指点积书岩，人在云深处。

柳外与松间，空记班荆语，回首托东风，为问平安否。

　　纳兰家族因封建贵族制度，世代为官，并一度风光。在血缘和地位的影响下，子孙的婚配均与清王朝有着紧密而复杂的联系。明珠第三子纳兰揆方早逝，其妻为礼亲王代善曾孙和硕康亲王杰书第八女，是为郡主。揆方作为和硕额附（郡马），其礼遇与公爵同。揆方夫妻双双早亡，留有安昭、元普二子。

康熙深感其悲，遂命将这二子过继给揆叙夫妇，并改名永寿、永福。

永寿性笃孝而有心，辑存家族文献，其嗣父揆叙、姑纳兰氏之遗著，皆是永寿刊刻保存。永寿又尽核家藏图书，编成《谦牧堂藏书目》二册，依千字文序列为九十四目，录书约两千四百八十种。这些文集对于后世研究纳兰性德很有价值。

纳兰永福与皇九子胤禟之女三格格成婚，官至内务府总管。不过他的命运也似乎被明珠、揆叙影响，因为岳丈皇九子胤禟的关系，他先后支持胤禩、胤禵谋取皇位，与皇四子胤禛结怨，成为雍正的政敌，终被革职。后迁任盛京户部侍郎，直至乾隆四年（1739年）卒。

纳兰的才女妹妹纳兰氏（亦作那拉氏、纳喇氏），经历不详，但在其所著《绣余诗稿》中有诗："暮春堤畔草萋萋，流水桥通曲径西。最是暖风吹客醉，绿阴深处有莺啼。"

可见意境，却又与其兄长不同。又见其诗稿中收录一首小词：

岁暮感旧赠兄

小楼承日暖，犹记读书编。

鸟语纱窗外，花开绮阁前。

羡兄才俊逸，愧我学徒然。

更觉阳和转，春光又一年。

　　虽然没有言明这首词是作给哪一位哥哥的，却能感觉到少女对兄长的孺慕之思，根据年代推算考证，此兄当为揆叙。永寿曾收集纳兰氏诗稿，序称此女为"先姑"，为"先大夫文端公闺帏师友，唱和埙箎，斑管常操"，可知纳兰氏当为揆叙同胞姊或妹，且与揆叙常有酬唱。揆叙有《园居杂兴》诗，《绣余诗稿》有《园居杂兴和兄原韵》诗，则纳兰氏为揆叙之妹。

　　永寿序又云此女"香花易萎""遽返瑶池"，"三星未赋，竟郁郁而埋香；二竖时侵，遂深深而葬玉"，可见此女未嫁而病卒。

　　在王鸿绪所作《明珠墓志铭》载明珠三女："长适一等伯李天保，次适多罗贝勒延寿，次先卒。"可见纳兰氏大有可能是明珠"先卒"之稚女。

魂不寿·早谢春风迟

　　纳兰后嗣的状况众说纷纭，难以统一。就连徐乾学、韩菼、叶舒崇、唐孙华、王鸿绪等与纳兰及其家人有所接触、或为纳兰写过悼词的人都记述得含混不清，充满矛盾。这其中又有不同的原因。

　　就徐乾学而言，虽然是纳兰的座师，二人之间也曾过从甚密，且曾合作编写《通志堂经解》，但他们的接触大多是纳兰担任侍卫和生育子女之前的事情。加之后来他与明珠关系的反复变易：明珠得势时，他曾经协助明珠扳倒权相索额图，将其排挤出内阁；明珠失势后，他又同郭琇一道，弹劾明珠"背公营私"，而后康熙将明珠罢黜。虽然他自言无奈，却足以造成他与纳兰家的隔阂，因而对纳兰家事不甚了解。

徐乾学在纳兰墓里的石刻中提到纳兰的子嗣情况："男子子二人，福哥（富格）、永寿，遗腹子一人，女子子一人。"而收录到他亲自主持辑刻的《通志堂集》所附录的纳兰墓志铭则云："男子子二人，富格。"富格之后涂以墨钉，仅占一字，对遗腹子则缄口不提。究竟是他不了解情况，还是别有隐情故作迷离？

清代学者韩菼是纳兰在国子监时的同学，二人同年中举，都与徐乾学关系密切，但他们彼此之间往来似乎并不很多。虽然在《通志堂集》收录有纳兰的《与韩元少书》，可是两人同住京城，如果是朋友，交往不需要特地用书信，而且这信的语气非常客气，不像是寄情之作。而且信中谈到商议选编明文选之事，二人的观点也似乎有很大差距。

《通志堂集》附录韩菼所作的《纳兰君神道碑铭》和祭纳兰的文章，其中也只说"君与余同出学士东海先生（徐乾学）之门""忝同师东海之门"，有称赞纳兰才华，却是客观说法，文中不谈及个人交谊，和纳兰好友顾贞观、严绳孙、秦松龄等所作祭文风格口吻迥然不同，且由纳兰性情可知，道不同，必然不相为谋。可见他们并非至交好友，所以，韩菼对性德子女的情况不甚明了，似乎也在情理之中。

叶舒崇的情况和韩菼相似，是纳兰同年入榜的进士，而且他与纳兰的关系比韩菼更加疏远。现存《通志堂集》和《词人纳兰容若手简》，并未提到过叶舒崇这个人与纳兰有所交集。他为卢氏撰写墓志铭的时间是康熙十七年（1678年），其时纳兰的子女尚在襁褓之中或还没有出生，其记述自然不可能准确完备，倒也不能算是失误。

揆叙的家庭教师唐孙华"天才敏赡，九试冠军，名震江东"，"明珠闻其名，馆之家，使为子揆叙师"。唐孙华曾经长期居住在明珠家中，对纳兰子女的状况自然是了如指掌，他的记述也可以说是确切可信的，不过他只提及男子而遗漏了女子，可见是当时社会重男轻女的习俗之故，却令人深感缺憾。

曾经与揆叙结成反对皇太子胤礽、拥立皇八子胤禩的幕僚团、关系异常密切的王鸿绪，受揆叙之托，在明珠死后撰写墓志铭，他和揆叙相交多年，观点一致，可谓志同道合，对纳兰子女的情况也一定相当熟悉，并且他的写作时间较晚，其时性德的子女都已长大成人，他记述的内容，应该说是比较真实的。因此我们可以认为他在明珠祭文中的记述是准确的，姑且采信。纳兰长子是富格，即唐孙华所记述的"傅哥"。

富格生于康熙十五年（1676年），生母是纳兰的侧室颜氏，纳兰病故时，他已十岁。由于是长子，纳兰生前对他十分喜爱，经常带他与朋友相聚。

顾贞观曾经回忆，有一次他去纳兰家，相谈甚欢，"吾哥既引我为一人，我亦望吾哥以千古"，足见相交之情。几天后再见面的时候，纳兰"执令嗣之手而谓余曰：'此长兄之犹子。'复执余之手而谓令嗣曰：'此孺子之伯父也。'"也就是说，纳兰介绍自己的长子与至交相识。现在看来，这似乎是一件小事，却也可知纳兰一方面重视自己的儿子，不然不会介绍他和贞观认识，另一方面，也很重视自己的这位好友，将儿子引见给他。在顾贞观看来，富格"生而颖异"，受其父亲及其家庭环境的影响，"笃好图史"。

纳兰去世后，富格由祖父明珠、祖母觉罗氏和生母颜氏抚养。明珠夫妻因他是长门长孙，又因为他父亲早逝，更将对纳兰的疼爱加在他身上，可谓掌上明珠一般。生母颜氏由于自己是侧室，地位并不是很高，且丧父，所以更把他视为精神支柱和晚年所依所在，对他的关怀无微不至。

这样的环境下，本来应该骄纵的孩子，却言行谨慎，"不敢恃爱稍有放佚也"。从《富公神道碑》记载他"键户读礼，初未出干外事"来看，他似乎没有进过正式学堂，也许是家长娇惯之心，也许是聘请了饱学之士在家教习，总之他只在家中学习，后来"峥嵘头角"为康熙所知后，才被"选充近侍"，和他的父亲一样，成为康熙皇帝的侍卫，为人做事"趋走虔谨"。

令人惋惜的是，他和他的父亲一样英年早逝，"仅逾弱冠，竟以一疾长逝"，年仅二十六岁。富格生前娶妻觉罗氏、裴氏。裴氏夫人所生子瞻岱，后出仕，位列管旗大臣和封疆大吏。

纳兰性德的次子富尔敦，又译傅尔敦、福尔敦。有的学者认为他即是叶舒崇在纳兰原配正妻卢氏的墓志铭中所提到的卢氏生子海亮的学名。

卢氏于康熙十三年（1674年）嫁与纳兰，于十六年（1677年）产后受寒（又说难产）而死，可知海亮的出生年份应在康熙十六年，与十五年（1676年）出生的富格相仿。

但据《富公神道碑》记载，富格"友爱两幼弟，式好无间"。这"两幼弟"中显然不包括海亮。况且富格"次弟富尔敦，登进士第"。在《八旗通志》初集的《选举表》中查阅可知，正黄旗"满洲揆叙佐领"的富尔敦考取举人在康熙三十八年（1699年）己卯科，考中进士是三十九年（1700年）庚辰科。就算登科较早，亦不可能是一人。

又有人认为，卢氏生海亮时受寒，其子大抵也受到影响，幼年夭殇，这也可以解释徐乾学、韩菼、唐孙华、王鸿绪诸人所作的墓志铭中未曾提及他。

富尔敦中康熙三十九年（1700年）进士，之前未闻其擅文。且当是时，是科主考李蟠、姜宸英贿嘱公行，令贵势子弟尽数录取，人称"不阅文而专阅价，满汉之巨室欢腾；变多读而务多藏，南北之孤寒气尽"。而富尔敦之文，今仅见八股文一篇，不足为能文之证。所以可以说，纳兰的这个儿子也未能继承他的衣钵。

富尔敦被点为进士后的诸事，未见记载。在《八旗满族氏族通谱》中，仅载金台什之玄孙"富尔敦原任七品官"。后人有猜测，他和他的父亲纳兰、长兄富格一样，仅做了一任七品官，而后早夭。

纳兰三子富森的情况，《八旗满族氏族通谱》只字未提，也许是因为其母沈宛之出身，且又未曾正式嫁入纳兰家，所以没有记述。

纳兰之孙瞻岱，字东山，父为纳兰长子富格。雍正五年（1727年）授正红旗满洲副都统，乾隆二年（1737年）任直隶提督。乾隆三年（1738年）三月改陕西甘肃提督。乾隆赞其"可用之材矣，再令练习大有可望"。乾隆五年（1740年）秋，年四十四，卒于甘肃提督任，谥恭勤。

瞻岱为纳兰永寿表侄，而长其叔五龄，叔侄二人同为家塾同学，从马翼赞受教。雍正五年（1727年），马氏赠瞻岱诗云，"正趁官闲好读书"，可见其大有祖风。马氏素好诗文，故屡有诗作赠与永寿和瞻岱。

据《八旗通志》初集之《八旗大臣年表》记载：瞻岱于雍正十年

（1732年）二月出任正黄旗蒙古副都统，次年正月调任正红旗满洲都统。乾隆年间升任甘肃提督，即《富公神道碑》中所说的"提督直隶总兵官都督同知，管辖通省兵丁，节制各镇"。

另据光绪《甘肃全省新通志》记载，瞻岱于乾隆三年（1738年）出任甘肃提督，其在位期间，"廉干而慈祥，绝馈献，饬卒伍，兵民感悦"，并且"建储仓，捐资购麦粟贮之。每窘乏，减息出货以济营伍穷黎"。可知瞻岱是一位难得的清官、好官，深受当地军民爱戴。连纳兰性德也大沾其光，以"孙贵"，死后多年仍被"诰赠光禄大夫、副都统，又晋赠光禄大夫，提督直隶总兵官都督同知"。

瞻岱妻舒鲁穆禄氏，生有一子二女。子名达洪阿，富格卒时为荫生。长女许配镶蓝旗满族人、雍正十一年（1733年）癸丑科进士、翰林院编修鄂伦，次女许字镶黄旗生员哈赏阿。

纳兰子嗣少有长寿，或许因为当时医疗条件不足以令他们活得长久，或许是情深者亦有遗传，后人观看古人事，只能不言嗟叹而已。

金凤老·念知为谁生

王鸿绪在所作《明珠墓志铭》中提到明珠有"孙女四人，长适翰林院侍讲高其倬，次适翰林院侍讲学士年羹尧，次适马喀纳，皆先卒；次未字。皆性德出"。

对于纳兰四女，记载只有这些，纳兰已嫁三女尽先于明珠而卒，年龄皆不足三十。可见，纳兰子女均不得寿，这点倒真的令人惊讶。

　　纳兰大女儿的夫婿高其倬，字章之，号芙沼、种筠。其先世居铁岭，初隶汉军镶白旗，雍正元年（1723年）改隶汉军镶黄旗。祖父高尚义曾任佐领，以随征战功，授二等轻车都尉世职，出任杭州驻防协领。伯父高天爵，由长沙知府调任两淮盐运使，未及上任，值"三藩之乱"起，被叛军逮捕杀害。堂兄高其位以军功擢任参领、江南提督等官，官至文渊阁大学士兼礼部尚书，加太子少傅。另一堂兄高其佩官至刑部侍郎兼正红旗汉军都统，以长于手指画知名于世。

　　高其倬的父亲高荫爵是高尚义的次子，初任蠡县知县，以赈灾和按治豪强闻名。后调任三河县知县、南路捕盗同知，深得直隶巡抚于成龙赏识。于成龙调任河道总督后，以荫爵为属员建筑界首堤。完工之后，补授湖广德安府同知、四川松茂道、直隶口北道等职，以廉洁爱民著称，是清朝著名的循吏。可见高其倬亦为名臣之后，与纳兰之女婚配也属门当户对。

　　高其倬于康熙三十三年（1694年）十九岁时考中进士，在翰林院庶常馆学习三年，散馆授翰林院检讨、侍讲学士。当是时，纳兰揆叙亦在翰林院任职，有记载曰高其倬和巢可托、揆叙诸公"多所酬唱"，其时高其倬大约已经与纳兰长女成婚。不久，高其倬又兼任佐领，充四川乡试正考官，出任右中允、山西学政、内阁学士等职。

　　仲婿年羹尧，汉军镶黄旗人，康熙三十九年（1700年）进士，与纳兰次子富尔敦同榜。羹尧撰揆方夫人觉罗氏墓志铭："盖额驸（指揆方）乃余前妻之叔父也，当郡主之于归，余妻方在待字，而郡主与额驸以其孤弱也而怜惜之……然而余之执笔不禁泫然者，则以安仁奉倩，相怜同病，凄其旧雨，昔梦重温，盖余妻之墓，已有宿草久矣。"

　　按照觉罗氏生于康熙二十年（1681年），卒于四十五年（1706年），可推算出其寿二十有六。觉罗氏聘时羹尧妻尚且待字闺中，觉罗氏卒时，羹尧妻墓"有宿草"很久了，因而可知，纳兰的次女也只活了二十几岁。

　　另有一女不知身世，想来也是飘零罢了。

　　纳兰此一去，后身之缘不可期。

　　可悲可叹，唏嘘多少人间事！

俗尘多少伶仃子

王国维所言"唯此一人尔",便是纳兰性德了。他的才华在当时很难有人与之平分秋色,"清朝第一词人"的说法毫不夸张。其情其义,后世人们读来仍旧动人心魄,感伤处几欲落泪。

于是便有许多研究清史、研究诗词、研究纳兰的人,在历史的画卷中,浓墨重彩地赞美纳兰,赞美他的情,赞美他的才华,赞美他的人品。

非凡胎·如泣如悲祷

江西白鹿洞书院山长谢章铤(1820—1903)曾撰文慨叹众人缅怀纳兰的心境:"纳兰容若(成德)深于情者也。固不必刻画花间,俎豆兰畹,而一声河满,辄令人怅惘欲涕。情致与弹指最近,故两人遂成莫逆。读两家短调,觉阮亭脱胎温、李,犹费拟议。其中赠寄梁汾《贺新凉》《大酺》诸阕，念念以来生相订交，情至此，非金石所能比坚。仆亡友侯官张任如（仁恬），才高命薄，死之日，仆挽之云：'本是肺腑交，已矣，似此人间谁识我。可怜肝肠断，嗟乎，从今地下始逢君。'戊申，仆寓居宁德，寒食怀人，凄怆欲绝，填《百字令》云：'春光似箭，看莺娇蝶懒，清明又到。梨树阴阴闻故鬼，如诉如啼如祷。南国家山，杜鹃滴血，绿遍王孙草。满城苦雨，柳条檐际飞扫。却忆张籍当时，酒边戏语，百样添烦恼。寒食西风吹点泪，此际才为情好。一别六年，夜台无雁，幽信何从讨。孤游已屡，个人曾否知道。'盖仆曾与君泛论交际，君笑曰：'清明肯流几点泪，方见好也。'心怪其语不祥，越一年，而君竟殁。今读容若'后生缘、恐结他生里'句，山阳闻笛，愈增腹痛矣。"

是心痛还是腹痛？恐怕对于故人的怀念，是滋生在骨髓里面的吧！旧日情谊一点一滴渗透在血脉里，想要拔出谈何容易？只有在思念里慢慢体会切肤之痛了。这样的感受，也只有经历过的人才能明白吧！

因"生馆死殡"称赞纳兰的义举，谢章铤又感慨说："汉槎，梁汾友耳，容若感梁汾词，谋赎汉槎归，曰：'三千六百日中，吾必有以报梁汾。'厥后卒能不食其言，遂有'绝塞生还吴季子，算眼前此外皆闲事'句。嗟乎，今之人，总角之友，长大忘之。贫贱之友，富贵忘之。相勖以道义，而相失以世情，相怜以文章，而相妒以功利。吾友吾且负之矣，能爱友之友如容若哉。"

是啊，即使青梅竹马、两小无猜，即使总角之交、相濡以沫，即使分粥同席、诗文往来，哪怕多么无瑕的白玉、多么光洁的月光，在名利场上打个转儿，也就失了本来颜色，有几人能如纳兰一般以文章慰人心怀，以财帛周济贫寒，以及人之心、大义之情，爱友之友？这样的情谊，放眼世界，有几人能做到？谢章铤说当时社会便是如此，而今又有几人能义如纳兰？

近人张任政（1898—1960）在《纳兰性德年谱·自序》中记述："人谓其出于《花间》及小山、稼轩，乃仅以词学之渊源与功力言之，至其不朽处，固不在于此也。梁佩兰祭先生文曰：'黄金如土，惟义是赴。见才必怜，见贤必慕。生平至性，固结于君亲，举以待人，无事不真。'夫梁氏可谓知先生者矣。先生之待人也以真，其所为词，亦正得一真字，此其所以冠一代排余子也。同时之以词名家者如朱彝尊、陈维崧辈，非皆不工，只是欠一真切耳。"

又及："先生笃友谊，生平挚友如严绳孙、顾贞观、朱彝尊、姜宸英辈，初皆不过布衣，而先生固已早登科第，虚己纳交，竭至诚，倾肺腑。又凡士之走京师，侘傺而失路者，必亲访慰藉；及邀寓其家，每不忍其辞去，间有经时之别，书札、诗、词之寄甚频……惟时朝野满汉种族之见甚深，而先生所友俱江南人，且皆坎坷失意之士，惟先生能知之，复同情之，而交谊益以笃。"

纳兰从未因为门第等身外名利区分他的好友，他"无事不真"，"虚己纳交，竭至诚，倾肺腑"，他是一个真性情的人，也将真性情交托给朋友，这样的人，这样的朋友，是多么难得！可是一旦失去，纵然天涯羁旅，上穷碧落下黄泉，再也不能回寻斯人。如此折损，诸友无不锥心痛矣！

对于纳兰与顾贞观的友情，近代词人况周颐（1859—1926）记述过这样一个故事："纳兰成德侍中与顾梁汾交最密。尝填《贺新凉》词为梁汾题照，有云：'一日心期千劫在，后身缘、恐结他生里。然诺重，君须记。'梁汾答词亦有'托结来生休悔'之语。侍中殁后，梁汾旋亦归里。一夕，梦侍中至，曰：'文章知己，念不去怀。泡影石光，愿寻息壤。'是夜，其嗣君举一子，梁汾就视之，面目一如侍中，知为后身无疑也，心窃喜甚。弥月后，复梦侍中别去。醒起，急询之，已卒矣。先是侍中有小像留梁汾处，梁汾因隐寓其事，题诗空方。一时名流，多有和作。像今存惠山草庵贯华阁。云自在龛藏《天香满院图》，容若三十二岁像也。朱邸峥嵘，红阑录曲，老桂十数株，柯叶作深黛色，花绽如黄雪。容若青袍络缇，伫立如有所忆，貌清癯特甚。禹鸿胪之鼎笔。"

如果真有前身后世，那么纳兰是否还愿托生富贵人家，做一个轻愁的公子哥？或是宁愿布衣躬身于田间劳作，晨昏守着一片沃野，享受凡俗的生活？

如果这个早夭的孩子是未及与贞观告别的纳兰，这匆匆的一面，是最后的留恋，还是一段与预想中完全不同的未来的开始？后身缘，他生未卜，此生已矣。这一切究竟是真实发生，还是顾贞观念友成狂的臆梦？

纳兰是性灵的。这种才华似乎是与生俱来的，如同妙笔生花的天意。况周颐在《蕙风词话》中大赞：纳兰"为国初第一词手。其饮水诗《填词》古体云：'诗亡词乃盛，比兴此焉托。往往欢娱工，不如忧患作。冬郎一生极憔悴，判与三闾共醒醉。美人香草可怜春，凤蜡红巾无限泪。芒鞋心事杜陵知，只今惟赏杜陵诗。古人且失风人旨，何怪俗眼轻填词。词源远过诗律近，拟古乐府特加润。不见句读参差三百篇，已自换头兼转韵。'容若承平少年，乌衣公子，天分绝高，适承元明词敝，甚欲推尊斯道，一洗雕虫篆刻之讥。独惜享年不永，力量未充，未能胜起衰之任。其所为词，纯任性灵，纤尘不染，甘受和，白受采，进于沉着浑至何难矣。慨自容若而后，数十年间，词格愈趋愈下。东南操觚之士，往往高语清空，而所得者薄。力求新艳，而其病也尖。微特距两宋若霄壤，甚且为元明之罪人。筝琶竞其繁响，兰荃为之不芳，岂容若所及料者哉。"

况周颐将纳兰的一生数语道尽，将那份惆怅重新揭开，"憔悴"二字尤为精妙。纳兰的心死，正是因为他看得太透彻，一眼看穿了红尘俗世，一笔写尽了恩怨情仇。

关于《饮水词》书名由来，况周颐也有记述："如鱼饮水，冷暖自知。"此为道明禅师答庐行者语，见《五灯会元》。纳兰容若诗词命名本此。

这八个字，究竟要经历多少才能参透？不知道纳兰在取之为名的少年时候了悟了多少，不知道纳兰在日后忆起这字句的时候是怎样的怅惘。只是少年登高时候的浅浅爱恨淡淡愁，与经年之后的满腹抑郁无从言起，却是大大不同。

不可知·去来皆幻影

民国蒋瑞藻（1891—1929）所作《小说考证》引《海沤闲话》有纳兰情事"表妹"之说的记述："纳兰眷一女，绝色也，有婚姻之约，旋此女入宫，顿成陌路。容若愁思郁结，誓必一见，了此宿因。会遭国丧，喇嘛每日应入宫唪经，容若贿通喇嘛，披袈裟，居然入宫，果得一见彼姝，而宫禁森严，竟如汉武帝重见李夫人故事，始终无由通一词，怅然而出。"

清代张海沤的《海沤闲话》是一本怎样的书呢？他的记载就一定是准确的吗？在这段与官中女子的情事中，恐怕最无辜的就是纳兰了吧！因为诗词中有类似意象便臆测，对纳兰也是不公平的。今人对于这段情事的考证也有很多，但大多取自他人所言。这就像是现在的人们乐于探究名人、明星的私生活，除非当事人自己站出来表明真相，否则谁说的也做不得数。更何况，有些时候，有些事情，当事者也在迷惘之中呢！

无论纳兰是否有这样一个思而不得的情人，无论他们曾经历了怎样的肝肠寸断，正如笔者在开篇的时候所言，无论是对写作者还是读者，都需要一个女神，如洛神一般袅袅婷婷、柔情百转却是可望而不可即的完美化身。

清人丁绍仪在他的《听秋声馆词话》中这样说："国朝词人辈出，然工为南唐五季语者，无若纳兰相国（明珠）子容若侍卫。所著《饮水词》，于迦陵小长芦二家外，别立一帜。其古今体诗亦温雅。本名成德，乾隆中奉旨改性德。登康熙十二年进士。时相国方贵盛，顾以侍卫用，趋走螭头豹尾间，年未四十，遽亡。后相国被弹罢黜，侍卫之墓木拱矣。往见蒋氏《词选》录吴兴女史沈御蝉（宛）《选梦词》，谓是侍卫妾。其《菩萨蛮》云：'雁书蝶梦都成杳。云窗月户人声悄。记得画楼东，归骢系月中。醒来灯未灭。心事和谁说。只有旧罗裳。偷沾泪两行。'闺中有此姬人，乃诗词中无一语述及，味词意，颇怨抑也。"

难道纳兰与沈宛之间竟不是和谐美满的吗？从这段考证评述中，我们似乎找到了纳兰与沈宛悲剧爱情的缘由。是门第之差还是不够投契？可能"距离产生美"这句话是真理吧！

人们总是想更亲近，殊不知，毫无神秘感，打破了想象空间，余下的只能是厌倦。公子不是无情之人，或许这一切，一个弱质女流刚刚脱离苦海便要失却依靠，这样的事情他断然做不出，所以愁殇只能深埋在他的心里。

而沈宛岂是愚钝之辈？这女子温婉灵秀，才情更是卓绝，于是，没有告别的分离，才是他们最需要的吧！以彼此认为对方不受伤害的方式作为结果，其实身在其中的，又有谁没有伤情呢？

只不过注定是过客，也就只有擦肩的缘分吧！

谢章铤在评鉴纳兰词作时提到："余德水（金）云：'容若……拥书万卷，萧然自娱，人不知为宰相子也。（《熙朝新语》）丁药园云：容若填词，多于马上尊前得之。吴蔄次序《饮水词》末云：非慧男子不能善愁，唯古诗人乃云可怨，公言性吾独言情，多读书必先读曲。嗟乎，若容若者，所谓翩翩浊世佳公子矣。亡友苕川最爱此词，尝手录数十阕，并以《百字令》题其后。有云：'为甚麟阁佳儿，虎门贵客，遁入愁城里。此事不关穷达也，生就肝肠尔尔。'既教谕台阳，携以渡海，辛亥台乱，勤劳殁，王事其棺附舟南下，中途遇盗，遗稿秘钞，俱付之洪涛巨浸中，悲夫；苕川又素爱李后主，每读其词，辄太息。尝与余立题分咏，余颇訾南唐之失政，苕川见之，愠曰：'若此多情人，岂可不从末减乎。'乃以自填《黄金缕》示予曰：'重瞳又见江南李。垓下悲歌，变出柔肠里。懊恼小楼风又起。天涯何处黄花水。撮襟题遍澄心纸。好个翰林，可惜为天子，流水落花春去矣。断肠犹说鸳鸯寺。'组织往事，意在言表，真咏古之妙则，甚愧余之褊且腐也。牵连书之，以俟后之续《词苑丛谈》者。'"

好一个"非慧男子不能善愁，唯古诗人乃云可怨"，好一个"翩翩浊世佳公子"，好一个"多情人"！读公子的人甚多，而能读懂公子的人，又有多少？

在这之后，他还提到了沈宛，对这位纳兰最后的红颜知己、情人做出了这样的描述："容若妇沈宛，字御蝉，浙江乌程人，著有《选梦集》。述庵《词综》不及选。《菩萨蛮》云：'雁书蝶梦皆成沓，月户云窗人悄悄。记得画楼东。归骢系月中。醒来灯未灭。心事和谁说。只有旧罗裳。偷沾泪两行。'丰神不减夫婿，奉倩神伤，亦固其所。"

这与我们已知的信息相同，从他的记叙中，我们可以看出，当时很多人对于沈宛的身份还是认可的，认为她曾经是"纳兰妇"，而且那句"丰神不减夫婿"的确是让人们欲罢不能地再三揣测这一段情事。却又因为时间已经湮没了一切，只能不了了之。

在谢章铤看来，因为"容若颇多自度曲，《玉连环影》（三十一字）、《落花时》（五十二字）、《添字采桑子》（五十字，与《促拍采桑子》字同句异）、《秋水》（一百一字）、《青衫湿遍》（一百二十二字，一曰《青衫湿》）、《湘灵鼓瑟》（一百三十二字，一曰《剪梧桐》）是也。若《踏莎美人》（六十二字）、《翦湘云》（八十八字），则梁汾所度，取而填者。容若所与游皆知名士。震泽赵函曰：'惠山之阴，有贯华阁者，在群松乱石间，远绝尘轨。容若扈从南来时，尝与迦陵、梁汾、荪友信宿其处，旧藏容若绘像及所书阁额，近毁于火，甚可惜也。'（《纳兰词序》）而稗官中《红楼梦》一书，或传为容若而作，虽无左证，然相其情事，颇相类也。若随园以为记曹通政，殆不然欤。"

这里提及的，就是当时世人皆以为纳兰即为宝玉之事，斯人已矣，留给我们的只能是一个又一个不解之谜。

谁与争·莫言俗世好

晚清词人谭献（1832—1901）在《复堂词话》中评纳兰词："幽艳哀断。"这四个字，可谓道出纳兰词作的精髓。幽幽皎月般的情怀，惊才绝艳的辞藻丽色，哀而不伤的百转柔肠，断又再续的牵念和愁思。这便是纳兰公子的风情，这便是纳兰诗词的风情。

谭献品评："有明以来，词家断推湘真第一，饮水次之。其年、竹垞、樊榭、频枷，尚非上乘。"又有谭献记述："戴园独居，诵本朝人词，悄然于钱葆馚、沈遹声，以为犹有黍离之伤也。蒋京兆选《瑶华集》，兼及云间三子。周稚圭有言：'成容若、欧、晏之流，未足以当李重光。'然则重光后身，惟卧子足以当之。"

况周颐在《蕙风词话》有评："寒酸语，不可作，即愁苦之音，亦以华贵出之，饮水词人，所以为重光后身也。"很多人都将纳兰与李后主比较，赞其雍容之愁思。

若是纳兰泉下有知，得此荣耀，也应该莞尔吧！毕竟李煜是他钟爱的词人，能够将自己与偶像比较，是多么令人高兴的事情。况周颐的意思，便是纳兰与李煜一样，有着高不可攀的哀伤，这种忧郁是发自内心，基于高贵的灵魂的，这种情绪的流露发乎心、止乎礼，自然与强作愁态的寒酸不同。

谢章铤引述纳兰的话说：“'花间之词如古玉器，贵重而不适用。宋词适用而少贵重。李后主兼有其美，更饶烟水迷离之致。'又曰：'词虽苏辛并称，而辛实胜苏，苏诗伤学词伤才。'（《禄水亭杂识》）此真不随人道黑白者。集中警句，美不胜收，略举一二，以与解人共赏……”

从他的考证中，我们不难发现，纳兰不仅仅是一个喜欢词、会写词的人，更是一个懂词的人。他不因为某种文风的盛行而折腰谬赞，而是真实客观地指出这个流派的优劣之处，这种坦然，也只有理解的人才能明白。

不知道纳兰是不是有过不被人理解的痛苦，或许很少吧！因为他的真，他的义，他的朋友多与他兴趣相投，也只有这样的朋友，才能交得长久。

在《蕙风词话》中，况周颐这样说：“纳兰容若……作词至于成就，良非易言。即成就之中，亦犹有辨。其或绝少襟抱，无当高格，而又自满足，不善变。不知门径之非，何论堂奥。然而从事于斯，历年多，功候到，成就其所成就，不得谓非专家。凡成就者，非必较优于未成就者。若纳兰容若，未成就者也，年龄限之矣。若厉太鸿，何止成就而已，且浙派之先河矣。”另有评曰：“容若与顾梁汾交谊甚深，词亦齐名，而梁汾稍不逮容若，论者曰失之脆。”“……绝少襟抱，无当高格，又自满足，不善变，不知门径之非，乾嘉时此类词甚多。盖乾嘉人学乾嘉词者，不得谓之有成就，尤不得谓之专家，况氏持论过恕。其下以纳兰容若、厉太鸿为喻，则又太刻。浙派词宗姜、张，学姜、张亦自有门径，自有堂奥，姜、张之格，亦不得谓非高格，不过与周、吴宗派异，其堂奥之大小不同耳。"

在他的品评中，客观地阐述了纳兰的成就，更指出了词作成就之来由，同时对比了当时著名词人，包括纳兰的好友顾贞观、厉鹗，浙派词宗姜夔、张炎等。

厉太鸿即厉鹗，字太鸿，又字雄飞，号樊榭、南湖花隐等，是浙西词派中坚人物。康熙五十九年（1720年）举人，屡试进士不第。性好清静，钟情山水，尤擅词作。

姜夔是南宋词人、音乐家，字尧章，别号白石道人。屡试不第，终生未仕。工诗词、精音乐、善书法，对词的造诣尤深，"波心荡，冷月无声"便出自他手。王国维评价他："古今词人格调之高，无如白石，惜不于意境上用力，故觉无言外之味，弦外之响。"

张炎亦为南宋词人，与宋末著名词人蒋捷、王沂孙、周密并称"宋末四大家"。字叔夏，号玉田，又号乐笑翁。从事词学研究，著有《词源》，有《山中白云词》，存词约三百首，佳句有"一字无题处，落叶都愁"。

文学史上将张炎和姜夔并称为"姜张"。这二人被尊为浙西词派词宗，得到众多文人学子追捧效仿。

说到浙西词派，不得不提到纳兰的另一位好友朱彝尊。作为浙西词派的创始人，他与同好崇尚姜夔、张炎，认为词作应为醇雅、清空，以婉约为词之正宗，贬低豪放派词作。他们认为词"宜用于宴嬉逸乐，以歌咏太平"。因此在创作中往往容易忽视词的内容，只注重词的格律精巧，遣词造句艳丽，用典孤僻，追求所谓的"幽新"风格。所以不免内容零散，解读晦涩，少有一些清新之作。

在创立浙西词派的过程中，朱彝尊也曾与纳兰、陈维崧等好友切磋，并搜集词作、旁征博引并编辑成册，旨在证明自己的理论。当是时还有多种诗词派别，例如况周颐提到的"周、吴"。

"周"指的是周邦彦，北宋词人，字美成，号清真居士，精通音律，曾创作不少新词调，婉约派集大成者。作品格律严谨，语言精美清雅，有"叶上初阳干宿雨，水面清圆，一一风荷举"之句，是后来格律派词人推崇的宗师。在这一点上，朱彝尊的浙西词派与之有互通之处，所以到了乾隆年间，厉鹗更为推崇周邦彦为浙西词派的宗师。

"吴"指吴文英，字君特，号梦窗，晚年又号觉翁，一生未第，浪迹大江南北，每到一处多有题咏，被誉为"得清真之妙"，有"何处合成愁？离人心上秋"等名句传世。况周颐在《蕙风词语》中也曾评议其："近人学梦窗，辄从密处入手。梦窗密处，能令无数丽字，一一生动飞舞，如万花为春；非若珊瑚蹙绣，毫无生气也。"吴文英因为善用典故，遣词清丽，亦得人称颂。

张炎在《词源》中评吴文英的词"质实"，与姜夔"清空"有所不同。不过，后人认为，张炎因为仰慕姜夔，对吴文英多有贬低，其实二者各有所长罢了。在况周颐看来，亦是如此。况周颐所谓"堂奥"，字面上的意思是厅堂和内室，暗喻深层的奥义，他认为各词家皆有特色，都有其深奥的内涵。只不过纳兰去世的时候年岁太轻，虽然他年纪轻轻便有如此高的造诣，已经非常难得，不过，若是能有更长久的岁月让他历练，恐怕他的成就不会小于这些"词宗""大家"。

恨不逢·长吟双泪垂

清末文人"百梅亭长"胡薇元（1850—1920）在《岁寒居词话》中评价道："依声之学，国朝为盛，竹垞、其年、容若鼎足词坛。陈天才艳发，辞锋横溢。朱严密精审，超诣高秀。容若《饮水》一卷，《侧帽》数章，为词家正声。散璧零玑，字字可宝。杨蓉裳称其骚情古调，侠肠俊骨，隐隐奕奕，流露于毫楮间，玉津少年所为《铁笛词》一卷，刻羽调商，每逢凄风暗雨、凉月三星，曼声长吟，时恨不与容若同时耳。"

从他字里行间对这几位词人的评述中，可看到他对纳兰的情有独钟——"恨不与容若同时"，是古往今来多少文人墨客、倾慕纳兰、热爱纳兰词的人的心声？想必也是喜欢到不能如何表述，只有此恨声才觉真挚吧！

晚清民国词人蔡嵩云对纳兰作品的评价则稍微严苛，唯独对其悼亡之作青眼相看："纳兰小令，丰神迥绝，学后主未能至，清丽芊绵似易安而已。悼亡诸作，脍炙人口。尤工写塞外荒寒之景，殆扈从时所身历，故言之亲切如此。其慢词则凡近拖沓，远不如其小令，岂词才所限钦。"

在他看来，纳兰的词作并未到达李后主的愁殇境界，而清丽缠绵更似李清照。尤其是塞外随扈时所作小令最好，而通常人们认为奇美怅惋的慢词却是差了些。虽然因为各人喜好迥异，我们无法判定蔡嵩云的评价是否准确，却可以体会到，他对纳兰因亲身经历感怀而发的短小精悍的句子的喜爱，这却是历来人们容易忽略的一个角度。

与之有同样观点的还有当代国学大师王易，他在所编纂的《词曲史》中评论："清初词家，尤以纳兰成德为最胜……集中令词妙制极多，而慢词则非所擅，偶学苏辛，未脱形迹。周之琦云：'容若长调多不协律，小令则格高韵远，极缠绵婉约之致，能使残唐坠绪绝而复续，第其品格，殆叔原、方回之亚。'"

尽管现实生活与风花雪月大有不同，不过世人更为钟情于情绪的描摹，总是很少去探究真实事件带来的感悟，这会不会也是纳兰不愿看到的呢？国学大师王国维在《人间词话》中评价他说："纳兰容若以自然之眼观物，以自然之舌言情，此初入中原，未染汉人风气，故能真切如此，北宋以来，一人而已。"

世人多将纳兰词与李后主、李清照做对比，其实可比性的确有，但各人经历不同，"恨""愁""怨"的缘由不同，不能以深浅论之，亦无胸怀宽窄之别，只是各花入各眼，一样风月不同心境而已。

其实，王国维称其继承了后主的衣钵也是不为过的，因其在众多词家的熏陶下，"青出于蓝而胜于蓝"，有"明月照积雪""大江流日夜""中天悬明月""长河落日圆"的胸怀，"此种境界，可谓千古壮观。求之于词，唯纳兰容若塞上之作，如《长相思》之'夜深千帐灯'、《如梦令》之'万帐穹庐人醉，星影摇摇欲坠'，差近之"。

梁启超评纳兰词："容若小词，直追后主。其刻《通志堂九经解》，为经学家津逮。此书为随手札记之作。其纪地胜摭史实，多有佳趣；偶评政俗人物，见地亦超绝；诗文评益精到，盖有所自得也。卷末论释老，可谓明通。其言曰一家人相聚，只说得一家话，自许英杰，不自知孤陋也，可谓僧儒辟异端者当头一棒。翩翩一浊世公子，有此器识，且出自满洲，岂不异哉！使永其年，恐清儒皆须让此君出一头地也。"是为纳兰毕生所追求情钟之所在。

毛泽东评阅纳兰词说从中"看出兴亡"，这或许与《红楼梦》的历史意义一样吧！于先人的爱恨情仇中，探究当时的社会现状，探求历史发展的必然轨迹。

传闻当时有朝鲜来访使节对纳兰颇有兴趣，按徐釚的《词苑丛谈》："余旧有《菊庄词》为吴孝廉汉槎在宁古塔寄至朝鲜，有东国会宁都护府记官仇元吉题予词云：'中朝寄得菊庄词，读罢烟霞照海湄。北宋风流何处是，一声铁笛起相思。'故阮亭先生有'新传春雪咏，蛮微绣弓衣'之句。益都相国冯公有'记载三长矜虎观，风流一调动鸡林'之句。皆一时实录也。同时有以成容若《侧帽词》顾梁汾《弹指词》寄朝鲜者，朝鲜人有'谁料晓风残月后，而今重见柳屯田'句，惜全首不传。"

纳兰成名是很早的，生前便有"争唱"盛况，而朝鲜、日本多尊敬华夏文人，无论是白居易还是纳兰性德，文化的美从来没有海峡能够阻隔。这也从侧面反映出纳兰词作之秀美，虽时常用典却未见晦涩，景物开阔有之，精致亦有之，深受各家喜爱。

朱楼梦醒又一年

在今天的影视作品、文学作品中描述的纳兰是什么模样？是翩翩长衫、眉清目秀？还是儒雅温柔、彬彬有礼？或许每一个人心里都有一个属于自己的公子。莫说今人追星狂热，殊不知这样的揣测从乾隆时候就已经开始了。

大约在乾隆中期，当时一百二十回刊印本《红楼梦》问世不久，因其文字与所叙故事皆十分精妙，既贴近社会现实，又道尽了人情冷暖，所以很多人开始对故事中人物、事件的原型进行探索。这其中最多的说法，便是《红楼梦》是写康熙时期国相纳兰明珠家的事情，其中贾宝玉便是情深不寿的大词人纳兰性德。

据预言大清"殆不出五十年"的赵烈文（1832—1894，字惠甫，是曾国藩手下最受器重的幕僚）在日记《能静居笔记》中记述："谒宋于庭丈（称'丈'以示尊敬）翔凤于荠溪精舍，于翁言：'曹雪芹《红楼梦》，高庙末年，和珅以呈上，然不知所指。高庙阅而然之，曰：此盖为明珠家作也。'"也就是说，乾隆皇帝在朝堂上经由和珅得到这份抄本的时候，粗略阅读之后，便断言此中乃是明珠家事。

赵烈文引述的是宋翔凤的话，这位宋翔凤（1779—1860）是常州学派的著名学者，嘉庆五年（1800年）举人。从其所处的历史背景看来，此言似乎颇为可信。也正是因为如此，当代著名红学家周汝昌先生认为："他有无数的渠道，能听见关于曹雪芹与《红楼梦》的传述。因此，他的话是可信的。"于是众人纷纷附和。

想必在当时也是这样的，皇帝金口一开，大臣们纷纷随声附和，生拉硬套，说纳兰是宝玉、"表妹"或卢氏是黛玉、纳兰结交的顾贞观等人是十二金钗……就是没有证据也硬要找出些蛛丝马迹，硬生生坐实了纳兰家便是贾家……经年累月，如此种种猜测和所谓考证，开创了旧红学索隐派的先河。可见这一句话为后世的红学研究起了怎样大的作用，在当时成为一种"官方说法"。

后世有清朝经学大家俞樾（1821—1907，清末著名学者），曾经这样写到："《红楼梦》一书，世传为明珠之子而作……明珠子名成德，字容若。"

不过，乾隆又凭什么这样笃定？难不成是曹雪芹亲口所言？这当然绝不可能！既然乾隆是将《红楼梦》与明珠家事联系到一起的始作俑者，那么，我们就来分析一下乾隆这样断言的理由吧！

一个高官的仕途幻灭足以让人唏嘘，而当时，明珠家之倾颓不得不说是轰动朝野的，且又有纳兰之才气为世人所称道，粗看之下，似乎有些许相似之处。

乾隆应该在儿时便看多了这种朝野上的翻覆，从明珠主政时候的托大到拉帮结派，主导党争之事，到其为御使郭琇弹劾而受降职留任之处分，因而势颓，致使整个关系网络分崩离析，"树倒猢狲散"，实在与贾家的没落有太多神似。

一事未毕，明珠次子揆叙又在康熙末年卷入储位的争夺中，即便是死后还遭到了雍正皇帝的报复性的府邸查抄，因为这种视上位者为无物、玩弄权术、暗中结派的事情，最容易引起掌权者的反感，乾隆身为雍正之子，自然更为厌恶，所以结局凄惨的《红楼梦》或许也让乾隆非常解恨。而《红楼梦》中，描述贾家由盛到衰的过程和原因，与之类似，且乾隆必然是不十分了解纳兰的，这位文武双全的一等侍从与纨绔子弟的宝玉又有多少是相同的呢？

家道没落的苦，纳兰没有尝到，虽然早逝，才名却流传千古。这大概会让自诩有文采的乾隆有些嫉妒的吧。

在封建社会，当掌握最大权力的皇帝抛出这样的言论，当时为官或者有意为官的人又怎会不趋炎附势？于是这种说法大盛。

在蔡元培先生所著《石头记索隐》中，收录了钱静方的考证，他所举出的例子似乎更为有力，他说："（关于《红楼梦》）前清俞曲园先生（即前文俞樾）尝考之，谓为康熙朝相臣明珠之子而作。明珠姓纳兰氏，长白人，其子名成德，字容若……此书（指《红楼梦》）末卷，自具作者姓名曰曹雪芹。袁子才《随园诗话》云：'曹楝亭康熙中为江宁织造，其子雪芹撰《红楼梦》一书，备极风月繁华之盛。'则曹雪芹固有可考矣……俞说如是，又云纳兰容若《饮水同巢》有《满江红》词，为曹子清题其先人所构楝亭，子清即雪芹也。余观钱唐袁兰村先生选刊之《饮水词钞》，标为长白纳兰性德容若著，下注原名成德，则容若有二名矣。"

这样的"考证"令人不禁莞尔，且不说纳兰与曹雪芹祖父曹寅年纪相类，更不必说纳兰早逝，也不必说纳兰名成德字容若，更不必说子清、棟亭都是曹寅的字，单只其引用袁枚（1716—1797，清代著名诗人、散文家）在《随园诗话》中的句子，试图证明曹雪芹是曹寅的儿子，就甚是可笑：曹寅实为曹雪芹的祖父。

难不成当时的人其实也在怀疑曹雪芹的真实性吗？或者认为曹寅与曹雪芹实际上是一个人？正如"一千个人眼中有一千个哈姆雷特"，恐怕真的会有人认为此书可能是曹寅和纳兰合写的吧！

误流年·珠玉落谁家

不过历史是不会欺骗人的，尽管它可以被篡改和隐瞒，但历史既然真实存在，就必然留有痕迹。随着曹家史料的汇聚和大量发掘，原本就建立在穿凿附会的薄弱基础上的旧红学索隐派，很快就被以胡适为代表的新红学考证派予以全面摧毁。实际上，我们从很多地方都可以看出纳兰性德与贾宝玉之不同，贾家与明珠家之不同。

宝玉与性德皆出于钟鸣鼎食之家，不同的是，贾宝玉粉雕玉琢一般的人物，未经红尘磨砺，不谙世事艰难。这与自幼接触宫廷生活与政治的纳兰不同。纳兰更有文武双绝、塞北出行、出使梭龙、奋勇救主等事迹，与宝玉的稚嫩骄矜完全不同。

纳兰并非生于一个外表光鲜而即将衰退的大家族，究其本质，纳兰出生后明珠方才发迹，而纳兰死后，明珠的地位便逐渐走低。有迷信者甚至认为，纳兰是自己父亲的福星和官星，有了纳兰，明珠才能青云直上，成为康熙倚重的一代朝臣。但我们不能因为纳兰的生命轨迹与明珠的发迹过程有所牵连便认定这样的揣测，实际上，明珠善于笼络人心，培植党羽，这是有目共睹的。而康熙皇帝也有可能为了统治上权力的制衡，且对同龄相伴多年的纳兰父亲问罪有些不忍，这才在纳兰死后有所动作。

更可以说的是，纳兰在世的时候必然曾劝谏父亲适可而止，明珠或许有所动。而纳兰死后，明珠眼见长子驾鹤，而幼子尚不能成事，有了坐大以供后代挥霍的想法也不是不可能的。于是变本加厉，更恃宠而骄，终于惹来康熙的忍无可忍。

但康熙没有痛下杀手，他还是顾念着明珠，顾念着纳兰，顾念其家族，所以施以惩戒便罢。所以，如果说明珠便是贾政，未免勉强。

另外，纳兰多病，诗文才华光耀一时，而宝玉每每在集结赋诗之时抓耳挠腮，也少见宝玉因病如何，若以纳兰为宝玉原型，恐怕只有家世类似吧！

而所谓"元春入官"便隐喻着纳兰表妹被选为秀女，从此咫尺天涯，使纳兰情伤不已的说法，也有些牵强。且不说纳兰是否有过这样一个"表妹"，单说明珠之发迹与政治婚姻有关是有的，从迎娶卢氏到续弦官氏，莫不含着这层意思，可是若说荣宁二府是明珠与他的亲家，便耐人琢磨了，因卢氏嫁过来的时候，卢家已然势颓。而官氏之父是时位列一等公，何等风光，是否在纳兰死后衰败，倒也没有史料证明。

况且，若是这位"表妹"真的入官，惹来的是纳兰的一片伤心画不成，又岂会是家姊归省之时，宝玉毫无痛心之色？当然，这些仅仅是作者浅见罢了，实际上，纳兰家事与宝玉遭遇有着很大的不同，若有类似，不过是情殇类似罢了。

今人在考证后发现，曹雪芹所作《红楼梦》实际上是曹家的家事。那么，纳兰与《红楼梦》就没有关系了吗？

飞霜逝·昔人魂梦远

随着时代的发展，文化与历史越来越成为人们感兴趣的事物。《红楼梦》一直是文人们争相研究的对象，并在国学之风盛行的当下愈演愈烈。相当多的学者认为，《红楼梦》的文化与诗文，与纳兰词有着很大的关系，简而言之，就是纳兰词对《红楼梦》中的诗词和描写技巧，有着相当大的影响。

可以想见，清代文人中，纳兰首屈一指，则曹雪芹受其影响颇大，也不无道理，且曹雪芹的祖父曹寅与纳兰性德本是至交好友，共同在宫廷内当值，且师出同门（二人均为徐乾学的门生），对纳兰家事的了解也会比较多，所以，曹雪芹在写《红楼梦》的时候，有意无意中把自己的家事、经历，还有从父辈们口中听到的明珠家事，从身边官宦、才子口中得知的纳兰经历，都融合在了一起，写进了小说之中，也把那位"清朝第一才子"的影子，映射在了贾宝玉的身上。

虽说考证得出的结论是曹雪芹所创作的《红楼梦》基本上以曹家史料为素材，不过，他对与其祖父过从甚密的纳兰应当有着很深的了解，也一定读过纳兰诗词，并为之倾倒。

纳兰诗词所反映的生活与曹雪芹的遭遇亦颇有相似之处。纳兰早年也处在"烈火烹油，鲜花着锦"的环境中，也写过靡靡之词。

纳兰的词集初名《侧帽集》，取晏几道"侧帽风前花满路"之意，有"承平乌衣少年，樽前马上之概"。后更名《饮水词》，因《五灯会元》道明禅师答庐行者"如鱼饮水，冷暖自知"语意，可见其思想感情之变化。

此情已自成追忆，零落鸳鸯，多情公子霎时变为苦情失意人。失意之苦、悼亡之恨、离别之痛，在纳兰诗词中满目皆是。曹雪芹读到这洒泪泣血之作，怎能不为之动容？由"怡红"到"悼红"，曹雪芹感同身受。

他这部《红楼梦》，原名《石头记》，想必是从开始的"一对苦人儿的悲情苦爱"到"朱门深院的必然凄然结果"有了更深的思想觉悟。

这部"为闺阁昭传"的《红楼梦》"大旨谈情"，目的在于"悲金悼玉"。因此，借鉴纳兰诗词中的一些相似意境来塑造《红楼梦》中的"公子情深""女儿命薄"的人物形象，非常合理。

在学者张一民的《一梦红楼感纳兰》中，举出了大量纳兰诗词对曹雪芹创作《红楼梦》中诗词的例证，如在《红楼梦》第三十四回的黛玉题帕诗："彩线难收面上珠，湘江旧迹已模糊。窗前亦有千竿竹，不识香痕渍也无。"

这与纳兰的《浣溪沙》："锦样年华水样流，鲛珠迸落更难收，病余常是怯梳头。一径绿云修竹怨，半窗红日落花愁，惝惝只是下帘钩。"大有相似之处，若说此词是为黛玉而作，也完全合适。

　　另外，又如宝玉为黛玉取字"颦颦"（《红楼梦》第三回），探春问其典出何处，宝玉道："《古今人物通考》上说：'西方有石名黛，可代画眉之墨。'况这林妹妹眉尖若蹙，用取这两个字，岂不两妙？"在纳兰的《渌水亭杂识》中有："斋堂村在西山之北百余里，产画眉石处也。"纳兰亦喜欢描绘女子的眉黛，甚至常用"颦"字入句。如他有五言古诗："美人临残月，无言若有思。含颦但斜睇，吁嗟怜者谁？"这描述的分明就是黛玉。

　　又如纳兰有"叶干丝未尽，未死只颦眉"，完全可以用来解释黛玉适用"颦颦"的用意，这句词不但概括了黛玉"眉尖若蹙"的容貌特征，而且还表现出她常怀愁思的个性。可见曹雪芹是读通透了纳兰的。《红楼梦》中，引人入胜的葬花一处，吸引多少少年少女伤怀，《葬花吟》也堪为经典之作。

　　　　花谢花飞花满天，红消香断有谁怜？

　　　　青灯照壁人初睡，冷雨敲窗被未温。

　　　　一朝春尽红颜老，花落人亡两不知。

　　而纳兰词中多有描绘"落花""惜花""葬花"等词句。在赏析的时候，若将每一阕都孤立起来看，它们在词中起到了比兴和象征的作用，可以说是纳兰的写作手段。张一民认为如果把它们连缀起来看，似乎就成了林黛玉的《葬花吟》：

　　如纳兰的：

半世浮萍随逝水，一宵冷雨葬名花。（《山花子》）

时节薄寒人病酒，刬地梨花，彻夜东风瘦。（《鬓云松令》）

不为香桃怜瘦骨，怕容易，减红情。（《唐多令》）

惜花人共残春薄，春欲尽纤腰如削。
新月才堪照独愁，却又照梨花落。（《秋千索》）

　　这些词句，读来便知当时是怎样声泪俱下的悲戚情景，纳兰的心怀，此时幻化成了黛玉的感伤。

　　或许也正是因为纳兰诗词中某些意象与《红楼梦》塑造的形象、创造的情境非常相似，不少人才会认同乾隆皇帝的"盖明珠家作"之言，而不是趋炎附势的附和。他们将纳兰诗词中的一些词句断章取义，试图证明它们与《红楼梦》之间能够相互印证，并以此来作为确定《红楼梦》是写纳兰家事的根据。因为这种类似的情感基调，若是有心人将《饮水词》与《红楼梦》联系起来阅读，虽然确实能够让人产生这种纳兰出自红楼的印象，但不足以证明《红楼梦》乃纳兰家事。也正是因为二者之间有许多相似点、共通点，才表明纳兰诗词对《红楼梦》创作确有影响。

　　毕竟现实中的纳兰性德不是文学创作中的贾宝玉，文学创作中的林黛玉也不是现实中的纳兰"表妹"卢氏或沈宛。你我不是纳兰公子，而纳兰公子亦非沉溺于情爱，不通世俗的笼中金丝雀。他是铁骨铮铮的清朝公子，也是文采风流的词作大家，独独不是只懂得伤春悲秋的羸弱少爷，不是矫情扭捏的蠡测之徒。

千花落·情深不得寿

　　纳兰已经去了。他走得匆忙，仿佛毫无准备。他去得仓促，又似有所预兆。大抵真的有"天妒英才"这样的事情，或许世间本就不容许"圆满"存在。

　　纳兰公子的陨落，是那么自然，有那么可悲。纳兰知道自己的结局吗？就像是每一片树叶都会成为落叶，每一片树叶或迟或早都是落叶。如果落叶有知觉，从拼命地挤出树枝，成为一个新的独立的生命体之后，会不会以亡命之徒的心态来成长？落叶会不会遗憾，会不会悔恨，会不会茫然？

　　在须臾的光阴里，蚍蜉不知道自己的力量是渺小的，蟪蛄不知道季节的变化是无穷的，所以它们得以在羸弱的短暂的生命中享受无畏的欢欣。昙花并非最美，却用顷刻的绽放留下生命的痕迹，牡丹虽俗，却用雍容绮丽成就明艳之名。而落叶，什么也没有。

　　纳兰公子，你呢？你给自己留下了什么？你是否也以渴望的心态活着？

　　你是否一生都不能如意？

　　你爱的，你恨的，你怨的，你愁的，你带走了什么？留下了什么？

　　纳兰公子，活着的每一天，你甘愿吗？这一生，你知道它是漫长的，还是短暂的呢？每一天都要不甘不愿地活着，那跟死去有什么分别？如果早就知道是这样匆匆到来不及告别的结果，反抗命运和既定的生活轨迹，还有什么意义？如果在生命的一开始，就能够看到最后一天，你还会那样悲伤地活着吗？

纳兰，是否，你也不知道方向？你也只能随波逐流。

对时间来说，对历史来说，我们不得不向前走，也只能向前走。

前面的一切都没有意义，直到离开，生命才有了意义。因为历史不要求谁停留，所以你才能够于短暂中得到长久。

天地如逆旅。夜晚有明月、有老酒、有野兽厮闹的呻吟，正午有艳阳、有花香、有燕雀争吵的喧嚣。渌水亭里醉里长吟，你在人前强自欢笑，而在人群背后等待的，除了迷路的人，应该还有刻意寻来的我们。

那一瞬间盛放的梨花，仿佛生长出了翅膀，盘旋在细密的春雨里。古人说，风月无边。可无边的风月终会消散，浮云一样的爱恨情仇，只有痴缠的人儿还在执着。

纳兰的执着，就是他的心魔。他的执着放不下，得不到，忘不了。

生命无非就是你来我往的一场际遇。

各自欢喜各自愁，谁也替代不了谁的悲哀，谁也欢喜不了谁的幸运。

而如今公子一缕幽魂天外，你我又将茫茫然何去何从？

纳兰性德
生平大事简录

纳兰出生

顺治十一年　甲午年（1654年）

农历腊月十二日（1655年1月19日），纳兰成德生于京师（北京）。

明珠是年二十岁，任銮仪卫云麾使。

农历三月十八日（1654年5月4日），康熙皇帝玄烨出生。曹玺妻孙氏，被选为康熙的保姆。

"昆山三徐"徐元文乡试中举。

是年，"昆山三徐"徐乾学入太学。

顾贞观与同乡数人结"云门社"，会聚了姜宸英等江南名士。

顺治十二年　乙未年（1655年）

三月，顺治皇帝颁布重视文教上谕。

六月，颁布上谕：善待满洲包衣（奴仆）家人。

是年，秦松龄十九岁，举进士，顺治赞曰："此人必有品。"后授检讨。

顺治十三年　丙申年（1656年）

是年，"江左凤凰"陈维崧之父、"明末四公子"陈贞慧卒。

顺治十四年　丁酉年（1657年）

卢兴祖迁大理寺少卿。

三月，顺天、江南等地发生科场舞弊案。吴兆骞举乡试，被诬卷入其中。

顺治十五年　戊戌年（1658年）

吴兆骞赴京接受检查和复试。因负气被革除举人名。顺治亲自定案，令抄家流放。

秦松龄磨勘罢归。

曹寅出生。

顺治十六年　己亥年（1659年）

闰三月，吴兆骞出京，流放古塔戍所。吴伟业作《悲歌赠吴季子》。

徐元文殿试高中进士第一名。

顺治十七年　庚子年（1660年）

春，王士禛抵扬州任推官，"昼了公事，夜接词人"。

徐乾学中顺天乡试举人。

是年，朝廷下令严禁私自结社订盟。

康熙即位

顺治十八年　辛丑年（1661年）

正月，顺治患痘，病危。初七卒。皇太子玄烨即位，是为清圣祖康熙。以索尼、苏克萨哈、遏必隆、鳌拜为辅政大臣。

二月，罢十三衙门，复设内务府。抗粮哭庙（哭庙案）事起。明珠改任内务府郎中。

四月，郑成功收复台湾。

五月，卢兴祖擢广东巡抚。

夏，奏销案起，秦松龄削籍，叶方蔼以欠一钱被黜，韩菼、翁叔元险些自裁。吴伟业、徐乾学、徐元文、汪琬等江南缙绅著名人物几乎全部罗织在内。

七月，哭庙案结，以"摇动人心倡乱，殊于国法"之罪杀金圣叹等十八人。

是年秋，顾贞观入京，得龚鼎孳赏识。

十二月，平西王吴三桂率大军入缅，缅甸人献出明永历帝朱由榔。明亡。

康熙元年　壬寅年（1662年）

春，王士祯、陈维崧等有扬州红桥唱和。

四月，吴三桂于昆明杀南明永历帝父子。晋封为平西亲王，兼辖贵州省，永镇云贵。与镇守福建的靖南王耿精忠、镇守广东的平南王尚可喜子尚之信相呼应，称"三藩"。

郑成功逝。

冬，吴兆骞于宁古塔得顾贞观书。

康熙二年 癸卯年（1663年）

三月，庄廷钺"明史"案发生。

曹玺（曹寅父亲）因镇压山西叛乱有功，令监理江宁织造。

康熙三年 甲辰年（1664年）

三月，明珠升内务府总管，"掌内务政令，供御诸职，靡所不综"。

春，顾贞观奉特旨考选中书，授内秘书院中书舍人。

朱彝尊游晋。

高士奇随父游学京师。

康熙四年 乙巳年（1665年）

三月，卢兴祖迁广东总督，兼广西总督。

王士祯升任户部郎中，入京为官。

吴兆骞与张晋彦等结七子诗社。

康熙五年 丙午年（1666年）

正月，鳌拜专权。

三月，索尼请皇帝亲政，留中未发。

四月，明珠由侍读学士升内弘文院学士。

冬，鳌拜势大，矫旨杀苏纳海、朱昌祚、王登连。

是年，顾贞观举顺天乡试第二，寻擢内国史院典籍。

康熙六年 丁未年（1667年）

董讷举进士，授编修。自是年起教授纳兰，自此学业大进。

七月，康熙亲政。鳌拜杀苏克萨哈及其子。

九月，命纂修《世祖章皇帝实录》，以明珠等为副总裁。

九月，顾贞观扈从东巡。

十一月，卢兴祖以不能息盗，革职。同月卒。

康熙七年　戊申年（1668年）

九月，明珠升刑部尚书。

是年，南怀仁与吴明烜有历法之争。上命明珠等二十余人同往测验。结果南怀仁推算正确，任命其为钦天监监副，掌管天文历法事务。

三月，吴绮、吴伟业、徐乾学等十人集于湖州。

九月，吴兴祚、姜宸英、严绳孙、顾湄、秦松龄等集秦氏寄畅园。

顾贞观丁外。

冬，明珠及工部尚书马尔赛淮扬河监工，至兴化白驹场。

禁锢鳌拜

康熙八年　己酉年（1669年）

五月，辅政大臣鳌拜褫职，终身禁锢。

六月，明珠及兵部侍郎蔡毓荣等奉诏往福建招抚郑经（郑成功之子）。

七月，明珠解刑部任。

九月，明珠改任都察院左都御史。

冬，徐乾学赴会试入京。

是年，陈维崧离京。

高士奇入太学。

康熙九年　庚戌年（1670年）

三月，徐乾学、蔡启傅中进士，徐乾学授内弘文院编修，蔡启傅为内秘书院修撰。

十月，改内三院为内阁，复设中和殿、保和殿、文华殿大学士。复翰林院官属，始举经筵日讲。

是年，张纯修承荫入监读书。

朱彝尊、陆元辅等在京。

吴兆骞失馆职，生活艰辛，幸得龚鼎孳、宋德宜、徐元文等好友寄赠，方得免死。

秋水唱和

康熙十年　辛亥年（1671年）

是年纳兰补诸生，贡太学。深得祭酒徐元文器重。结识张纯修。

二月，左都御史明珠、国子监祭酒徐元文充经筵讲官。

八月，明珠上疏请求停止盐差御史巡历地方，康熙恩准。

十月，康熙东巡至盛京。

十一月，调左都御史明珠为兵部尚书。

是年，顾贞观为同僚排斥，因告病南归。自称"第一飘零词客"。

是年秋，有秋水轩唱和，赋"剪"字韵《金缕曲》，南北词家随而和者不可胜数。纳兰适逢其会，因步韵之词精巧清新，一时名噪。

是年，陈维崧还江南。

朱彝尊南还。

三藩势大。

乡试中举

康熙十一年　壬子年（1672年）

五月，姜宸英以父丧南归。

六月，王士禛典四川乡试离京。

八月，纳兰应顺天乡试，中举人。正、副考官为蔡启僔、徐乾学。同榜有韩菼、翁叔元、王鸿绪（榜名度心）、徐倬、曹寅等。

秋，严绳孙入京。

冬，朱彝尊入京。

因病未试

康熙十二年　癸丑年（1673年）

正月，康熙阅八旗兵于南苑晾鹰台，明珠指挥兵士。康熙赞曰："此阵列甚善，其永著为令。"

二月，纳兰会试中试。会试主考官为杜立德、龚鼎孳、姚文然、熊赐履。

三月，纳兰因身患寒疾，未与廷试。韩菼、王鸿绪等于此年中进士。马云翎、翁叔元落榜。探花取中徐乾学之弟徐秉义。

是年春，纳兰结识严绳孙。

五月起，纳兰每逢三、六、九日，至徐乾学邸讲论书史，日暮始归。致书徐氏："承示宋元诸家经解，俱时师所未见，某当晓夜穷研，以副明训。"

五月，在徐乾学、明珠的支持下，始着手校刻《通志堂经解》。撰《经解总序》初稿。

是年夏，结识姜宸英。

秋，姜宸英随徐乾学南还。

是年，明珠兼佐领。

秋，蔡启僔、徐乾学因是科副榜遗漏汉军卷未取，遭给事中杨雍建劾，降级调用，归江南。

冬，纳兰为以奏销案破家出逃十余年的翁叔元治行，使得归江南。

十一月二十一日，平西王吴三桂反。

是年，纳兰始撰辑《渌水亭杂识》。

是年，纳兰投书朱彝尊。

娶妻卢氏

康熙十三年　甲寅年（1674年）

春，吴三桂势大，时有烽烟。

三月，耿精忠叛，邀台湾郑经助攻。

五月，二皇子保成生，即胤礽。

是年，纳兰娶两广总督卢兴祖女卢氏。又纳庶妻颜氏，家世不详。

纳兰仲弟揆叙生。

朱彝尊应邀访纳兰。

徐乾学、姜宸英、汪懋麟同游扬州。

改名得子

康熙十四年　乙卯年（1675年）

十月，明珠转吏部尚书。

十二月十三，皇子保成立为皇太子。纳兰成德因避太子嫌名，改名性德。

是年，纳兰长子生，为颜氏夫人所出。

纳兰与张纯修交益密。

严绳孙移居纳兰邸中。

是年，秦松龄从军湘楚，经严绳孙介绍，纳兰与之结识。

徐乾学还京，官复原职。

九月，朱彝尊丁外，奔丧回里。

及第复名

康熙十五年　丙辰年（1676年）

三月，纳兰中二甲第七名进士，翁叔元、叶舒崇、高珩等同年及第。

年初，皇太子保成更名胤礽。纳兰复名，不再称性德。

春夏间，顾贞观入京，经徐、严等引见，识纳兰，遂互为知己。

是年，纳兰以诗词才藻大获称誉。

初夏，严绳孙南归。

是年，徐乾学迁右赞善。

十月，始设南书房，命侍讲学士张英、中书高士奇入值。

十一月，徐母顾氏卒，徐乾学兄弟奔丧南归。

冬，顾贞观作《金缕曲（寄吴汉槎）》二章，纳兰遂以"绝塞生还吴季子"为己任。

《侧帽词》或刻于此年。

始与顾贞观合编《今词初集》。

丧妻救友

康熙十六年　丁巳年（1677年）

四月末，卢氏生一子海亮。因产后患病，于五月三十日卒。纳兰大恸。

七月，以吏部尚书明珠、户部尚书勒德洪为内阁大学士。

八月，明珠充《太宗文皇帝实录》总裁官。

秋冬间，纳兰始任乾清门三等侍卫。

腊月，纳兰作书致严绳孙。

是年春初，顾贞观携《今词初集》稿南返。

三月，吴兆骞于宁古塔收到顾贞观寄《金缕曲》词二首。

四月，顾贞观在江南，复作书寄吴兆骞，并以其《弹指词》附书以寄。

是年秋，顾贞观复至京，与纳兰增选《今词初集》。

三藩乱起

康熙十七年　戊午年（公元1678年）

是年康熙多次出巡。

十一月起，官府供应征文士食宿。施闰章、曹禾、汪琬、陈维崧、尤侗、朱彝尊、秦松龄、汤斌、徐釚、彭孙遹、陆元辅、徐嘉炎、毛际可、黄虞稷（后以丁忧归）、严绳孙、周清原、吴雯、毛奇龄、阎若璩、潘耒、李因笃、叶舒崇等至京。

春，陈维崧过昆山，曾在徐乾学家小住。后其年至京，一度居纳兰宅中。

夏，朱彝尊入京。

七月，吴三桂在衡州（今衡阳）称帝，称衡州为应天府，国号大周，建元昭武。开始蓄发，改穿明朝皇帝冠袍。

七月，葬卢氏于皂荚村（造甲村），叶舒崇为作墓志铭。

八月，吴三桂病死。其孙吴世璠继位衡州，退据贵阳、云南。

岁暮，姜宸英入京，纳兰使居千佛寺。

是年，王士祯蒙康熙召见，转侍读，入值南书房。

举科博学

康熙十八年　己未年（1679年）

是年康熙多次出巡。

二月，康熙遣大学士明珠祭孔子。

三月初一，试内外诸臣荐举博学鸿儒一百四十三人于体仁阁。

三月二十九，谕吏部，取中彭孙遹、秦松龄、陈维崧、朱彝尊、汤斌等二十人为一等，施闰章、潘耒、徐釚、尤侗、毛奇龄、曹禾等三十人为二等。圣祖因素知严绳孙名，亦破格取为二等榜末。

五月，秦、朱、陈、严等俱授检讨，著纂修《明史》。

暮春，纳兰与朱、陈、严、姜、秦等人游张纯修山庄，联句《浣溪沙》。

夏，纳兰邀诸友渌水亭观荷。筑茅屋，称为"花间草堂"。多有诗文出其间。

秋，张纯修南行，赴湖南江华县令，纳兰惜别。

姜宸英丁内艰归。

八月二十八，京师地震，毁伤甚重，纳兰奋勇护主。魏象枢借此劾明珠，康熙对明珠有所警告。

是年冬，顾贞观至福州。

续弦官氏

康熙十九年　庚申年（1680年）

年内，康熙出巡仅及西山、巩华、南苑，未远行。

是年，纳兰由司传宣改经营内厩马匹。又常至昌平、延庆、怀柔、古北口等地督牧。

继娶官氏，即瓜尔佳氏，图赖之孙，颇尔喷之女。

二月，以徐元文荐，征姜宸英入史馆，姜氏因丁忧未赴职。

四月，高士奇特授翰林；五月又加詹事府詹事衔。

五月，董讷、王鸿绪任侍读学士。

秋，顾贞观返京。

冬，徐乾学兄弟服阕还京，徐乾学复原职，徐元文升都察院左都御史。

兆骞回京

康熙二十年　辛酉年（1681年）

是年康熙多次出巡。

二月，增汤斌、秦松龄、徐乾学、曹禾、王顼龄、朱彝尊、严绳孙、潘耒八人为起居注官。

三月下旬，明珠等扈从至遵化温泉。

六月，秦松龄为江西乡试正考官。

七月，严绳孙为山西乡试正考官，朱彝尊为江南乡试副考官。

七月，康熙驻瀛台。

七月，顾贞观丁内艰南还，临行致书吴兆骞，相约晤于京师。

九月二十日，吴兆骞自宁古塔起行。十月抵京。

是冬，吴兆骞合家居徐乾学馆中。

十月二十八日，昆明被围，吴世璠自杀，余众出降。

十二月初，姜宸英入京，投宿慈仁寺。

岁末，顾贞观入京。

是年，梁佩兰离京南还。

出使梭龙

康熙二十一年　壬戌年（1682年）

正月，三藩乱结。

是年康熙多次出巡。

十月十九至十一月初九，纳兰此间出使梭龙，未随扈，此行顺利。

正月初，朱彝尊还京。

正月十五上元夜，纳兰与朱彝尊、陈维崧、严绳孙、顾贞观、姜宸英、吴兆骞、曹寅等共集花间草堂，赋诗饮宴，无所不欢。

元宵节后，顾贞观离京南还。

年初，吴兆骞入明珠府，教授纳兰二弟揆叙。

五月，陈维崧以头痛卒。

七月，明珠等为纂修《明史》监修总裁官。

秋，吴兆骞南归省亲。顾贞观作客苕上。

十月，明珠为《太祖实录》《三朝圣训》《平定三逆神武方略》总裁官。

十一月，明珠加赠太子太傅。

是年，高士奇整理随扈东巡日记。

康熙二十二年　癸亥年（1683年）

是年康熙多次出巡。

三月，官氏父颇尔喷以一等公为蒙古都统。

春，朱彝尊入直南书房，赐居黄瓦门左。

夏秋间，吴兆骞返京，仍为揆叙塾师。

十二月，高士奇充日讲官。王鸿绪迁内阁学士、礼部侍郎。左都御史徐元文以荐举非人免。

是年，秦松龄、严绳孙迁中允，并为《平定三逆方略》纂修官。

康熙南巡

康熙二十三年　甲子年（1684年）

是年，康熙多次出巡。

九月二十八至十一月二十九，康熙初次南巡。经泰山、扬州、苏州、无锡、镇江、江宁、曲阜等地，并阅淮扬河工。

十二月二十五至二十八，康熙巡遵化。

正月，朱彝尊以辑《瀛洲道古录》，私钞宫内各地进书，被逐出内廷，移居宣武门南。二月，以萨克素兵临雅克萨。

六月，明珠兼《大清会典》总裁官。

八月，秦松龄为顺天乡试正考官。

九月，余国柱任户部尚书。与明珠结党，势甚张。徐乾学渐转为明珠对立。

九月，顾贞观携沈宛赴京。

十月，严绳孙为顺天武乡试副考官。

十月，康熙南巡至扬州，时张玉书适奔丧至扬，纳兰问慰之。

十月，吴兆骞病卒于京师。

十一月初，南巡至江宁，纳兰得会曹寅，并为其题赠。

冬，秦松龄因顺天乡试事下狱，徐乾学力救之，得放归。

十二月，徐乾学由侍讲学士升詹事府詹事。

岁暮，纳兰纳沈宛为妾。

是年，纳兰作书梁佩兰，邀梁至京共编词选。

不汗而故

康熙二十四年 乙丑年（1685年）

是年一至六月康熙多次出巡。

二月，徐乾学充《会典》副总裁官。王鸿绪、董讷为户部侍郎。

三月，徐乾学、韩菼升内阁学士，兼礼部侍郎。

三月，谕大学士等："凡为大学士者，以进贤退不肖为职，不可稍存私意。必休休有容，知无不言，言无不尽，方可称为大臣。其他朕亦不须尽言。"有儆戒明珠意。

三月十八日圣祖诞辰，书《贾至早朝》诗赠纳兰。

四月下旬，又令赋《乾清门应制》诗，译《松赋》为满文。纳兰升一等侍卫。

春，梁佩兰抵京。

四月，严绳孙请假南归（实为弃官），与纳兰别。

五月初，曹寅至京，纳兰作《满江红》词为题其《楝亭图》。

五月，明珠充《政治典训》总裁官，王鸿绪、董讷为副总裁官。

五月二十二日，梁佩兰、顾贞观、姜宸英、吴雯集会渌水亭，饮酒，各赋《夜合花》诗。

五月二十三日，纳兰罹患急症。

五月三十日，书载纳兰因"七日不汗"病故。时康熙出塞，特准明珠不必随行。及罗刹捷报至，以纳兰有奉使梭龙之功。

注：本节参照赵秀亭、冯统一《纳兰性德行年录》。

图书在版编目（CIP）数据

人生若只如初见：纳兰容若词传 / 申圣云著 . —
长沙：湖南文艺出版社，2018.11
ISBN 978-7-5404-8836-9

Ⅰ . ①人… Ⅱ . ①申… Ⅲ . ①纳兰性德（1654-
1685）—生平事迹②纳兰性德（1654-1685）—词（文学）—
诗词研究 Ⅳ . ① K825.6 ② I207.23

中国版本图书馆 CIP 数据核字（2018）第 195060 号

上架建议：畅销·人物传记

RENSHENG RUO ZHI RU CHUJIAN：NALANRONGRUO CIZHUAN
人生若只如初见：纳兰容若词传

作　　者：申圣云
出 版 人：曾赛丰
责任编辑：薛　健　刘诗哲
监　　制：于向勇　秦　青
策划编辑：木鱼非鱼
营销编辑：刘晓晨　刘　迪　初　晨
封面设计：白砚川
版式设计：李　洁
内文排版：麦莫瑞
封面插画：南山归鱼
内文插画：石家小鬼
出版发行：湖南文艺出版社
　　　　　（长沙市雨花区东二环一段 508 号　邮编：410014）
网　　址：www.hnwy.net
印　　刷：天津丰富彩艺印刷有限公司
经　　销：新华书店
开　　本：875mm×1270mm　1/32
字　　数：228 千字
印　　张：10
版　　次：2018 年 11 月第 1 版
印　　次：2020 年 2 月第 4 次印刷
书　　号：ISBN 978-7-5404-8836-9
定　　价：48.00 元

若有质量问题，请致电质量监督电话：010-59096394
团购电话：010-59320018

纳兰词集

[清] 纳兰容若 著

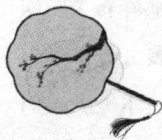

目录

木兰花令·拟古决绝词柬友（人生若只如初见）

人生若只如初见，何事秋风悲画扇。
等闲变却故人心，却道故人心易变。
骊山语罢清宵半，泪雨零铃终不怨。
何如薄幸锦衣郎，比翼连枝当日愿。

长相思（山一程，水一程）

山一程，水一程。
身向榆关那畔行，夜深千帐灯。
风一更，雪一更。
聒碎乡心梦不成，故园无此声。

画堂春（一生一代一双人）

一生一代一双人，争教两处销魂。
相思相望不相亲，天为谁春。
浆向蓝桥易乞，药成碧海难奔。
若容相访饮牛津，相对忘贫。

浣溪沙（谁念西风独自凉）

谁念西风独自凉？萧萧黄叶闭疏窗。沉思往事立残阳。
被酒莫惊春睡重，赌书消得泼茶香。当时只道是寻常。

浣溪沙（谁道飘零不可怜）

谁道飘零不可怜，旧游时节好花天。
断肠人去自今年。

一片晕红疑着雨，晚风吹掠鬓云偏。
倩魂销尽夕阳前。

浣溪沙（容易浓香近画屏）

容易浓香近画屏，繁枝影着半窗横。风波狭路倍怜卿。
未接语言犹怅望，才通商略已蕃腾。只嫌今夜月偏明。

浣溪沙（旋拂轻容写洛神）

旋拂轻容写洛神，须知浅笑是深颦。十分天与可怜春。
掩抑薄寒施软障，抱持纤影藉芳茵。未能无意下香尘。

浣溪沙（一半残阳下小楼）

一半残阳下小楼，朱帘斜控软金钩。倚阑无绪不能愁。
有个盈盈骑马过，薄妆浅黛亦风流。见人羞涩却回头。

浣溪沙（万里阴山万里沙）

万里阴山万里沙。谁将绿鬓斗霜华。年来强半在天涯。
魂梦不离金屈戍，画图亲展玉鸦叉。生怜瘦减一分花。

浣溪沙（泪浥红笺第几行）

泪浥红笺第几行。唤人娇鸟怕开窗。那更闲过好时光。
屏障厌看金碧画，罗衣不耐水沉香。遍翻眉谱只寻常。

浣溪沙（睡起惺忪强自支）

睡起惺忪强自支。绿倾蝉鬓下帘时。夜来愁损小腰肢。
远信不归空伫望，幽期细数却参差。更兼何事耐寻思。

浣溪沙（残雪凝辉冷画屏）

残雪凝辉冷画屏。《落梅》横笛已三更，更无人处月胧明。
我是人间惆怅客，知君何事泪纵横。断肠声里忆平生。

浣溪沙·寄严荪友（藕荡桥边埋钓筒）

藕荡桥边埋钓筒，苎萝西去五湖东。笔床茶灶太从容。
况有短墙银杏雨，更兼高阁玉兰风。画眉闲了画芙蓉。

浣溪沙·咏五更（微晕娇花湿欲流）

（和湘真韵）

微晕娇花湿欲流，簟纹灯影一生愁。梦回疑在远山楼。
残月暗窥金屈戍，软风徐荡玉帘钩。待听邻女唤梳头。

浣溪沙·古北口（杨柳千条送马蹄）

杨柳千条送马蹄，北来征雁旧南飞，客中谁与换春衣？
终古闲情归落照，一春幽梦逐游丝。信回刚道别多时。

浣溪沙（身向云山那畔行）

身向云山那畔行。北风吹断马嘶声。深秋远塞若为情。
一抹晚烟荒戍垒，半竿斜日旧关城。古今幽恨几时平。

浣溪沙（欲问江梅瘦几分）

欲问江梅瘦几分，只看愁损翠罗裙。麝篝衾冷惜馀熏。
可奈暮寒长倚竹，便教春好不开门。枇杷花下校书人。

浣溪沙（无恙年年汴水流）

（红桥怀古，和王阮亭韵）
无恙年年汴水流。一声《水调》短亭秋。旧时明月照扬州。
惆怅绛河何处去，绿杨清瘦缩离愁。至今鼓吹竹西楼。

生查子（散帙坐凝尘）

散帙坐凝尘，吹气幽兰并。
茶名龙凤团，香字鸳鸯饼。

玉局类弹棋，颠倒双栖影。

花月不曾闲，莫放相思醒。

生查子（鞭影落春堤）

鞭影落春堤，绿锦障泥卷。
脉脉逗菱丝，嫩水吴姬眼。
啮膝带香归，谁整樱桃宴。
蜡泪恼东风，旧垒眠新燕。

生查子·过无锡怀顾梁汾（一曲伯鸾溪）

一曲伯鸾溪，鸦轧鸣柔橹，指点积书岩，人在云深处。
柳外与松间，空记班荆语，回首托东风，为问平安否。

忆江南（昏鸦尽）

昏鸦尽，小立恨因谁？
急雪乍翻香阁絮，轻风吹到胆瓶梅。心字已成灰。

忆江南（挑灯坐）

挑灯坐，坐久忆年时。
薄雾笼花娇欲泣，夜深微月下杨枝。
催道太眠迟。

憔悴去，此恨有谁知。
天上人间俱怅望，经声佛火两凄迷。

未梦已先疑。

忆江南（新来好）

新来好，唱得虎头词。

一片冷香惟有梦，十分清瘦更无诗。标格早梅知。

临江仙（长记碧纱窗外语）

长记碧纱窗外语，秋风吹送归鸦。

片帆从此寄天涯。一灯新睡觉，思梦月初斜。

便是欲归归未得，不如燕子还家。

春云春水带轻霞。画船人似月，细雨落杨花。

临江仙（点滴芭蕉心欲碎）

点滴芭蕉心欲碎，声声催忆当初。

欲眠还展旧时书。鸳鸯小字，犹记手生疏。

倦眼乍低缃帙乱，重看一半模糊。

幽窗冷雨一灯孤。料应情尽，还道有情无？

临江仙（昨夜个人曾有约）

昨夜个人曾有约，严城玉漏三更。

一钩新月几疏星。夜阑犹未寝，人静鼠窥灯。

原是瞿唐风间阻，错教人恨无情。

小阑干外寂无声。几回肠断处，风动护花铃。

临江仙·谢饷樱桃（绿叶成阴春尽也）

绿叶成阴春尽也，守宫偏护星星。

留将颜色慰多情，分明千点泪，贮作玉壶冰。

独卧文园方病渴，强拈红豆酬卿。

感卿珍重报流莺，惜花须自爱，休只为花疼。

临江仙·寄严荪友（别后闲情何所寄）

别后闲情何所寄，初莺早雁相思。

如今憔悴异当时。飘零心事，残月落花知。

生小不知江上路，分明却到梁溪。

匆匆刚欲话分携。香消梦冷，窗白一声鸡。

临江仙·永平道中（曾记年年三月病）

曾记年年三月病。而今病向深秋。

卢龙风景白人头。药炉烟里，支枕听河流。

虞美人（春情只到梨花薄）

春情只到梨花薄，片片催零落。

斜阳何事近黄昏，不道人间犹有未招魂。

银笺别记当时句，密绾同心苣。
为伊判作梦中人，索向画图影里唤真真。

虞美人（曲阑深处重相见）

曲阑深处重相见，匀泪偎人颤。
凄凉别后两应同，最是不胜清怨月明中。

半生已分孤眠过，山枕檀痕涴。
忆来何事最销魂，第一折枝花样画罗裙。

虞美人（彩云易向秋空散）

彩云易向秋空散，燕子怜长叹。
几番离合总无因，赢得一回僝僽一回亲。

归鸿旧约霜前至，可寄香笺字?
不如前事不思量，且枕红蕤欹侧看斜阳。

虞美人（高峰独石当头起）

高峰独石当头起，冻合双溪水。
马嘶人语各西东。行到断崖无路小桥通。

朔鸿过尽音书杳，客里年华悄。

又将丝泪湿斜阳。多少十三陵树乱云黄。

虞美人·秋夕信步（愁痕满地无人省）

愁痕满地无人省，露湿琅玕影。

闲阶小立倍荒凉。还剩旧时月色在潇湘。

薄情转是多情累，曲曲柔肠碎。

红笺向壁字模糊，忆共灯前呵手为伊书。

虞美人·为梁汾赋（凭君料理花间课）

凭君料理花间课，莫负当初我。

眼看鸡犬上天梯，黄九自招秦七共泥犁。

瘦狂那似痴肥好，判任痴肥笑。

笑他多病与长贫，不及诸公衮衮向风尘。

虞美人（银床淅沥青梧老）

银床淅沥青梧老，屧粉秋蛩扫。

采香行处蹙连钱，拾得翠翘何恨不能言。

回廊一寸相思地，落月成孤倚。

背灯和月就花阴，已是十年踪迹十年心。

苏幕遮（枕函香，花径漏）

枕函香，花径漏。依约相逢，絮语黄昏后。
时节薄寒人病酒，划地梨花，彻夜东风瘦。

掩银屏，垂翠袖。何处吹箫，脉脉情微逗。
肠断月明红豆蔻，月似当时，人似当时否？

南歌子（翠袖凝寒薄）

翠袖凝寒薄，帘衣入夜空。
病容扶起月明中，惹得一丝残篆旧熏笼。

暗觉欢期过，遥知别恨同。
疏花已是不禁风，那更夜深清露湿愁红。

南歌子·古戍（古戍饥乌集）

古戍饥乌集，荒城野雉飞。
何年劫火剩残灰，试看英雄碧血，满龙堆。

玉帐空分垒，金笳已罢吹。
东风回首尽成非，不道兴亡命也，岂人为。

秋千索（锦帷初卷蝉云绕）

锦帷初卷蝉云绕，却待要起来还早。

不成薄睡倚香篝，一缕缕残烟袅。

绿阴满地红阑悄，更添与催归啼鸟。
可怜春去又经时，只莫被人知了。

秋千索（药阑携手销魂侣）

药阑携手销魂侣，争不记看承人处。
除向东风诉此情，奈竟日春无语。

悠扬扑尽风前絮，又百五韶光难住。
满地梨花似去年，却多了廉纤雨。

秋千索（游丝断续东风弱）

游丝断续东风弱，悄无语半垂帘幕。
红袖谁招曲槛边，飏一缕秋千索。

惜花人共残春薄，春欲尽纤腰如削。
新月才堪照独愁，却又照梨花落。

秋千索·渌水亭春望（垆边换酒双鬟亚）

垆边换酒双鬟亚，春已到卖花帘下。
一道香尘碎绿蘋，看白袷亲调马。

烟丝宛宛愁萦挂，剩几笔晚晴图画。
半枕芙蕖压浪眠，教费尽莺儿话。

采桑子（彤云久绝飞琼字）

彤云久绝飞琼字，人在谁边？
人在谁边？今夜玉清眠不眠。

香销被冷残灯灭，静数秋天。
静数秋天，又误心期到下弦。

采桑子（谁翻乐府凄凉曲）

谁翻乐府凄凉曲，风也萧萧，雨也萧萧，瘦尽灯花又一宵。
不知何事萦怀抱，醒也无聊，醉也无聊，梦也何曾到谢桥。

采桑子（冷香萦遍红桥梦）

冷香萦遍红桥梦，梦觉城笳。
月上桃花，雨歇春寒燕子家。

箜篌别后谁能鼓，肠断天涯。
暗损韶华，一缕茶烟透碧纱。

采桑子（桃花羞作无情死）

桃花羞作无情死，感激东风。

吹落娇红，飞入窗间伴懊侬。

谁怜辛苦东阳瘦，也为春慵。
不及芙蓉，一片幽情冷处浓。

采桑子（拨灯书尽红笺也）

拨灯书尽红笺也，依旧无聊。
玉漏迢迢，梦里寒花隔玉箫。

几竿修竹三更雨，叶叶萧萧。
分付秋潮，莫误双鱼到谢桥。

采桑子（凉生露气湘弦润）

凉生露气湘弦润，暗滴花梢。
帘影谁摇，燕蹴风丝上柳条。

舞馀镜匣开频掩，檀粉慵调。
朝泪如潮，昨夜香袭觉梦遥。

采桑子（土花曾染湘娥黛）

土花曾染湘娥黛，铅泪难消。
清韵谁敲，不是犀椎是凤翘。

只应长伴端溪紫，割取秋潮。
鹦鹉偷教，方响前头见玉萧。

采桑子（白衣裳凭朱阑立）

白衣裳凭朱阑立，凉月趖西。
点鬓霜微，岁晏知君归不归？

残更目断传书雁，尺素还稀。
一味相思，准拟相看似旧时。

采桑子（海天谁放冰轮满）

海天谁放冰轮满？惆怅离情。
莫说离情，但值凉宵总泪零。

只应碧落重相见，那是今生。
可奈今生，刚作愁时又忆卿。

采桑子·塞上咏雪花（非关癖爱轻模样）

非关癖爱轻模样，冷处偏佳。
别有根芽，不是人间富贵花。

谢娘别后谁能惜？飘泊天涯。
寒月悲笳，万里西风瀚海沙。

四犯令（麦浪翻晴风飐柳）

麦浪翻晴风飐柳，已过伤春候。
因甚为他成僝僽，毕竟是春拖逗。

红药阑边携素手，暖语浓于酒。
盼到园花铺似绣，却更比春前瘦。

河渎神（凉月转雕阑）

凉月转雕阑，萧萧木叶声干。
银灯飘箔琐窗间，枕屏几叠秋山。
朔风吹透青缣被，药炉火暖初沸。
清漏沉沉无寐，为伊判得憔悴。

诉衷情（冷落绣衾谁与伴）

冷落绣衾谁与伴，倚香篝。
春睡起，斜日照梳头。
欲写两眉愁，休休。
远山残翠收，莫登楼。

浪淘沙（紫玉拨寒灰）

紫玉拨寒灰，心字全非。
疏帘犹自隔年垂，半卷夕阳红雨入，燕子来时。

回首碧云西，多少心期。

短长亭外短长堤。百尺游丝千里梦，无限凄迷。

浪淘沙·望海（蜃阙半模糊）

蜃阙半模糊，踏浪惊呼。任将蠡测笑江湖。

沐日光华还浴月，我欲乘桴。

钓得六鳌无？竿拂珊瑚。桑田清浅问麻姑。

水气浮天天接水，那是蓬壶？

柳条边（是处垣篱防绝塞）

是处垣篱防绝塞，角端西来画疆界。

汉使今行虎落中，秦城合筑龙荒外。

龙荒虎落两依然，护得当时饮马泉。

若使春风知别苦，不应吹到柳条边。

木兰花慢（盼银河迢递）

（立秋夜雨，送梁汾南行）

盼银河迢递，惊入夜，转清商。

乍西园蝴蝶，轻翻麝粉，暗惹蜂黄。

炎凉。等闲瞥眼，甚丝丝、点点搅柔肠。

应是登临送客，别离滋味重尝。

疑将。水墨鼋疏窗，孤影淡潇湘。

倩一叶高梧，半条残烛，做尽商量。

荷裳。被风暗剪，问今宵、谁与盖鸳鸯。

从此羁愁万叠，梦回分付啼螀。

唐多令（金液镇心惊）

金液镇心惊，烟丝似不胜。沁鲛绡湘竹无声。

不为香桃怜瘦骨，怕容易，减红情。

将息报飞琼，蛮笺署小名。鉴凄凉片月三星。

待寄芙蓉心上露，且道是，解朝酲。

风流子 · 秋郊射猎（平原草枯矣）

平原草枯矣，重阳后，黄叶树骚骚。

记玉勒青丝，落花时节，曾逢拾翠，忽忆吹箫。

今来是、烧痕残碧尽，霜影乱红凋。

秋水映空，寒烟如织，皂雕飞处，天惨云高。

人生须行乐，君知否。容易两鬓萧萧。

自与东风作别，划地无聊。

算功名何似，等闲博得，短衣射虎，沽酒西郊。

便向夕阳影里，倚马挥毫。

眼儿媚·咏红姑娘（骚屑西风弄晚寒）

骚屑西风弄晚寒，翠袖倚阑干。
霞绡裹处，樱唇微绽，靺鞈红殷。

故宫事往凭谁问，无恙是朱颜。
玉墀争采，玉钗争插，至正年间。

眼儿媚·咏梅（莫把琼花比淡妆）

莫把琼花比淡妆，谁似白霓裳。
别样清幽，自然标格，莫近东墙。

冰肌玉骨天分付，兼付与凄凉。
可怜遥夜，冷烟和月，疏影横窗。

眼儿媚（重见星娥碧海槎）

重见星娥碧海槎，忍笑却盘鸦。
寻常多少，月明风细，今夜偏佳。

休笼彩笔闲书字，街鼓已三挝。
烟丝欲袅，露光微泫，春在桃花。

眼儿媚·中元夜有感（手写香台金字经）

手写香台金字经，惟愿结来生。

莲花漏转，杨枝露滴，相鉴微诚。

欲知奉倩神伤极，凭诉与秋檠。
西风不管，一池萍水，几点荷灯。

凤凰台上忆吹箫·守岁（锦瑟何年）

锦瑟何年，香屏此夕，东风吹送相思。
记巡檐笑罢，共捻梅枝。
还向烛花影里，催教看、燕蜡鸡丝。
如今但、一编消夜，冷暖谁知。

当时。欢娱见惯，道岁岁琼筵，玉漏如斯。
怅难寻旧约，枉费新词。
次第朱旛剪彩，冠儿侧、斗转蛾儿。
重验取，卢郎青鬓，未觉春迟。

菩萨蛮·回文（雾窗寒对遥天暮）

雾窗寒对遥天暮，暮天遥对寒窗雾。
花落正啼鸦，鸦啼正落花。
袖罗垂影瘦，瘦影垂罗袖。
风剪一丝红，红丝一剪风。

菩萨蛮（催花未歇花奴鼓）

催花未歇花奴鼓，酒醒已见残红舞。

不忍覆馀觞，临风泪数行。

粉香看欲别，空剩当时月。

月也异当时，凄清照鬓丝。

菩萨蛮（车尘马迹纷如织）

（过张见阳山居，赋赠）

车尘马迹纷如织，羡君筑处真幽僻。

柿叶一林红，萧萧四面风。

功名应看镜，明月秋河影。

安得此山间，与君高卧闲。

菩萨蛮·为陈其年题照（《乌丝》曲倩红儿谱）

《乌丝》曲倩红儿谱，萧然半壁惊秋雨，曲罢髻鬟偏。

风姿真可怜。

须髯浑似戟，时作簪花剧。

背立讶卿卿，知卿无那情。

菩萨蛮（问君何事轻离别）

问君何事轻离别，一年能几团栾月。

杨柳乍如丝，故园春尽时。

春归归不得，两桨松花隔。

旧事逐寒潮，啼鹃恨未消。

齐天乐·上元（阑珊火树鱼龙舞）

阑珊火树鱼龙舞，望中宝钗楼远。

靺鞨馀红，琉璃剩碧，待属花归缓缓。

寒轻漏浅。正乍敛烟霏，陨星如箭。

旧事惊心，一双莲影藕丝断。

莫恨流年似水，恨消残蝶粉，韶光忒贱。

细语吹香，暗尘笼鬓，都逐晓风零乱。

阑干敲遍。问帘底纤纤，甚时重见？

不解相思，月华今夜满。

齐天乐·塞外七夕（白狼河北秋偏早）

白狼河北秋偏早，星桥又迎河鼓。

清漏频移，微云欲湿，正是金风玉露。

两眉愁聚。待归踏榆花，那时才诉。

只恐重逢，明明相视更无语。

人间别离无数，向瓜果筵前，

碧天凝伫，连理千花，相思一叶，毕竟随风何处。

羁栖良苦，算未抵空房，冷香啼曙。

令夜天孙，笑人愁似许。

齐天乐·洗妆台怀古（六宫佳丽谁曾见）

六宫佳丽谁曾见，层台尚临芳渚。

露脚斜飞，虹腰欲断，荷叶未收残雨。
添妆何处。试问取雕笼，雪衣分付。
一镜空濛，鸳鸯拂破白蘋去。

相传内家结束，有靻装孤稳，靴缝女古。
冷艳全消，苍苔玉匣，翻出十眉遗谱。
人间朝暮。看胭粉亭西，几堆尘土。
只有花铃，绾风深夜语。

东风第一枝·桃花（薄劣东风）

薄劣东风，凄其夜雨，晓来依旧庭院。
多情前度崔郎，应叹去年人面。
湘帘乍卷，早迷了、画梁栖燕。
最娇人、清晓莺啼，飞去一枝犹颤。

背山郭、黄昏开遍。想孤影、夕阳一片。
是谁移向亭皋，伴取晕眉青眼。
五更风雨，算减却、春光一线。
傍荔墙、牵惹游丝，昨夜绛楼难辨。

朝中措（蜀弦秦柱不关情）

蜀弦秦柱不关情，尽日掩云屏。
已惜轻翎退粉，更嫌弱絮为萍。
东风多事，馀寒吹散，烘暖微醒。
看尽一帘红雨，为谁亲系花铃。

卜算子·午日（村静午鸡啼）

村静午鸡啼，绿暗新阴覆。

一展轻帘出画墙，道是端阳酒。

早晚夕阳蝉，又噪长堤柳。

青鬓长青自古谁，弹指黄花九。

雨中花·送徐艺初归昆山（天外孤帆云外树）

天外孤帆云外树，看又是春随人去。

水驿灯昏，关城月落，不算凄凉处。

计程应惜天涯暮，打叠起伤心无数。

中坐波涛，眼前冷暖，多少人难语。

摸鱼儿·送别德清蔡夫子（问人生、头白京国）

问人生、头白京国，算来何事消得。

不如罨画清溪上，蓑笠扁舟一只。

人不识，且笑煮、鲈鱼趁着莼丝碧。

无端酸鼻，向岐路消魂，征轮驿骑，断雁西风急。

英雄辈，事业东西南北。

临风因甚成泣。酬知有愿频挥手，零雨凄其此日。

休太息，须信道、诸公衮衮皆虚掷。

年来踪迹。有多少雄心，几番恶梦，泪点霜华织。

金缕曲·再用秋水轩旧韵（疏影临书卷）

疏影临书卷。带霜华、高高下下，粉脂都遣。

别是幽情嫌妩媚，红烛啼痕休泫。趁皓月、光浮冰茧。

恰与花神供写照，任泼来、淡墨无深浅。持素障，夜中展。

残掩过看逾显。相对处、芙蓉玉绽，鹤翎银扁。

但得白衣时慰藉，一任浮云苍犬。尘土隔、软红偷免。

帘幕西风人不寐，恁清光、肯惜鹓裘典。休便把，落英剪。

金缕曲·赠梁汾（德也狂生耳）

德也狂生耳。

偶然间、缁尘京国，乌衣门第。

有酒惟浇赵州土，谁会成生此意。不信道、竟逢知己。

青眼高歌俱未老，向尊前、拭尽英雄泪。

君不见，月如水。

共君此夜须沉醉。

且由他、蛾眉谣诼，古今同忌。

身世悠悠何足问，冷笑置之而已。寻思起、从头翻悔。

一日心期千劫在，后身缘、恐结他生里。

然诺重，君须记。

金缕曲·再赠梁汾（酒涴青衫卷）

（用秋水轩旧韵）

酒涴青衫卷。尽从前、风流京兆，闲情未遣。

江左知名今廿载，枯树泪痕休泫。

摇落尽、玉蛾金茧。

多少殷勤红叶句，御沟深、不似天河浅。

空省识，画图展。

高才自古难通显。枉教他、堵墙落笔，凌云书扁。

入洛游梁重到处，骇看村庄吠犬。

独憔悴、斯人不免。

衮衮门前题凤客，竟居然、润色朝家典。

凭触忌，舌难剪。

金缕曲（洒尽无端泪）

（简梁汾，时方为吴汉槎作归计。）

洒尽无端泪，莫因他、琼楼寂寞，误来人世。

信道痴儿多厚福，谁遣偏生明慧。就更着、浮名相累。

仕宦何妨如断梗，只那将、声影供群吠。

天欲问，且休矣。

情深我自拚憔悴。转丁宁、香怜易爇，玉怜轻碎。

羡煞软红尘里客，一味醉生梦死。

歌与哭、任猜何意。

绝塞生还吴季子，算眼前、此外皆闲事。

知我者，梁汾耳。

金缕曲·寄梁汾（木落吴江矣）

木落吴江矣，正萧条、西风南雁，碧云千里。

落魄江湖还载酒，一种悲凉滋味。

重回首、莫弹酸泪。

不是天公教弃置，是才华、误却方城尉。

飘泊处，谁相慰。

别来我亦伤孤寄。

更那堪、冰霜摧折，壮怀都废。

天远难穷劳望眼，欲上高楼还已。

君莫恨、埋愁无地。

秋雨秋花关塞冷，且殷勤、好作加餐计。

人岂得，长无谓。

金缕曲（生怕芳尊满）

生怕芳尊满。到更深、迷离醉影，残灯相伴。

依旧回廊新月在，不定竹声撩乱。

问愁与、春宵长短。

燕子楼空弦索冷，任梨花、落尽无人管。

谁领略，真真唤。

此情拟倩东风浣。奈吹来、馀香病酒，旋添一半。

惜别江淹消瘦了，怎耐轻寒轻暖。

忆絮语、纵横茗盌。

滴滴西窗红蜡泪，那时肠、早为而今断。

任角枕，敬孤馆。

金缕曲（未得长无谓）

未得长无谓。竟须将、银河亲挽，普天一洗。

麟阁才教留粉本，大笑拂衣归矣。

如斯者、古今能几？

有限好春无限恨，没来由、短尽英雄气。

暂觅个，柔乡避。

东君轻薄知何意。尽年年、愁红惨绿，添人憔悴。

两鬓飘萧容易白，错把韶华虚费。

便决计、疏狂休悔。

但有玉人常照眼，向名花、美酒拼沉醉。

天下事，公等在。

金缕曲·慰西溟（何事添凄咽）

何事添凄咽。但由他、天公簸弄，莫教磨涅。

失意每多如意少，终古几人称屈。

须知道、福因才折。

独卧藜床看北斗，背高城、玉笛吹成血。

听谯鼓，二更彻。

丈夫未肯因人热。且乘闲、五湖料理，扁舟一叶。

泪似秋霖挥不尽，洒向野田黄蝶。

须不羡、承明班列。马迹车尘忙未了，任西风，吹冷长安月。
又萧寺，花如雪。

金缕曲（谁复留君住）

（西溟言别，赋此赠之）

谁复留君住?

叹人生、几番离合，便成迟暮。

最忆西窗同剪烛，却话家山夜雨。

不道只、暂时相聚。

衮衮长江萧萧木，送遥天、白雁哀鸣去。

黄叶下，秋如许。

曰归因甚添愁绪。

料强似、冷烟寒月，栖迟梵宇。

一事伤心君落魄，两鬓飘萧未遇。

有解忆、长安儿女。

裘敝入门空太息，信古来、才命真相负。

身世恨，共谁语。

金缕曲 · 亡妇忌日有感（此恨何时已）

此恨何时已。滴空阶、寒更雨歇，葬花天气。

三载悠悠魂梦杳，是梦久应醒矣。料也觉、人间无味。

不及夜台尘土隔，冷清清、一片埋愁地。

钗钿约，竟抛弃。

重泉若有双鱼寄。好知他、年来苦乐，与谁相倚。

我自终宵成转侧，忍听湘弦重理？待结个、他生知己。

还怕两人都薄命，再缘悭、剩月零风里。

清泪尽，纸灰起。

太常引·自题小照（西风乍起峭寒生）

西风乍起峭寒生，惊雁避移营。

千里暮云平，休回首长亭短亭。

无穷山色，无边往事，一例冷清清。

试倩玉箫声，唤千古英雄梦醒。

水调歌头·题西山秋爽图（空山梵呗静）

空山梵呗静，水月影俱沉。悠然一境人外，都不许尘侵。

岁晚忆曾游处，犹记半竿斜照，一抹映疏林。

绝顶茅庵里，老衲正孤吟。

云中锡，溪头钓，涧边琴。此生着几两屐，谁识卧游心。

准拟乘风归去，错向槐安回首，何日得投簪？

布袜青鞋约，但向画图寻。

鹧鸪天（小构园林寂不哗）

小构园林寂不哗，疏篱曲径仿山家。
昼长吟罢《风流子》，忽听楸枰响碧纱。
添竹石，伴烟霞。拟凭尊酒慰年华。
休嗟髀里今生肉，努力春来自种花。

鹧鸪天（尘满疏帘素带飘）

（十月初四夜风雨，其明日是亡妇生辰）
尘满疏帘素带飘，真成暗度可怜宵。
几回偷湿青衫泪，忽傍犀奁见翠翘。
唯有恨，转无聊，五更依旧落花朝。
衰杨叶尽丝难尽，冷雨西风幂画桥。

鹧鸪天（握手西风泪不干）

（送梁汾南还，时方为题小影）
握手西风泪不干，年来多在别离间。
遥知独听灯前雨，转忆同看雪后山。
凭寄语，劝加餐。桂花时节约重还。
分明小像沉香缕，一片伤心欲画难。

调笑令（明月。明月）

明月。明月。曾照个人离别。
玉壶红泪相偎，还似当年夜来。

来夜。来夜。肯把清辉重借。

满宫花（盼天涯）

盼天涯，芳讯绝，莫是故情全歇？
朦胧寒月影微黄，情更薄于寒月。

麝烟销，兰烬灭，多少怨眉愁睫。
芙蓉莲子待分明，莫向暗中磨折。

相见欢（微云一抹遥峰）

微云一抹遥峰，冷溶溶。
恰与个人清晓，画眉同。
红蜡泪，青绫被，水沉浓。
却与黄茅野店，听西风。

相见欢（落花如梦凄迷）

落花如梦凄迷。
麝烟微，又是夕阳潜下小楼西。
愁无限，消瘦尽，有谁知。
闲教玉笼鹦鹉念郎诗。

月上海棠·中元塞外（原头野火烧残碣）

原头野火烧残碣，叹英魂，才魄暗消歇。

终古江山，问东风、几番凉热。

惊心事，又到中元时节。

凄凉况是愁中别。枉沉吟、千里共明月。

露冷鸳鸯，最难忘、满池荷叶。

青鸾杳，碧天云海音绝。

清平乐（塞鸿去矣）

塞鸿去矣，锦字何时寄。

记得灯前伴忍泪，却问明朝行未。

别来几度如珪，飘零落叶成堆。

一种晓寒残梦，凄凉毕竟因谁。

昭君怨（深禁好春谁惜）

深禁好春谁惜，薄暮瑶阶伫立。

别院管弦声，不分明。

又是梨花欲谢，绣被春寒今夜。

寂寂锁朱门，梦承恩。

落花时（夕阳谁唤下楼梯）

夕阳谁唤下楼梯，一握香荑。

回头忍笑阶前立，总无语，也相宜。

相思直恁无凭据，休说相思。

劝伊好向红窗醉，须莫及，落花时。

好事近（马首望青山）

马首望青山，零落繁华如此。

再向断烟衰草，认藓碑题字。

休寻折戟话当年，只洒悲秋泪。

斜日十三陵下，过新丰猎骑。

满江红（籍甚平阳）

（为曹子清题其先人所构楝亭，亭在金陵署中。）

籍甚平阳，羡奕叶、流传芳誉。

君不见、山龙补衮，昔时兰署。

饮罢石头城下水，移来燕子矶边树。

倩一茎黄楝作三槐，趋庭处。

延夕月，承晨露。看手泽，深馀慕。

更凤毛才思，登高能赋。

入梦凭将图绘写，留题合遣纱笼护。

正绿阴青子盼乌衣，来非暮。

满江红（问我何心）

（茅屋新成，却赋）

问我何心，却构此、三楹茅屋。

可学得、海鸥无事，闲飞闲宿。

百感都随流水去，一身还被浮名束。

误东风迟日杏花天，红牙曲。

尘土梦，蕉中鹿。翻覆手，看棋局。

且耽闲殢酒，消他薄福。

雪后谁遮檐角翠，雨馀好种墙阴绿。

有些些欲说向寒宵，西窗烛。

点绛唇 · 咏风兰（别样幽芬）

别样幽芬，更无浓艳催开处。

凌波欲去，且为东风住。

忒煞萧疏，怎奈秋如许？

还留取，冷香半缕，第一湘江雨。

菊花新（愁绝行人天易暮）

（送张见阳令江华）

愁绝行人天易暮，行向鹧鸪声里住。

渺渺洞庭波，木叶下，楚天何处。

折残杨柳应无数，趁离亭笛声催度。

有几个征鸿，相伴也，送君南去。

踏莎行·寄见阳（倚柳题笺）

倚柳题笺，当花侧帽，赏心应比驱驰好。
错教双鬓受东风，看吹绿影成丝早。

金殿寒鸦，玉阶春草，就中冷暖和谁道。
小楼明月镇长闲，人生何事缁尘老。

瑞鹤仙（马齿加长矣）

（丙辰生日自寿，起用《弹指词》句，并呈见阳）
马齿加长矣，枉碌碌乾坤，问汝何事。浮名总如水。
判尊前杯酒，一生长醉。残阳影里，问归鸿、归来也未。
且随缘、去住无心，冷眼华亭鹤唳。
无寐。宿酲犹在，小玉来言，日高花睡。
明月阑干，曾说与，应须记。
是峨眉便自、供人嫉妒，风雨飘残花蕊。
叹光阴、老我无能，长歌而已。

鹊桥仙·七夕（乞巧楼空）

乞巧楼空，影娥池冷，说着凄凉无算。
丁宁休曝旧罗衣，忆素手为余缝绽。

莲粉飘红，菱花掩碧，瘦了当初一半。
今生钿盒表予心，祝天上人间相见。

青衫湿·悼亡（青衫湿遍）

青衫湿遍，凭伊慰我，忍便相忘。
半月前头扶病，剪刀声、犹共银釭。
忆生来小胆怯空房。
到而今独伴梨花影，冷冥冥、尽意凄凉。
愿指魂兮识路，教寻梦也回廊。

咫尺玉钩斜路，一般消受，蔓草斜阳。
判把长眠滴醒，和清泪、搅入椒浆。
怕幽泉还为我神伤。
道书生薄命宜将息，再休耽、怨粉愁香。
料得重圆密誓，难禁寸裂柔肠。

青衫湿·悼亡（近来无限伤心事）

近来无限伤心事，谁与话长更？
从教分付，绿窗红泪，早雁初莺。

当时领略，而今断送，总负多情。
忽疑君到，漆灯风飐，痴数春星。

沁园春（梦冷蘅芜）

梦冷蘅芜，却望姗姗，是耶非耶？
怅兰膏渍粉，尚留犀合；金泥蹙绣，空掩蝉纱。

影弱难持，缘深暂隔，只当离愁滞海涯。

归来也，趁星前月底，魂在梨花。

鸾胶纵续琵琶。问可及当年萼绿华？

但无端摧折，恶经风浪；不如零落，判委尘沙。

最忆相看，娇讹道字，手剪银灯自泼茶。

今已矣，便帐中重见，那似伊家。

沁园春（瞬息浮生）

（丁巳重阳前三日，梦亡妇淡妆素服，执手哽咽，语多不复能记。

但临别有云："衔恨愿为天上月，年年犹得向郎圆。"妇素未工

诗，不知何以得此也，觉后感赋长调。）

瞬息浮生，薄命如斯，低徊怎忘。

自那番摧折，无衫不泪；几年恩爱，有梦何妨。

最苦啼鹃，频催别鹄，赢得更阑哭一场。

遗容在，只灵飙一转，未许端详。

重寻碧落茫茫。料短发朝来定有霜。

信人间天上，尘缘未断，春花秋月，触绪堪伤。

欲结绸缪，翻惊漂泊，两处鸳鸯各自凉。

真无奈，把声声檐雨，谱入愁乡。

沁园春（试望阴山）

试望阴山，黯然销魂，无言徘徊。

见青峰几簇，去天才尺；黄沙一片，匝地无埃。

碎叶城荒，拂云堆远，雕外寒烟惨不开。

踟蹰久，忽冰崖转石，万壑惊雷。

穷边自足愁怀。又何必、平生多恨哉。

只凄凉绝塞，蛾眉遗冢；销沉腐草，骏骨空台。

北转河流，南横斗柄，略点微霜鬓早衰。

君不信，向西风回首，百事堪哀。

南乡子（泪咽更无声）

（为亡妇题照）

泪咽更无声，止向从前悔薄情。

凭仗丹青重省识，盈盈，

一片伤心画不成。

别语忒分明，午夜鹣鹣梦早醒。

卿自早醒侬自梦，更更，

泣尽风前夜雨铃。

南乡子·柳沟晓发

灯影伴鸣梭，织女依然怨隔河。

曙色远连山色起，青螺。

回首微茫忆翠娥。

凄切客中过，未抵秋闺一半多。

一世疏狂应为着，横波。

作个鸳鸯消得么。

南乡子（何处淬吴钩）

何处淬吴钩？一片城荒枕碧流。

曾是当年龙战地，飕飕。

塞草霜风满地秋。

霸业等闲休，跃马横戈总白头。

莫把韶华轻换了，封侯。

多少英雄只废丘。

蝶恋花（辛苦最怜天上月）

辛苦最怜天上月。

一昔如环，昔昔长如玦。

但似月轮终皎洁，不辞冰雪为卿热。

无奈钟情容易绝，

燕子依然，软踏帘钩说。

唱罢秋坟愁未歇，春丛认取双栖蝶。

荷叶杯（知己一人谁是）

知己一人谁是？已矣。赢得误他生。

多情终古似无情，莫问醉耶醒。

未是看来如雾，朝暮。将息好花天。

为伊指点再来缘，疏雨洗遗钿。

知己佳人，已去。良辰好景，不再。
多情更似无情，不要追问是醉是醒。
来生缘，来生缘，求得求不得？

念奴娇·废园有感（片红飞减）

片红飞减，甚东风不语，只催漂泊。
石上胭脂花上露，谁与画眉商略。
碧瓷瓶沉，紫钱钗掩，雀踏金铃索。
韶华如梦，为寻好梦担阁。

又是金粉空梁，定巢燕子，满地香泥落。
欲写华笺凭寄与，多少心情难托。
梅豆圆时，柳绵飘处，失记当时约。
斜阳冉冉，断魂分付残角。

念奴娇（绿杨飞絮）

绿杨飞絮，叹沉沉院落，春归何许？
尽日缁尘吹绮陌，迷却梦游归路。
世事悠悠，生涯非是，醉眼斜阳暮。
伤心怕问，断魂何处金鼓？

夜来月色如银，和衣独拥，花影疏窗度。
脉脉此情谁得识？又道故人别去。
细数落花，更阑未睡，别是闲情绪。
闻余长叹，西廊唯有鹦鹉。